Evelyn Holst, Jahrgang 1952, ist echte Hamburgerin. Nach dem Studium von Englisch und Geschichte fing sie bei *Stern* an, wurde mit dem Egon-Kisch-Preis ausgezeichnet, verbrachte fünf Jahre in New York als Korrespondentin und lebt jetzt wieder mit Mann und Kind in ihrer Heimatstadt.

Von Evelyn Holst ist außerdem erschienen:

*Ein Mann für gewisse Sekunden* (Band 65049)

Dieses Buch wurde auf chlor- und säurefreiem Papier gedruckt.

Vollständige Taschenbuchausgabe Oktober 1995
Droemersche Verlagsanstalt Th. Knaur Nachf., München

Umschlaggestaltung Agentur ZERO, München
Umschlagillustration Cornelia Niere, München
Druck und Bindung Ebner Ulm
Printed in Germany
ISBN 3-426-65107-6

2 4 5 3 1

Evelyn Holst

# Der Mann auf der Bettkante

Roman

Knaur

*Dieses Buch ist Georg und Hans-Jürgen gewidmet,*
*deren Sach- und Frauenkenntnis*
*ich wesentliche Elemente des Romans verdanke.*

## MARLENE

Lieber Gott, warum sind Ehepaare so langweilig? Es war einer dieser geselligen Kollegenabende – »Kommt doch auf eine Nudel und ein Glas Wein vorbei« –, und ich mopste mich so schrecklich, daß ich bereits drei Weißbrotscheiben zu kleinen unappetitlichen Kügelchen gedreht hatte. Auch mein Ehemann Hans-Joachim hatte diesen leicht glasigen Blick, der nichts mit dem üppigen Ausschnitt der rechts neben ihm plazierten Lehrerin zu tun hatte, vielmehr mit ihrem Klagelied über ewig verschmutzte Wandtafeln: »Und dann sag ich zum Schulleiter, Dr. Müller-Wiesenbach, sag ich, wie soll ein vernünftiges Tafelbild entstehen, wenn meine Schüler ständig die Tafel vollsprayen? Und wissen Sie, was er da geantwortet hat?« – »Sie werden's mir gleich sagen.« Jos Stimme hatte einen, wenn auch nur für mich erkennbaren »Ach-könnte-ich-doch-jetzt-in-meinem-Bett-liegen«-Klang. – »Frau Stummel, sagt er, haben Sie schon mal was von Terpentin gehört?«

Wir waren vier Paare, eingeladen von meinem Kollegen Martin Kleinschmidt, der, genau wie ich, Reporter bei *Dolce Vita* war. Ein Zeitungsname, der leider trog, denn unser Leben dort war weder süß noch sonstwie aufregend. *DV* war vor zehn Jahren als Zeitgeistmagazin gegründet worden, als Yup-

pieblatt amerikanischen Zuschnitts, doch die wilden, koksumwehten Achtziger waren vorbei – leider, wie ich insgeheim fand –, und in den Neunzigern wirkte unser Blatt plötzlich seltsam zweitgeistig. Familien- und Naturthemen waren jetzt gefragt sowie plumpe Sexgeschichten, und beides langweilte mich eigentlich gnadenlos.
Da unsere Auflage ständig sank, war der nette, etwas bauchlastig-cholerische Chefredakteur Manfred Prieß mit einem »goldenen Händeschütteln« – man munkelte etwas von zwei Millionen – vor drei Monaten verabschiedet worden. Statt seiner residierte nun der ehemalige Schrotthändler – danach VW-Pressechef – Jürgen Michaelsen im Penthouse-Büro unseres Verlagshauses in Hamburg-Süd, da, wo Hamburg am industriellsten, deshalb am trübsinnigsten und umweltverseuchtesten ist. Michaelsen, den die Branche den »Staubsaugervertreter« nannte, war ein alerter Hesse mit Oberlippenbart, goldumrandeten Jacketkronen und einem durch nichts zu erschütternden Selbstvertrauen. »Ich bin nicht schlauer, aber stärker«, pflegte er aufmüpfige Redakteure in die Schranken zu weisen, wenn diese etwa wissen wollten, warum sie übers Wochenende einen Bericht über »Die deutsche Eiche« verfassen sollten – ein Thema, das einem ja nicht direkt auf den Nägeln brennt.
Zu jeder Konferenz brachte er eine Büroklammer und einen Computerausdruck mit, auf dem von jedem, wie er sich gern ausdrückte, »in Fettlebe

überbezahlten«, aber leider festangestellten Redakteur eine Liste seiner veröffentlichten Geschichten vermerkt war. »Nur 14 Geschichten, Herr Kleinschmidt, Sie werden pro Wort besser bezahlt als John Grisham«, hatte er gestern den armen Martin zusammengestaucht, der sowieso zu Magenproblemen neigte. »Reißen Sie sich zusammen, sonst schrecke ich auch vor einer Urlaubssperre nicht zurück.« Nach diesem Ausbruch war seine Büroklammer zum Einsatz gekommen, mit der er sich einen leicht schleimigen Kantinenrest aus den Zähnen holte.

Martin saß deshalb etwas vergrämt vor seinen Spaghetti mit Gorgonzolasauce. Existenzängste plagten ihn, denn mit 47 Jahren und drei schulpflichtigen Kindern war er nicht gerade der Hit auf dem Zeitungsmarkt. Ein Abend unter Freunden, so hatte seine Frau Erika gehofft, würde ihn wieder auflockern. Deshalb stupste ich ihn freundschaftlich in die Rippen: »Was macht dein Sexlife, Kollege?« Ich wollte ihn eigentlich nur von seinen Grübeleien ablenken, war deswegen nicht gefaßt auf seine vehemente Reaktion: »Lausig, wie der Rest meines Scheißlebens. Reicht dir die Antwort?«

Totenstille. Betretene Blicke. Dann räusperte sich Erika energisch: »Wer möchte noch ein bißchen Parmesan über die Nudeln?«

Auffordernd schaute ich meinen Mann an. Tu etwas, hieß dieser Blick, erzähl einen Schwank aus deiner verdammten Arztpraxis.

Er runzelte die Stirn. Joachim ist eigentlich ein guter Schwankerzähler, der seine Gags richtig timt und ein Gefühl für Situationskomik hat, doch heute abend war er bocklos. Ich legte deshalb Stechendes in meinen Blick. Ein schneller, harter Fußtritt unter dem Tisch folgte.

»Sagt mal, Leute«, fing er dann ergeben an, »hab ich euch schon die Geschichte von dem alten Mann und den Blutegeln erzählt?«

»Nein, hast du nicht«, riefen alle erleichtert, während ich spitz und hart zutrat.

»Meinst du nicht, Liebling?« Ein erstaunter Blick aus Joachims Augen. »Zu pikant?«

»Zu unappetitlich«, seufzte ich, denn, obwohl hartgesottene Reporterin, fand ich die Vorstellung von halbaufgelösten Blutegeln an männlichen Geschlechts ... Stop, rief ich mich zur Ordnung.

»Welche denn?« fragte mein Mann in die neugierige Stille. »Die, wo der junge Krankenpfleger abends die Gebisse einsammelte und in eine Schüssel legte und morgens ...«

»Diese Story ist doch ein uralter Hut«, unterbrach ihn Martin mürrisch. »Die hab ich schon mindestens 193mal gehört. Und morgens dauerte es dann Stunden, bis jedes Gebiß wieder in der richtigen Mundhöhle war.«

Joachim schwieg. Eine kleine, ärgerliche Ader pochte an seiner Schläfe. Er holte tief Luft – auch dieser Abend wird vorübergehen. »Dann vielleicht die, wo ich als junger Spund allein auf der Intensivstation war und mir drei Leute wegstarben und die Frau anrief und ich sagte, ihr Mann ist tot, und sie fiel in Ohnmacht, weil er mit einer harmlosen Blinddarmentzündung eingeliefert worden war, und er war auch quietschgesund, weil ich nämlich die Toten in meinem Streß einfach verwechselt hatte?«

Die Gäste guckten gelangweilt.

»Oder etwa die mit den Pampers und dem Furz?« fragte der frustrierte Erzähler provokant in die Runde.

»Ja, schieß endlich los«, riefen die Gäste. Martin, der es mit dem Magen hatte, murmelte etwas von »Ich geh mal neuen Wein holen« und verschwand.

**HANS-JOACHIM**

Manchmal hasse ich meine Frau. Immer muß ich als Pausenclown ran, wenn die Stimmung wieder mal daneben ist. Schließlich sind es *ihre* verdammten Kollegen. Na gut. Seufz.

Natürlich gehörte es nicht zu meinen Dienstpflichten als Arzt, daß ich an diesem trüben Apriltag, in meiner knappen Mittagspause, mit Frau Ella Seifert vor den Adult Pampers bei Safeway stand und ihr das riesige Windelpaket in den Einkaufswagen wuchtete. Aber erstens muß ich als Neuzugelassener um meine Patienten buhlen – der Chef meiner HASPA-Filiale nähert sich mir nur noch mit tief gerunzelter Stirn, so turmhoch sind leider meine Kreditzinsen –, und zweitens hat Rudolf Seifert mit

82 Jahren das gute Recht, sein Wasser nicht mehr halten zu können.
»Braucht Ihr Mann Extra, oder reicht der normale Nässeschutz?« fragte ich behutsam und musterte die Packung, auf der zwei Kukident-Grinser den Käufer anlächelten.
»Seit einer Woche Extra«, murmelte Ella Seifert beschämt, und ich nahm sie kurz in den Arm, bevor wir mit dem Ungetüm zur Kasse rollten.
»Kein Preis drauf«, sagte die krisselgewellte Kassiererin unwillig, drehte sich zur Kollegin um und rief: »Marion, was kosten die Pampers für Omas?«
»Keine Ahnung, meine Oma macht nicht in die Hose«, rief diese zurück, und beide kicherten, während Ella Seifert ihre Hand ums Portemonnaie krampfte und einen kleinen Tod starb.
Da wurde ich gallig. »Werden Sie auch für Frechheit bezahlt oder nur für Unfähigkeit?« herrschte ich die Schamhaargewellte an, als sie zurückkam und 39,75 DM in die Kasse tippte. Als sie bluthochgedrückt nach Luft schnappte, beschied ich sie kurz: »Ein Wort, und ich beschwere mich bei Ihrem Chef.«
Zurück im Auto – ein Volvo Baujahr '84, mehr war noch nicht drin –, sagte ich entschuldigend zu dem Häufchen Elend auf dem Beifahrersitz: »Tut mir leid, Ella, aber die Frau war wirklich unverschämt.«
Frau Seifert schniefte: »Ich bin Ihnen ja auch sehr dankbar, Herr Doktor, daß Sie mir diese Schlep-

perei abnehmen ...«, dann versagte ihr die Stimme.
Ella Seifert war 78 Jahre alt und meine Lieblingspatientin. Ich hatte sie von meinem Vorgänger, Dr. Dr. (auf diesen Doppeltitel legte er größten Wert) Werner Hagemeister übernommen, der bis ins hohe Alter von 87 Jahren als Arzt für Allgemeinmedizin praktiziert hatte, bis er nach dem dritten Herzinfarkt das Stethoskop aus der zitternden Hand legen mußte. Seine Praxis lag in Hamburg-Lurup, dem No-Name-Stadtteil zwischen Altona und Othmarschen, bedauerlicherweise eine fast lupenreine Kassenpatientengegend. Da außerdem Hagemeisters Geräte allesamt veraltet waren und die Praxisräume dringend renovierungsbedürftig, konnte er als Ablösesumme nicht mehr als 150.000 DM erwarten, ein Schnäppchen, für das ich mich auch sofort hoch verschuldete.

**EINSCHUB MARLENE**

Seufz und noch mal seufz. Die Geister, die ich rief. Jetzt war er nicht mehr zu bremsen. Verstohlen schaute ich in die Gästerunde. Höflich-stiere Blicke trafen sich über dem abgenagten Eßtisch, Zeichen dafür, daß man sich mäßig gut unterhalten fühlte. Scheißabend. Gleich würde das Klagelied über seine anspruchsvolle Ehefrau kommen, und wie schwer man es als neuzugelassener Arzt hatte, und wie ich unsere feuchte Drei-Zimmer-Wohnung in Altona verabscheute, obwohl sie doch so pittoresk mitten im Türkenviertel lag ... und bla und bla und bla ...

## HANS-JOACHIM KOMMT WIEDER ZU WORT

Ich dagegen liebe die Wohnung. Im Hausflur riecht es gelegentlich nach Kohl, okay, und wenn man die Küchenbalkontür, die zum Hof rausgeht, gerade dann öffnet, wenn über uns die Türkenfamilie kocht, dann fliegen manchmal Lammknochen und Bananenschalen auf unseren Balkon. »Fatima, du hast schon wieder am Ascheimer vorbeigezielt«, schreit Marlene dann wütend die Häuserwand hoch. – »Tut mir leid«, schreit Fatima dann zurück, »ich hab meine Brille verlegt.«
Ich finde so was irgendwie lokalkolorisch, aber meine Süße, die in der Elbchaussee aufgewachsen ist, der richtigen Seite, mit Blick auf den Fluß, betreut von Nannies, weil ihre Mutter lieber Bridge gespielt hat statt Windeln zu wechseln, meine Süße also ist durch diese nachbarliche Tuchfühlung schwer genervt.

## ZWEITER EINSCHUB MARLENE – EIN EHEPAAR ERZÄHLT 'NE GESCHICHTE

Diesmal trat ich richtig zu. »Au«, kreischte Frau Stummel, »wer tritt mich denn da?« Sie hob die Tischdecke hoch und schaute unter den Tisch. Ich setzte derweil meinen »Ich-hab-den-Finger-ja-nur-im-Marmeladentopf-weil-ich-die-Temperatur-testen-wollte«-Blick auf.

»Wo war ich?« fragte Joachim in die Runde.
»Bei den Windeln und deiner Frau«, seufzte Martin ergeben, der diesen Abend abgeschrieben hatte.

## HANS-JOACHIM IST WIEDER AM MIKRO

»Herr Doktor«, unterbrach Ella Seifert meinen trüben Gedankenfluß, »haben Sie noch Lust auf eine Kohlroulade?«
»Sehr sogar«, antwortete ich, und sie strahlte.
Da Marlene eine Magenschleimhautköchin ist, sprich, ihre Künste dieselbe eher unangenehm reizen als angenehm befriedigen, hatte ich es mir zur Gewohnheit gemacht, mich in den Mittagspausen von meinen älteren Patientinnen bekochen zu lassen. (Na warte, bis wir nach Hause kommen, Bürschchen! Anmerkung der Ehefrau.)
Um meinen Patientenkreis zu halten bzw. zu vergrößern, machte ich nämlich, was bei etablierten Kollegen längst nicht mehr üblich ist, regelmäßig Hausbesuche. Auf diese Weise kann ich fleischliche (natürlich nur ehrenhafte) und finanzielle Gelüste gut verbinden, und die alten Damen, zumeist verwitwet und einsam, reißen sich förmlich darum, ihren »Herrn Dockter« mit deftigen Speisen zu verwöhnen. Als ehemaliges Kleinbürgerkind schere ich mich den Teufel um solche Albernheiten wie Cholesterin oder die schädlichen Auswirkungen von Schweinefleisch – ich liebe Blutwürste, Sülzen, Saumagen, Kutteln, sehr zum Entsetzen meiner nouvelle-cuisinigen Ehefrau, die bereits Spa-

ghetti mit Pestosauce für den Inbegriff ungesunden Schwelgens hält.
Die Seiferts wohnen in der Flurstraße, einer Sackgasse mit ausschließlich rotgeklinkerten 50er-Jahre-Häusern, an denen außen Schilder spielende Kinder und abgestellte Fahrzeuge schwerstens verwarnen und innen vermiefte Treppenhäuser in kleine Zwei- bis Dreizimmerwohnungen führen. Vor den Fenstern hängen Spitzenstores, auf den Simsen fristen Usambaraveilchen und kleine, häßliche Kakteen ein trübsinniges Pflanzendasein. Alle Sofakissen haben einen Knick, und im Bad riecht es meist nach Tante Käthe unterm Arm, sorry, Ella, nicht nach unter deinem natürlich.
Rudolf Seifert saß also auf dem Sofa, eine braunorange Häkeldecke über den Knien, und starrte blicklos in den Fernseher. »Papa, der Dockter ist da«, sagte Ella liebevoll und küßte ihn auf die Glatze. Papa sagte nichts mehr. Er war in dem bereits halbjenseitigen Stadium, in dem man oft nicht weiß, will er nicht reden, schläft er mit offenen Augen oder ist er schon tot?
»Ich wärm schon mal die Kohlrouladen auf«, sagte Frau Seifert, »Sie kennen sich ja hier aus.«
Sie verschwand in der Küche, und ich schob meine Hand vorsichtig unter das weißgerippte Unterhemd meines Patienten. Sein Herzschlag war regelmäßig, nur in den Lungen rasselte es – er war Bergmann gewesen. Die Haut war seidig und ließ sich locker hin- und herschieben, und sie roch

sehr angenehm nach Zimt und feuchten Herbstblättern.
Viele halten mich für pervers, aber ich schnüffel genausogern an Babies wie an betagten Oldies.

## MARLENE, HALT ENDLICH DEN MUND!

Ich werd doch wohl noch reden dürfen! Er läßt heute abend wirklich nichts aus. Ich bin sicher, daß uns die Kleinschmidts nach diesem Abend endgültig von ihrer Gästeliste streichen.

## HANS-JOACHIM SETZT ZUR POINTE AN

Papa Seiferts Blick blieb unverwandt auf den Bildschirm gerichtet, auf dem einer unserer geschniegelten Nachrichtensprecher gerade die täglichen Unglücksmeldungen verlas. »Wie geht's denn so?« fragte ich, keine Antwort erwartend. »Klopft Ihnen denn Ella auch immer schön den Schleim von der Brust?«
Aus der Küche schwebten Kohlgerüche, meine Nasenflügel blähten sich in Vorfreude, als sich, laut und ohne Vorwarnung, ein gigantischer Furz aus den Tiefen der Häkeldecke löste – und sich Sekunden später in geradezu nasenbetäubenden Gestank auflöste.
»Hallo, Herr Doktor«, sagte Rudolf Seifert freundlich, und seine Augen waren klar und amüsiert, »und wie geht es Ihnen?«

**ANMERKUNG MARLENE**

Beifallheischend schaute mein Kleiner in die Runde. Keine Miene verzog sich. Ob sie die Geschichte geschmacklos fanden? Ihr Problem. Trotzdem sprang ich ein: »Ha, ha, ha« – ich merkte selbst, wie gekünstelt es klang – »das ist ja eine irre Geschichte, die hab ich ja noch nie gehört! Und was hast du dann gemacht?«

Dankbar und verlegen blickte mich mein Göttergatte an. »Mir geht es gut, hab ich einfach gesagt.«

Nicht gerade die große Knülleranwort. Ich blickte diskret zur Uhr. Elf Uhr durch – das hieß, die 25. Wiederholung von *Was gibt's Neues, Pussy?* auf Pro 7 hatte gerade angefangen. Der Bettzipfel winkte energisch.

**IM AUTO**

»Gott, was für ein langweiliger Abend.«

»Sind wir eigentlich genauso öde wie die anderen?«

»Ich fürchte, schon.«

»Macht das die Ehe oder unser Alter?«

»Ich fürchte, es ist eine Kombination von beidem.«

»Danke, Liebling, das war wirklich aufbauend.«

»Da nich für, wie der Hamburger sagt.«

»Der Hamburger kann manchmal ganz schön doof sein.«

»Hast du heute abend noch Lust?«

»Haben wir nicht erst vor einer Woche?«

»Das muß schon länger her sein. Mindestens drei.«

»Wie wäre es, wenn wir uns einfach nur gegenseitig die Füße massieren und dabei den Spätfilm sehen?«
»Gute Idee, aber wenn du einschläfst, hör ich sofort auf.«

## MARLENE IM BÜRO VON *DOLCE VITA*

*»Auch ein 80jähriger kann noch einen Orgasmus erleben«, grinste Erwin Ballauer und schaute verliebt auf seine 78jährige Geliebte Ida Kufstein. »Es dauert etwas länger bei uns, aber dafür sind wir dankbarer als das Jungvolk.«*
Ende. Ausdrucken. Ich zog die schmerzenden Schultern hoch, ließ sie rotieren, holte mißmutig eine der Lakritzstangen, die ich mir als Nikotinersatz gekauft hatte, aus der Schreibtischschublade und kaute. »Sex im Altersheim« hieß die Reportage, die mir meine Ressortleiterin Jenna Wissbach aufs Auge gedrückt hatte.
»Du mußt von diesen ständigen Tittenstories runterkommen«, hatte sie streng gesagt, »das ist nicht mehr angemessen in deinem Alter. Wie alt bist du jetzt? 36? 38?«
»34«, antwortete ich, tief beleidigt.
»Trotzdem«, fuhr sie ungerührt fort, »je eher du was Anspruchsvolles machst, etwas mit Sozialmief, desto schneller wirst du von der Chefredaktion ernst genommen.«
Ausgerechnet die Chefetage. Von der seit einer Woche preßlufthämmrige Geräusche durchs ge-

samte Haus dröhnten, weil einer der stellvertretenden Chefredakteure – es gab deren insgesamt vier – festgestellt hatte, daß sein Büro zwei Quadratmeter kleiner war als das seiner Kollegen. So könne er nicht arbeiten, meinte er, diese Enge schnüre ihm die Kreativität ab. Da Michaelsen keinen Zoff wollte, kam ein Mensch von der Innenverwaltung und ließ drei Blaukittel alle vier Büros ausmessen. Die Trennwände wurden entfernt, wiederum mit viel Krach – die kleinen Schreibgeister über, neben und unter ihnen seufzten und fluchten –, bloß daß sich dann herausstellte, daß Klaus Schmalgruber, der Schönste und Dümmste des Quartetts, ein halbes Fenster weniger hatte, und das auch noch mit Nordlicht. Ergebnis: Wieder alle Wände raus.
Und dabei sollte einem etwas zum Thema Senilosex einfallen. Vierzehn Altersheime von Nord bis Süd hatte ich besucht und war mir ziemlich blöd vorgekommen, als ich in den Aufenthaltsräumen die Knittrigen nach ihrer Lust fragte. »Ich wollte nur wissen, ob Sie einen Freund haben?« brüllte ich einer fast haarlosen Greisin ins Hörgerät, dreimal, bis sie plötzlich weit und zahnlos lächelte: »Meinen Sie zum Kartenspielen oder zum Knutschen?« Da ich erst 34 und noch unsterblich bin, war mir der Gedanke, daß es alte, in diesem Falle uralte Menschen noch miteinander treiben, höchst unappetitlich; ich war fest davon überzeugt, daß ich spätestens als 60jährige mit dem Sex aufhören würde. Dann war mein Gatte 63, auch kein Alter

mehr, in dem sich ein Mann noch nackt zeigen sollte.

Das Telefon klingelte. Jenna, meine Chefin, war dran. »Wie steht's?« fragte sie.

»Fix und fertig«, meinte ich. »Willst du mal draufschauen?«

Sie saß in einem für ihren Posten winzigkleinen Zimmer (ein Fenster zur Hofseite), aber als Frau war sie über das wichtigtuerische Gedröhne ihrer Kollegen zum Glück erhaben. Um ihren Schreibtisch herum blühte das Chaos, auf ihrem Schoß saß Lola, ihre einjährige Tochter, und saugte hingebungsvoll an der Ressortleiterinnentitte. »Meinen Busen krieg ich nie wieder hin«, seufzte Jenna und schnullerte am Babyhaarflaum. »Laß mal sehen.«

Da es mich extrem nervös macht, jemandem beim Lesen meiner Texte zuzuschauen, nahm ich ihr Lola ab und ging mit ihr zum Kaffeeholen in die Kantine.

Für ein Baby, eine Menschenart, mit der ich möglichst wenig zu tun haben will, war Lola eine sehr niedliche Ausgabe, mit schwarzen Locken und braunen Kulleraugen. Über die Vaterschaft gab's wilde Spekulationen – ein Samenspender namens Michael, über den sie mal eine Geschichte gemacht hatte (»Der namenlose Göttertropfen«), ein Fahrradkurier aus Puerto Rico, den sie offenbar in New York kennengelernt hatte, ein bisexueller Designer aus Mailand. Da ich erstens – obwohl Frau – Klatsch verabscheute, Jenna zweitens sehr mochte,

kümmerte ich mich nicht um die Gerüchte. Jenna selbst sprach nur in vagen Andeutungen darüber: »Eine unmögliche Geschichte, ein guter Typ«, mehr war aus ihr nicht herauszulocken.
In der Kantine stand ich gerade mit zwei Vanilleschnitten und zwei Pepsi Light an der Kasse, als mich eine zutiefst verhaßte Stimme feucht im Nacken traf: »Hey, Marlene, zeig mir mal dein kleines, schmutziges Geheimnis«, rief Horst-Peter Stachniak, der schlitzohrschmierige, 55jährige Chefreporter, den Prieß für 20 Mille im Monat von *Super* weggelockt hatte, weil ihm ein legendärer Ruf als Sekretärinnen- und Witwenknacker vorauseilte. Wenn irgendwo auf der Welt ein Diktator oder ein Mafiaboß im Sterben lag, dann war Stachie, so raunte ehrfürchtig die Branche, der einzige, der die wachhabende Ärztin/Krankenschwester so becircen konnte, daß er sich ans Sterbebett schleichen und dem Fast-Toten noch ein paar schlagzeilenträchtige Worte ablauern konnte. So hatte er vor zwei Jahren von dem Mafioso Jeanmarie Gabriotti aus New York als einziger Reporter der Welt ein Interview aus der Psychiatrie bekommen, wohin der Staatsanwalt Gabriotti vor seinem Mordprozeß zur Begutachtung geschickt hatte. Das Interview unter dem Titel »Ich töte, wie andere Männer lieben« war weltweit abgedruckt worden und machte Herrn Stachniak über Nacht zur journalistischen Legende. Daß er aussah wie ein 56jähriger – 43 gab er zu – Schmiernippel mit gelverklebten, grauen

Haaren an All-, einem etwas unglücklich angepaßten Haarteil an Sonn- und Feiertagen sowie jeder Menge Goldkettchen überm Brusthaar, störte offensichtlich nur so empfindliche Gemüter wie mich.
»Darf ich vorstellen, Lola, das ist Stachie, unser Altplayboy, der dir in fünf Jahren an die Wäsche will. Stachie, das ist Lola, Jennas Tochter, für die du 50 Jahre zu scheintot bist.«
Lola blinkerte und sagte: »Hmmgurgelhum« oder so ähnlich. Stachie strich ihr mit dem Zeigefinger über die Babywangen und murmelte: »So weiche Haut, das macht mich richtig an.«
»Stachie«, rief ich streng, »scheintot, habe ich gesagt.«
»Für die Mutter oder die Tochter?« fragte er.
»Für jede Frau, die ihre fünf Sinne beisammen hat«, sagte ich energisch.
Doch Abwehrmechanismen subtilerer Art prallten an Stachie ab wie Öl auf der Regenhaut. »Hast du Lust, mit mir in die Karibik zu fliegen?« fragte er und schaute mir tief in die Augen, Kleines, nur leider war er nicht Humphrey Bogart. »Ich bin 'ner heißen Drogenkiste auf der Spur, du könntest mein Lockvogel sein.«
Die Versuchung fand – sekundenlang – im Kleinhirn statt, aber dann stellte ich mir Stachie nackt vor, schauderte, und es war vorbei. Schließlich war ich Ehefrau, mein Reporterehrgeiz mußte hintanstehen. »Danke«, flötete ich, »dann schon lieber Klos in Wanne-Eickel schrubben.«

Doch Stachie blieb völlig ungerührt: »Schade, ich hätte dich gern dabei gehabt. Ist als achtteilige Serie schon fest eingeplant. Du wärest natürlich Co-Autorin. Tschüs, Lola. Melde dich wieder, wenn du vierzehn bist.«

Zurück in Jennas Büro, mußte ich erst mal Luft holen. Dieser Stachie! Warum verspürte ich jedesmal, wenn ich ihn sah, diese Mischung aus Ablehnung und leichter Aufgeregtheit, obwohl er weder optisch noch sonstwie meine Duftmarke war? Perversion? Karrieregeilheit? War nicht auszuschließen ... Als Mittelaltredakteurin verdiente ich 8.000 DM brutto, Joachims Finanzen waren eine Katastrophe – und ich schließlich von meinem Daddy was anderes gewöhnt. Als einzige Tochter eines wohlhabenden Proktologen (den ich, als ich begriff, was das Wort bedeutete, sofort in Urologe umtaufte) hatte ich die ersten 26 Jahre meines Lebens eine Prinzessin-auf-der-Erbse-Existenz geführt, und da ich Arztsein mit Mercedesstern, Villa im Grünen und jährlich drei (Weihnachten, Geburts- und Hochzeitstag) Geschmeiden aus Platin oder Weißgold gleichsetzte, war ich unangenehm überrascht, wie finanziell kümmerlich meine Ehe bisher verlaufen war. »Wir müssen sparen, Liebling« – wie ich diesen Satz aus tiefster Kapitalistenseele haßte!

»Warum suchst du dir deine Männer nicht nach der Größe ihres Geschlechtsteils aus, sondern nach der Kleinheit ihres Geldbeutels?« hatte mich ei-

ne Freundin mal gefragt. Gute Frage. Keine Antwort.
Denn Sparen war ein Fremd- und Schimpfwort für mich, so unerotisch wie Kaulquappen oder Mundgeruch. Mein Mann, der ewige Sparhansel, wurde deshalb auch nach besonders schlimmen Ausfällen auf sexuelle Sparflamme gesetzt. »Kopfweh«, flüsterte ich dann schadenfroh, »die Geldsorgen machen mich fertig.«
»Marlene, hörst du eigentlich zu?« drang Jennas Stimme an mein Ohr. »Wie sieht's mit der Optik zum Alterssex aus?« Lola war schon wieder am Nuckeln, und Jenna sah dabei ganz verklärt aus. Ob sie sich beim Stillen heimlich aufgeilte, wie ich es mal in der *Brigitte* gelesen hatte – Überschrift: »Die stille Lust beim Stillen«? Jedenfalls wollte ich lieber nicht wissen, wie wohl ihr Busen nach all dem Gezerre aussehen würde, wahrscheinlich pendelte er dann in Bauchnabelhöhe wie bei einer Hottentottenfrau.
»Die Fotos sind eher still«, meinte ich vorsichtig, denn ich wollte mir meine Story nicht versauen. »Alte Leute eben, die machen natürlich nicht mehr soviel her.«
Jenna seufzte. »Da wird die Chefredaktion ja nicht so begeistert sein, mal sehen, was ich mir für 'ne Strategie überlege. Vielleicht ein paar junge Altenpflegerinnen dabei, mit engen Kitteln oder so. Okay, zurück an die Front.«
Ich war verabschiedet. Vom Büro aus versuchte ich

meinen Mann zu erreichen, gegen den erbitterten Widerstand seines Rezeptionszerberus, Frau Verena Kullnermeyer-Schwarzenbrück, einer frustriert Geschiedenen mit Damenbart und schlecht gemachter Dauerwelle. »Kann ich bitte meinen Mann sprechen?« verlangte ich so energisch wie möglich.

»Wer ist am Apparat?« konnte sie sich natürlich nicht verkneifen.

»Frau Dr. Ellermann«, sagte ich, weil ich wußte, wie sehr sie diese Titelanmaßung ärgerte, »ich hab's eilig.«

Säure troff durch die Leitung, als sie mit schmalen Lippen ein »Moment bitte« herauspreßte. Erst nach fünf endlosen Minuten war mein Mann dran, kleine Rache der Verliererin. »Marli, was gibt's, ich hab wenig Zeit.« Die Stimme meines Gatten klang gehetzt. »Aber wo du schon dran bist – kaufst du bitte heute fürs Abendessen ein, ich muß noch ein paar Hausbesuche machen.«

Ich war genervt. Warum hatten wir für diesen häuslichen Pingelkram kein Personal? »Laß uns essen gehen, ich hab auch keine Zeit«, sagte ich deshalb. »Wir treffen uns im *Cuneo.*«

Ich zündete mir trotzig eine Zigarette an, blies den Rauch in Kringeln aus. Zu Hause durfte ich, wenn überhaupt, nur auf dem Balkon rauchen, weil Joachim behauptete, gegen Rauch allergisch zu sein. »Weißt du eigentlich, wie gefährlich passives Rauchen ist?« hüstelte er, wenn ich die Schachtel nur

anschaute. »Iß lieber Tofu, wenn du was Orales brauchst.« Mein Leben war entschieden zu schmalspurig. Zu bratkartoffel-mit-sülzig. Zu sofakissen-mit-knickig. Zu jägerzaun-mit-gartenzwergig. Irgendwas würde sich ändern müssen.
Aber was?
Das Telefon klingelte. Joachim mit einem Versöhnungsangebot, weil er mich so schnell abgewimmelt hatte. Ich grinste. Männer sind wirklich zu schlicht gestrickt. »Alles, was du willst«, flötete ich in den Hörer.
»Dann will ich alles«, sagte Horst-Peter Stachniak, »falls ich das in meinem Alter noch verkraften kann.«

**HANS-JOACHIM**

Als Marlene anrief, hatte ich die Hand gerade an der Brust von Erika Wollner. Es war eine weiche Brust mit vielen Zysten, was mich als Allgemeinmediziner nichts anging, zumal ich, wie gesagt, meine Hand nicht *auf*, sondern *an* besagter Brust hatte. »Spüren Sie diese rasselnden Töne«, hauchte Frau Wollner. Sie hatte die Augen geschlossen, war voll auf ihren Körper und die Untersuchung konzentriert. »Könnte es eine Lungenentzündung sein?«
Ich seufzte, zog behutsam meine Hand weg. »Is was, Doc?« fragte sie und schlug die Augen auf. »Haben Sie schlechte Nachrichten für mich?«
»Überhaupt nichts Schlimmes, eine ganz leichte

Bronchitis, die wir mit Antibiotika behandeln können«, sagte ich. Eigentlich hätten in diesem Fall homöopathische Mittel völlig ausgereicht, aber da ich vor zwei Wochen einer Einladung der Pharmaindustrie nach Venedig gefolgt war und dort mit Marlene ein traumhaftes Wochenende verbracht hatte, wußte ich, wo meine Prioritäten zu liegen hatten. Ende des Jahres stand im übrigen eine zweiwöchige Kalifornienreise an, die ich mir ebenfalls privat nicht leisten konnte. Man lebt schließlich nur einmal, außerdem war's ein sehr schwaches antibiotisches Mittel.

»Ziehen Sie sich bitte wieder an«, sagte ich streng. »Falls Sie, was ich für unwahrscheinlich halte, Fieber bekommen, rate ich zu leichter Bettruhe.«

Ich saß bereits hinterm Schreibtisch und schrieb das Rezept aus, als sich Erika Wollner auf den Besucherstuhl davor sinken ließ. Sie knöpfte dabei ihre Bluse zu, ganz langsam, Knöpfchen für Knöpfchen. »Wenn ich ins Bett muß, Doc, machen Sie dann auch einen Hausbesuch bei mir? Ach, ein Mann wie Sie auf meiner Bettkante ...« schmachtete sie.

Ich konnte mir ein Grinsen nicht verkneifen. Erika Wollner war kein Hypochonder, dafür ein nahezu klassisches Arztgroupie. Obwohl ich noch nicht lange praktizierte, waren mir alle Schattierungen dieser Spezies inzwischen sattsam vertraut: der flüchtige Blick auf meinen rechten Ringfinger – ich war ringlos, was sowohl eine Kosten- als auch eine

professionell bedingte Hygienefrage war; der enge oder weit ausgeschnittene Pullover; das leichte Seufzen, wenn ich Hand anlegte, wobei ich oft sehr froh war, kein Gynäkologe zu sein.
»Wie verhältst du dich«, hatte ich kürzlich meinen Freund Guido Lansky gefragt, der als Gynäkologe in Hamburg-Eimsbüttel praktiziert, »wenn du den Arm bis zum Ellenbogen in einer Patientin hast, und die macht dir dabei einen unsittlichen Antrag?« Guido hatte nur gelacht. »Ein guter Frauenarzt muß wie ein Schlachter sein«, dozierte er, »und der kann ja auch nicht bei jedem nackten Schweinebauch ausrasten.« Eine Antwort, die mich nicht zufriedenstellte, aber da in diesem Augenblick Guidos Frau hereinkam, war die Debatte erst mal vertagt worden.
Erika Wollner also. Sie kam oft, meist wegen Lappalien, aber als Privatpatientin war sie mir trotzdem hochwillkommen. Ihre überreifen Reize – sie war 58 Jahre alt – ließen mich zwar kalt, trotzdem lächelte ich sie an, während ich das Rezept über den Schreibtisch schob. »Ich bin sicher, daß *in* Ihrem Bett kein Platz mehr ist«, erlaubte ich mir, leicht flirtend, und stand auf. Mein Wartezimmer war voll, hauptsächlich Kasse zwar, aber die hatten ja auch ein Recht auf Behandlung. »Bis zum nächsten Mal.«
Sie gab mir die Hand. Ich wußte bereits, was kam, und ignorierte es. Mit dem Mittelfinger malte sie einen kleinen, feuchten Kreis in meine Handfläche.

»Auf Wiedersehen, Frau Wollner«, sagte ich noch einmal und ging an die Rezeption, um zu sehen, was der Tag noch an Leckereien für mich bereithielt.

Eine Grippewelle tobte über Hamburg, also jede Menge Husten, laufende Nasen, rasselnde Brustkörbe. Außerdem Hoch-Zeit für Hypochonder. Helmut Hogl war so ein Fall, Beamter im mittleren Dienst. Pünktlich vor den Feiertagen oder direkt danach stellten sich seine diffusen Beschwerden ein – unbestimmte Herztöne, merkwürdiger Schmerz im Fußballen. Doch auch seine Versicherung bezahlte pünktlich und ohne Murren den 3,5fachen Satz, deshalb – verachte mich nicht, o moralinsaurer Leser –: »Herr Hogl, Sie sehen schlecht aus. Was gibt's?«

Der Zaubersatz für jeden Krank-Orgiasten. Hogl legte die bleiche Beamtenstirn in kummervolle Falten. »Sie sehen's ja, Herr Dockter, wie mühsam ich mich auf den Beinen halte.«

»Machen Sie sich bitte frei«, sagte ich und wußte, daß ich von ihm eine exhibitionistische Attacke à la Wollner nicht zu erwarten hatte. Seine Beamtentrichterbrust hatte noch nie ein Fitneßstudio von innen gesehen, die Oberarme waren so dünn wie Besenstiele. Er roch leicht faulig. »Herr Hogl«, sagte ich streng, »Sie kennen die Regeln – gründlich frischmachen vor dem Freimachen. Mein Geruchsorgan ist voll intakt, ich rieche Saures bei Ihnen.«

Herr Hogl war keineswegs beleidigt. »Ich dusch einmal die Woche, Herr Dockter, und zwischendurch spray ich die Schwachstellen über, so schlimm kann's also nicht sein.«
Ich seufzte: »Herr Hogl, wie oft hab ich das schon gesagt, nicht sprayen, waschen! Der menschliche Körper braucht $H_2O$, kein Treibgas. Also feuchte Feindberührung, möglichst täglich.«
Doch Hogl hörte gar nicht mehr zu. Er hatte inzwischen seinen Spiralblock gezückt und las vor: »Ich hab's hier aufnotiert, also: leichter Druck im Herzbereich, von Sonntag nachmittag bis Montag abend. Prall gefüllte Blase, dadurch vermehrter Stuhlgang. Urin gelblich-grün, mit einem Stich ins Rote. Blut? ...«
Die Liste ging weiter, ich blickte auf die Uhr. Die zehn Minuten, die ein Patientengespräch maximal dauern durfte – Kasse nur fünf –, waren um. »Das klingt ja gar nicht gut«, unterbrach ich ihn kurz hinterm Gallenstau energisch. »Zum Glück war mein Pharmareferent heute vormittag da und hat mir ein ausgezeichnetes Mittel für Ihren Beschwerdenkomplex zum Ausprobieren gegeben.«
Hogl war skeptisch. »Dafür gibt's wirklich was?«
Ich ging zu meinem Medikamentenschrank, in dem ich meine Pharmaproben aufbewahre. Griff ins Regal mit den wohltönenden Placebos. »Dreimal täglich zwei Tabletten. Und in einer Woche sehen wir, wie es Ihnen geht.«
Endlich war er draußen. Mechanisch langte ich in

meine Schreibtischschublade, holte mir eine R1 aus der Schachtel, zündete sie an, inhalierte, ahhhhh, öffnete die Fensterklappe und wedelte schuldbewußt. Wenn das Marlene wüßte. Lynchen würde sie mich. Natürlich – ausgerechnet jetzt kam meine Sprechstundenhilfe Cornelia rein: »Dr. Ellermann, wie können Sie?« rief sie laut und schloß die Tür hinter sich. »Mir auch eine, bitte«, flehte sie, »sonst werd ich wahnsinnig.«

## JENNA

Es war einer dieser Tage, wo ich den Job am liebsten hingeschmissen und mein Geld als Hafennutte weiterverdient hätte. Im strömenden Hamburger Normalnieselwetter, miniberockt am Fischmarkt, fette, wampige Staubsaugervertreter, die auch Damenunterwäsche im Musterkoffer haben, kurbeln die Autofensterscheibe runter und fragen: »Wieviel?« – »100 fürs Bumsen und Blasen, 50 nur fürs Blasen« – »In deinem Alter, du spinnst wohl«, würden die Fetten sagen, »da gibt's höchstens 'n Zwanziger.«
So gefrustet war ich also heute, daß mir dieses Schmuddelszenario als Alternative vorschwebte. Alles ging schief. Die von mir produzierte, als Titelstory geplante Geschichte über schwule Väter war geplatzt, kurz vor Drucklegung hatte sich herausgestellt, daß der Daddy auf dem Aufmacherfoto mit zwei Leihbabies posiert hatte, weil er sich als arbeitsloser Lehrer ein Zubrot verdienen wollte. Er

war außerdem nicht schwul, sondern ein bis über die Stadtgrenzen hinaus bekannter Heterror. Ein Anruf beim Modeschöpfer Wolfgang Joop!, den wir gern für diesen Titel gehabt hätten, landete bei seinem äußerst schmallippigen Agenten, der uns mitteilte, sein Chef habe schließlich zwei wunderhübsche Töchter, und ob das denn nicht für sich spräche. »Wenn Herr Joop in die Öffentlichkeit tritt, dann nur über ßeine Mode«, ßäuselte er (Zahnersatz? Hasenscharte?).

Außerdem zahnte meine Lola, und Jette, das Unglücks-Au-pair aus Dänemark, hatte sich beim Bügeln (pro T-Shirt eine Stunde) die Fingerkuppen verbrannt, war deshalb noch bedingter einsatzfähig als sonst.

Das Telefon klingelte: »Wir haben supergeile Fotos von Brigitte Nielsen. Kann einer deiner Leute bis morgen einen Text machen? Zwei Doppel-, eine Einzelseite. Acht Blatt.« Heinrich Faltermeyer, mein Exchef, der inzwischen zum stellvertretenden Chefredakteur aufgerückt war, hyperventilierte wie immer. Er war diese Woche mit Blattmachen dran und wollte das Heft der Hefte machen.

Da unsere Leserschaft noch debiler konstruiert schien als die Redaktion, bedeutete das, zumindest für den Titel, wieder einmal nackte Titten, möglichst prominente. Vor ein paar Jahren hatte der *Stern*, den wir auflagenmäßig leider immer noch nicht abgeschüttelt hatten, für 50.000 DM (wir hatten 49.000 DM geboten) auf dem Titel eine halbnackte Madonna mit einer mehr als dürftigen Clipping-Story meiner Kollegin Elvira Elend gebracht – »Madonna, sündig und nackt«. Diese Nummer des *Stern*, so wurde in unseren Konferenzen immer wieder betont, wenn sich die schrumpfende Feministenriege gegen einen weiteren Tittentitel wehrte, war die meistverkaufte des *Stern* gewesen, noch erfolgreicher als die mit der Titelstory »Frauen sprechen mit ihren Brüsten«, die vor zehn Jahren die Branche belustigt hatte. Also schrie sie geradezu nach Raubkopie.

*Wieder* Telefon. »Ja?«

Michael war dran, seit knapp zwei Jahren mein Dauerbekannter, leider nicht Lolas Vater, was mein Privatleben etwas komplizierte. »Was macht das Süße Leben?« fragte er. Wie alle Menschen unter 30, und das war er leider, hielt er mein Magazin für eine Lesehilfe für Senioren.

»Was macht die Examensarbeit?« fragte ich süffisant zurück, ein wunder Punkt, denn seit einer kleinen Ewigkeit war die Entwicklung der Kommunistischen Partei Griechenlands von 1941 bis '49 auf Seite 46 steckengeblieben.

»Soll ich dir meinen letzten Absatz vorlesen?« fragte er hoffnungsvoll. »Ich hab heute eine Seite geschafft.«

Ohne eine Antwort abzuwarten, las er los: »Ende 1939 erreichte den Generalsekretär der KKE, Zachariadis, im Gefängnis von Kerkyra eine entgegengesetzte Weisung des EKK1, die der neuen Linie der sowjetischen Außenpolitik ...«

»Klingt faszinierend«, unterbrach ich ihn schnell, bevor er weiterlesen konnte.

»Ich seh schon, du bist beschäftigt«, sagte er, »soll ich Lola abholen?«

»Das wäre wunderbar«, sagte ich, »das Kind braucht dringend feste Nahrung.«

Auch ein Vorteil, wenn der Miterzieher viel Tagesfreizeit hat, dachte ich und rief meinen Volontär Lothar Meyer an, zwecks Betextung von Lady Nielsen. Er war jung und eifrig, Begriffe wie Imageverlust und journalistischer Ausverkauf ihm deshalb wesensfremd. »Lothar«, sagte ich mit Widerspruch-ist-zwecklos-Stimme, »Einsatz! Beweg deinen süßen Hintern in mein Büro.«

Chefin sein und Leute, besser noch, Männer scheuchen können war schon geil.

## BEI JOACHIMS ELTERN

Es war nicht die gehäkelte Klopapierrolle im Badezimmer, die mich störte, nicht die klitzekleinen Handtücher, mit denen wir uns nach dem Duschen abtrocknen mußten – diese Vorkriegsgeneration hatte offensichtlich noch nie etwas von großen Badetüchern gehört –, auch über die Durchschnittstemperatur von 16 Grad in der Drei-Zimmer-Piefbauwohnung konnte ich hinwegsehen. Selbst mit den behäkelten Sofakissen auf einer beigefarbenen, knochenharten Foltercouch hatte ich mich – wenn auch mühsam – abgefunden, und, ganz knapp, sogar mit der nie frischen Bettwäsche. »Es haben nur Leute drauf geschlafen, die du schon kennst«, lächelte meine Schwiegermutter Inge, wenn sie abends die Betttruhe aufklappte und ich mit sinkendem Herzen feststellte, daß die Laken seit unserem letzten Besuch offenbar nicht gewechselt worden waren. Das einzige, was mich nachhaltig vergrätzte bei diesen allmonatlichen Schwiegerelternbesuchen, war die ständige Anspielung auf unser Noch-nicht-Eltern-Sein.

»Marlene, mit fast vierzig bist du doch Spätgebärende«, seufzte Inge Ellermann und schob sich genüßlich einen Bissen Philadelphia-Torte in den Mund. »Willst du denn partout einen Schlitzie kriegen?«

»Mutti, das Wort Schlitzie ist absolut unmöglich. Kinder mit Down-Syndrom heißt es«, mahnte mein Gatte und schob ächzend seinen Teller weg. Es war drei Stunden nach dem Mittagessen (Schweinebauch, Kartoffelpüree, Leipziger Allerlei, zum Nachtisch Vanillepudding mit Kirschen), und er hatte zum Kaffee drei Tortenstücke mit Sahne verputzt. Verzeihlich deshalb sein geöffneter Reißverschluß, aus dem Hemd und weißer Bauch quollen, verzeihlich, aber optisch nicht gerade ansprechend.

»Daunen was?« fragte mein Schwiegervater Günther und tippte stumm auffordernd an seine Tasse. Eine jahrhundertealte Angewohnheit, die mich als emanzipierte Ehefrau zutiefst irritierte. »Was willst

du denn?« hatte ich ihn früher immer gefragt. – »Kaffee natürlich«, kam dann prompt die erstaunte Antwort von Inge, also hielt ich mich jetzt aus dem Ehedialog heraus und litt stumm.
»Down-Syndrom«, wiederholte Joachim geduldig. »Mongoloide Kinder.«
»Das ist mir zu kompliziert«, wehrte Inge ab. »Ich nenn sie weiterhin Schlitzies oder Mongölchen, das klingt viel niedlicher.«
Günthers Zeigefinger kreiste immer noch über der Tasse. Er räusperte sich. »Möchtest du Kaffee?« fragte ich scheinheilig.
Er antwortete nicht, dafür verschärfte sich sein Blick in Richtung Inge. Die endlich begriff. »Papa, was willst du, Kaffeesahne oder Dosenmilch?«
»Das Übliche«, sagte er schroff, und ich dachte, Verheiratetsein ist das Schlimmste: Die Tür fällt ins Schloß, krachend und unwiderruflich, Schlüssel weg.
Mein Blick wanderte zu Joachim, der leider, leider eine immer größer werdende Ähnlichkeit mit seinem Vater entwickelte. Die breite, flache Stirn, die dünne Oberlippe, die rosa Platte auf dem Kopf – irgendwie hat der liebe Gott die Ellermanns lieblos zusammengeschustert. Bei meiner Sippe gab er sich offensichtlich mehr Mühe. Wir sind alle groß, schlank und haben dickes, leicht gewelltes, rotblondes Haar, dafür allerdings schlechte Zähne, die bei meinem Mann als Ausgleich nahezu coregatapsig blitzten.

Warum ich ihn geheiratet hatte? Ganz einfach: Von der Optik abgesehen, war er der Mann, mit dem ich mich am besten unterhalten und lachen konnte. »Humor ist das wichtigste im Bett«, hat Richard Burton einmal gesagt; genau meine Meinung. Wie keiner seiner Vorgänger schaffte Joachim es, mich mit einem Witz, einem lockeren Spruch, einer witzigen Grimasse auch aus der grimmigsten Laune zu reißen. Im Bett kicherten wir manchmal so stark, daß der kleine grüne, sorry, der riesengroße weiße Spargel rausrutschte und wir wieder von vorn anfangen mußten. Außerdem war mein Mann Arzt für Allgemeinmedizin, und von meinem Vater wußte ich, daß man sich in diesem Beruf, wenn man ihn richtig betreibt, ein goldenes Stethoskop verdienen kann.

Es paßte mir deshalb gar nicht, daß Joachim seine Praxis ausgerechnet in der Prolo-Gegend Lurup hatte. »Irgendwo ist der Hamburger in dieser Ecke noch häßlicher als sonst«, befand auch meine Freundin Bettina Hagen, die in der Innenstadt einen teuren Pulloverladen hatte. »Ob sich auch nur eine dieser Frauen die Achselhöhlen rasiert?«

Und dann gab's noch einen Grund, aber der war so lächerlich, daß ich ihn im hintersten Winkel meines Herzens aufbewahrte. Hajo sah ein bißchen wie Ashley Wilkes aus, und ich war ein leidenschaftlicher *»Vom Winde verweht«*-Fan. Mindestens 30mal hatte ich den Film gesehen, kannte sämtliche Dialoge auswendig. Und im Gegensatz zu meinen Freun-

dinnen, die allesamt immer sauer auf Scarlett waren, weil sie zu doof und selbstgefällig war, um einzusehen, daß ein Macho wie Rhett Butler sehr viel besser zu ihr paßte als Ashley, den Bettina Mr. Magermilch nannte, hatte ich dessen vornehme Blondheit immer favorisiert. Ein Vulkan, der unterm Eisberg lodert, sehr romantische Vorstellung.
Inge war inzwischen beim Thema Abendessen angelangt. »Und dann mach ich noch einen Geflügelsalat und tau den roten Heringssalat auf und die Baguettebrötchen, und wenn einer Rührei mit Schnittlauch möchte, Eier hab ich noch genug.«
Ich stand auf. Mir war schlecht. Unbegreiflich, daß diese spindeldürre Frau ständig vom Essen reden und es auch verputzen konnte, ohne auch nur ein Gramm Fett anzusetzen. Ich war in kulinarischer Hinsicht eine tiefe Enttäuschung für sie, eine ausgemergelte, magersüchtige Zicke, die jede Mahlzeit kaputtnörgelte. »Möchtest du noch?« fragte Inge bei jedem Essen, kaum daß ich meine Gabel hochnahm oder wenn ich eine Sekunde beim Essen innehielt. »Oder magst du etwa Bohnen in Buttermilchsauce auch nicht?« Es war ein permanenter Kampf, den Joachim nicht gerade erleichterte, indem er sein intelligentes »Sie ißt immer wie ein Spatz« in die Debatte warf. – »Darum wird es höchste Zeit, daß sie was auf die Rippen kriegt«, antwortete Inge dann spitz und füllte nach. »Männer wollen nachts nicht auf einem Gerippe liegen.«
Noch drei Stunden und 3000 Kalorien, dachte ich,

dann fahren wir wieder nach Hause, und ich hab einen Monat Ruhe. Ob ich auch mal so anstrengend werden würde? O Schauder. Ob meine Ehe in 30 Jahren genauso sein würde?
»Papa, wieso sind denn keine Servietten auf dem Tisch? Holst du bitte mal welche?«
»Ich warte lieber, bis du wieder was willst, dann muß ich nicht zweimal laufen.«
»Was macht die Praxis, wirft sie schon was ab?« fragte meine Schwiegermutter gerade, die, genau wie ich, Sinn fürs Praktische hatte.
»Im Augenblick noch nichts, frag mich in fünf Jahren wieder«, sagte Joachim, und ich dachte: Dann bist du 39. Vorher muß dringend etwas passieren.
Aber was?
»Fünf Jahre!« schrie Inge entsetzt. »Und was ist mit meinem Enkelkind? Wie lange soll ich darauf noch warten?«
Bis du schwarz wirst, dachte ich böse.

## JENNA UND MARIE

»Warum hat Lola eigentlich immer Rollkragenpullover an?« wollte Marie wissen. »Hamburg ist Scheißwetterhochburg, zugegeben, aber heute sind es doch ausnahmsweise 18 Grad.«
Jenna sagte nichts. Es stimmte, ihre Schwester Marie hatte Lola noch nie nackt gesehen, aber dafür gab es Gründe. Sehr ernste Gründe sogar.
»Ist es nicht witzig, daß unsere Kinder genau gleich

alt sind?« fragte Marie weiter. »Wenn sie nicht verwandt wären, könnten sie sogar heiraten.«
»Jetzt geht's wieder mit dir durch«, sagte Jenna schroff, »außerdem muß der Mann mindestens fünf Jahre älter sein.«
»Wie bei dir, meinst du?« Marie grinste.
»Oder 15 Jahre jünger, aber nicht gleichaltrig.«
»Schon gut«, sagte Marie versöhnlich. »Wollen wir mit dem Essen auf Christoph und die Kinder warten?«
»Laß uns lieber anfangen«, meinte Jenna, leicht unruhig. »Ich hab noch 'ne Menge Arbeit auf dem Schreibtisch.«
Doch es klingelte bereits Sturm. Marie öffnete, und unter Donnergepolter ergoß sich die Restfamilie ins vordem so friedliche Wohnzimmer. Christoph, mit zerzausten Haaren, hatte sich wie alle Hamburger Männer beim ersten Sonnenstrahl ins Triple-S-Horror-Outfit (Shorts, Socken, Sandalen) geschmissen. Sein Körper sah seltsam ungelüftet, nahezu leichenhaft aus; nun ja, der deutsche Winter macht keinen von uns schöner. An jedem Körperteil schien eins seiner Kinder zu kleben: die siebenjährige Stephanie, Daniel, vier, Gabriel, drei, und der einjährige Marco. Der Mann sah wie ein wandelnder Ameisenhaufen aus.
»Tag, Schwägerin«, keuchte er, »welch seltener Glanz in unserer Hütte.«
»Hi, Schwagerherz«, antwortete Jenna. »Viel zu tun auf der Karriereleiter.«

Christoph schüttelte den Nachwuchs ab und stellte Marco vor den Couchtisch, nachdem er mit geübter Elternhand alles Zerbrechliche in die Sicherheitszone gewischt hatte. Lola saß auf Mamis Schoß; sie liebte Menschenwimmelei, zu Hause war es oft so langweilig. Nur große Leute, die ihre Ruhe wollten.
»Ich steck die Gören mal eben in die Badewanne«, lachte Marie und verschwand.
»Okay«, sagte Christoph und nahm Marco auf den Schoß. »Ein süßes Kind hast du«, sagte er zu Jenna und schaute beide prüfend an. »Bist du glücklich?«
»Mehr als mit jedem Mann«, meinte sie.
»Weiß der Vater das?« fragte er.
Jenna konzentrierte sich auf einen Punkt hinter seinem Ohr: »Ich glaube, schon.« Dann stand sie hastig auf. »Ich muß los, Michael ist heute abend als Babysitter zwangsverpflichtet, mein Schreibtisch lechzt nach mir.« Sie klemmte Lola auf ihre rechte Hüfte, reichte Christoph die Hand, rief: »Bis die Tage, ich melde mich«, in Badezimmerrichtung, öffnete die Haustür. Spürte Christophs Atem im Nacken: »Schade, daß du schon gehen mußt.« Fast panikartig lief sie die Treppen runter. Vor der Haustür holte sie tief Luft.
»Das war knapp, mien Deern«, sagte sie zu ihrer Tochter und zuschte, wie zur Beruhigung, einmal am rosa Ohrläppchen.

## MARLENE UND HANS-JOACHIM IM *CUNEO*

Ich war stinkig heute abend. Meine Senilosex-Geschichte war noch immer nicht im Blatt. Dieswöchige Begründung: Das Heft ist zu trist, wir brauchen leichte Themen. Als wenn Sex kurz vor dem Abkratzen nichts Amüsantes wäre! Glaubten denn diese Chefredakteure, sie würden niemals alt? Und war es in jedem Fall nicht beruhigend zu wissen, daß man auch scheintot noch was vom Leben haben kann? Wüt, knirsch.

Dafür war die Lesbenreportage meiner Kollegin Silke Fuß mit vier Doppelseiten drin. Titel: »Die Lesbe, das unbekannte Wesen«. Unterzeile: »Alles, was Sie schon immer über Frauensex wissen wollten.« Silke war eine militante Frauenfreundin, die gern Kinder gehabt hätte, nur Mädchen natürlich, aber da männliche Penetration nicht in Frage kam, arbeitete sie nach Feierabend mit ihrer Freundin Ulrike an der menschlichen Parthenogenese. Bislang hatten sie noch keinen Erfolg gehabt, aber wenn, dann hatte Michaelsen mit einer Titelgeschichte gedroht: »Schwanger durch Zellteilung«. In ihre Lesbenreportage hatte Silke alle nur erdenklichen Schocker hineingepackt – gemeinsames Menstruieren bei Vollmondin, Hexensabbat, Drachinnenbeschwörung, Tanz der Schamaninnen. Sie hatte auch streng darauf geachtet, kein Macho-Vokabular zu verwenden, sondern nur Frauensprache. So schrieb sie selbstverständlich nicht von Rucksäcken, sondern von Ruckbeutelinnen, auch das Wort Anrufbeantworter wurde in -beantworterin feminisiert. »Wer braucht sie schon, diese übelriechenden Mümmelzwerge«, hatte die Hexe Attis als Schlußsatz des Berichts verkündet, »eine männerlose Welt ist einfach besser.« Um diesen Satz mußte Silke redaktionsintern schwer kämpfen. »Wir sind doch kein Magazin für kesse Väter«, hatte Michaelsen getobt, aber Silke, die Männer sowieso nicht ernst nahm, setzte sich schließlich durch. Leider war die Optik dürftig, denn die – natürlich lesbische – Fotografin hatte beim Mondin-Einsatz ihren Blitz vergessen, deshalb waren die im Kreis hockenden, vor sich hinmenstruierenden Frauen nur schemenhaft zu erkennen. »Vielleicht sogar besser«, hatte Jenna gemurmelt, die laut Silke als Heterofrau natürlich keine Ahnung hatte.

Im übrigen war die Stimmung im Hause höchst gereizt, weil die Auflage so runtergegangen war, daß die Anzeigenpreise reduziert werden mußten. Michaelsen hatte nur noch Schaum vorm Mund, jede Art von Manöverkritik verbot sich deshalb aus Selbstschutzgründen. Kein Wunder, daß Claudia Schiffer schon wieder auf dem Cover prangte, obwohl sie dem Vernehmen nach immer noch nicht mit Prinz Albert bumste. Den hatte Stachie angeblich in einem Nachtclub von Monte Carlo mal in enger Umarmung mit Richard Gere gesehen, aber das durften wir leider nicht schreiben.

Mein Ressort war zu der Alle-Jahre-wieder-Umfrage »Jugendliche und ihr Sexualverhalten« verdonnert worden. »Ist doch uralt«, wagte ich bei Faltermeyer einzuwenden. »Warum denn jetzt die 1001. Version?« – »Weil der Chef es will«, sagte er nur. »An die Arbeit!« Die Chefredaktion wollte die Befragten natürlich blutjung und möglichst nackt. Ich hätte die Umfrage blind und taub schreiben können:

DOLCE VITA: War denn dein Glied auch groß genug beim ersten Verkehr?

KNABE: Wieso, ich war doch schon elf!

DOLCE VITA: Kevin-Boris, wir danken dir für dieses Gespräch.

Wir versuperten.

»Jo«, hatte ich deshalb streng zu meinem Angetrauten gesagt, »heute abend kein Sparmenü. Ich lade dich ein. Auf Spesen. Du bist ein Sexualprofessor, den ich zu frühreifen Orgasmen befrage.«

»Gern«, meinte Dr. Sparsam, der bei Spesenessen besonders gern zuschlug. *»Cuneo?«*

»*Cuneo* zuerst, Cunni vielleicht später«, versprach ich.

Ein schlapper Witz, das wußte ich selber, aber es war auch ein schlaffer Tag gewesen.

## HORST-PETER STACHNIAK

Meine Sexualsensoren fuhren sofort aus, als sie das Lokal betrat. Sie stand in der Tür, blickte sich suchend um, natürlich waren alle Tische besetzt. Das *Cuneo*, ein leicht versiffter Italiener mitten auf der Reeperbahn, war jeden Abend brechend voll. Die Mischung war's: Nutten, abgehalfterte Chefredakteure, Luden und brave Pinneberger quetschten sich hinter Holztische mit karierten Tischtüchern, rauchten, leckten ihre Berufs- oder Privatwunden, aßen klaglos kraftlose Fettuccine und öltriefenden Salat und süffelten sich die Hucke voll. Wer nach einem *Cuneo*-Besuch mit dem eigenen Auto fuhr, war oft des Führerscheinentzugs fette Beute.

Marlene also. Gott, was sah sie wieder scharf aus! Jeans, weißes T-Shirt, Keds – aber an ihr wirkten selbst biedere Klamotten wie von Beate Uhse. Ihre rotblonden Haare waren noch feucht, sicher hatte sie gerade geduscht. Mein Gott, was war denn los mit mir? Präsenile Wallungen? Und wer war der Idiot mit Halbglatze, der jetzt hinter ihr zur Tür reinkam? Ihr den Arm um die Schultern legte? Wahrscheinlich der Ehemann, dieses arme Doktörchen aus Lurup. Keine Konkurrenz für mich, das sah ich sofort. Beamtenplatte, große Nase, unsportliche Figur. Daß sie sich so einen Ringelwurm auf den Bauch binden konnte, war mir schleierhaft.

»Kennst du die Alte an der Tür?« Mein Tischnachbar Schorse Föhrenbeißer, früher Schulfreund,

jetzt leider millionenschwerer Lude, außerdem Textilhändler, Poker-As und Gelegenheitsdealer, fühlte sich offenbar vernachlässigt.
»Kollegin. Scharfe Mutter, findest du nicht? Bin kurz vorm Abschuß, also stör bitte meine Kreise nicht.«
»Für dich ist sie ja wohl ein bißchen jung – oder hast du dich lange nicht mehr nackt im Spiegel gesehen und leidest unter Größenwahn?«
»So jung auch nicht mehr«, meinte ich abschwächend, »in sechs Jahren wird sie auch schon vierzig.«
»In sechs Jahren bist du Frührentner«, sagte Schorse lässig, »vergiß das nie.«
»Und du ein abgehalfterter Vorstadtlude«, entgegnete ich giftig. Ich haßte es, auf mein Alter angesprochen zu werden; als ich kürzlich einen Bescheid von meiner Rentenversicherung bekam, der lautete: »Ihr Rentenbeginn wurde auf den 3.1.2003 festgesetzt«, war der Tag für mich gelaufen.
Schorse lachte nur: »Abgehalfterter Vorstadtlude? Das bin ich doch jetzt schon.«
Die beiden kamen direkt auf uns zu. Endlich schaute Marlene her. Offensichtlich hatte sie mich entdeckt. Ich sah ihr an, daß sie sekundenlang zögerte, ob sie so tun sollte, als hätte sie nicht. Doch dann raffte sie sich auf. »Du schon wieder«, seufzte sie.
»Ich immer noch«, sagte ich, bewußt vieldeutig. »Darf ich vorstellen: Marlene Ellermann, Kolle-

gin – Schorse Föhrenbeißer, impotenter Millionär aus Blankenese. Und wen hast du mitgebracht, Marlene? Deinen kleinen Bruder? Wie niedlich.«
Das hatte gesessen. Ihre Augen wurden schmal. »Du vergißt dich«, zischte sie, »dies ist mein Mann.«
Männe, ganz der Souveräne, ging bis zur Tischkante, streckte mir die Hand entgegen: »Dr. Ellermann.«
Ich mimte den Betroffenen. »Entschuldigen Sie meine dumme Bemerkung. Aber Sie sehen wirklich verdammt jung aus. Beneidenswert. Ich bin Kollege Stachniak.«
Doc Ellermann verzog keine Miene: »Ich habe schon einiges von Ihnen gehört«, sagte er, da kam Paolo, der Kellner: »Tisch ist fertig, Madame.«
»Danke, Paolo«, sagte sie und lächelte mich an. Zuckersüß, das hätte mich warnen sollen. »Dein Toupet sitzt schief«, sagte sie noch und drehte sich um. Scheiße. Hastig griff ich nach oben. Sie hatte recht. Ich haßte sie dafür.
Sie wurden an einen Ecktisch verfrachtet, gut in Sichtweite. Marlene steckte sich eine Zigarette an, der Doktor runzelte die Stirn, sagte leise etwas zu ihr, sie verzog genervt die Mundwinkel und drückte die Zigarette im Aschenbecher aus. Spießer, dachte ich fröhlich, bei dem hat sie wahrscheinlich nicht viel zu lachen. Im Bett sicher Medizinersex. Vorher duschen, nachher die Laken wechseln.
»Hey, Alter, bist du noch vorhanden?« Schorses

Stimme tönte wie durch Watte an mein Ohr. »Hast du gehört, was ich dich gefragt habe?«
»Nein«, antwortete ich unwillig, »was denn?«
Schorse schaute kurz in Marlenes Ecke, wo sie gerade in eins ihrer Crostini biß, dann musterte er mich prüfend: »Ich hab gesagt, daß es mir 100.000 DM wert wäre, wenn du Marlene dazu bringst, mit mir zu schlafen.«
Ich konnte mich nur verhört haben. »Bist du wahnsinnig?« Ich merkte selbst, daß meine Stimme viel zu laut klang, und dämpfte sie. »Wie kommst du denn auf diese Schnapsidee?« fragte ich leiser und trank mein Bier in drei hastigen Schlucken aus. Dann rülpste ich, wischte mir den Schaum vom Mund.
Schorse schmunzelte. »Um dich zu ärgern«, sagte er knapp. »Du bist einerseits verschuldet, andererseits auch scharf auf diese Frau, die ich im übrigen ausgesprochen appetitlich finde. Wäre doch mal interessant zu sehen, welches Schwein in dir die Oberhand gewinnt.«
Ich schwieg. Er hatte recht. Meine Spielschulden waren erheblich, der Kauf einer Luxuseigentumswohnung in Harvestehude hatte mich knietief in die Miesen gebracht. Hundert Mille wären ein sehr angenehmes Wundpflaster. »Was hätte denn Marlene davon?« fragte ich vorsichtig. »Charme und Schönheit können's bei dir ja wohl nicht sein.«
»Sie würde die gleiche Summe bekommen«, meinte Schorse unbeleidigt.

»Und was müßte sie dafür tun?«
»Eine Nacht mit mir verbringen.«
»Mehr nicht?«
»Das ist alles«, sagte er. »Unsere Kleine geht gerade für kleine Mädchen. Warum marschierst du nicht hinterher und unterbreitest ihr mein Angebot?«
An diesem Abend ritt mich der Teufel. Wenn ich gewußt hätte, was ich damit auslösen würde, ich hätte mir vermutlich eher die Beine abgehackt. Oder was anderes. Nee, das denn doch nicht. So aber marschierte ich hinter ihr her, die Treppe zu den Toiletten hinunter.
Sie hatte schon die Hand an der Klinke, als sie mich sah. »Verfolgst du mich?« fragte sie, sichtlich genervt. »Oder willst du nur für kleine Jungs?«
»Weder noch«, teilte ich ihr lächelnd mit. »Mein Freund bat mich, dir ein Angebot zu machen.«
»Dieser Würgesack?« fragte sie entgeistert. »Für den würde ich nicht mal ein rohes Ei aufschlagen.«
»Gute Assoziation«, lobte ich, »so was Ähnliches will er auch von dir. Aber nicht geschlagen. Nur gekrault.«
»Ich verstehe nur Bahnhof. Werd deutlich, oder laß mich pinkeln.«
»Okay, gnä' Frau. Also: Schorse ist ein schwerreicher Mann.«
»Na und?«
»Moment, gleich geht's weiter. Also, er ist so hin- und hergerissen von deinen voll erblühten Reizen, daß er gern mit dir eine Nacht verbringen würde.«

Sie wurde puterrot. »Du hast sie ja wohl nicht mehr alle«, zischte sie so wütend, wie ich sie noch nie erlebt hatte. »Dieser Ekelwurm! Nur über meine Leiche.«
»Er würde es sich 100.000 DM kosten lassen.«
»Für eine Nacht?« fragte sie, wider Willen angekitzelt.
»Für eine Nacht«, bestätigte ich.
Sie rauschte ins Damenklo, knallte die Tür hinter sich zu. Sekunden später hörte ich es rauschen, dann kam sie wieder. »Du kotzt mich an«, sagte sie und ging die Treppe rauf. Oben drehte sie sich um. »Für kein Geld der Welt, mein Lieber.« Dazu lächelte sie – strahlend wie Tschernobyl.

## ZWEI MÄNNER UNTER SICH

»Na, was hat sie gesagt?« fragte Schorse.
»Was glaubst du wohl?«
»Daß sie es kaum abwarten kann.«
»Woher weißt du?«
»Ich kenne doch die Frauen. Gib mir mal ihre Büronummer.«
Stachie überlegte. Sie würde ihn lynchen, wenn er die Nummer rausgäbe. Andererseits – jeder konnte schließlich bei *Dolce Vita* anrufen und sich durchstellen lassen. Und der eiskalte, verachtende Blick, den sie ihm eben zugeschmissen hatte, kratzte an seiner Eitelkeit. Was bildete diese Zicke sich eigentlich ein? Man wird doch unter Kollegen wohl mal einen Spaß machen dürfen?

»Ich weiß was Besseres«, sagte er deshalb grinsend. »Ich geb dir beide Nummern. Büro und privat.«

## DAS EHEPAAR ELLERMANN IM AUTO

Das Spesenessen hatte 140 DM gekostet, und da vom Verlag nur 50 DM pro Person gestattet waren, mußte sie entweder eine dritte dazuerfinden oder 40 DM selbst bezahlen. Piefig, diese Spesenkontrollettis, schnaubte Marlene und schrieb auf die Rückseite der Rechnung unter »Bewirtete Personen«: Gerda Vögelmann, Lehrerin für Sexualkunde. Es fiel ihr in letzter Zeit immer mehr auf, wie klein und schrumpelig die Brötchen waren, die sie in ihrem Leben backen mußte.

Alles war so schrecklich langweilig und normal. Wie ging noch dieses Biermann-Lied: »Das kann doch nicht alles gewesen sein / das bißchen Sonntag und Kinderschrein ...« Genau so war ihr zumute – »Ich will noch 'n bißchen was Blaues sehn / und will noch paar eckige Rundn drehn ...« Jaaa, genau! Sag dem Abenteuer, daß ich komme. Sowie ich Zeit habe.

Jetzt fuhr sie erst mal nach ziemlich fettigen Spaghetti Carbonara mit ihrem dünnhaarigen Ehemann in einem gebrauchten Volvo in ihre Dreizimmerwohnung. Es gab bestimmt wieder mal keinen Parkplatz, und der, den Joachim nach Fünfmal-um-den-Block-fahren endlich finden würde, bescherte ihnen mit Sicherheit einen Strafzettel. Zu Hause setzt sich dann Ashley noch auf ein letztes Bier vor die *Tagesthemen*, während Gattin Melanie sich mit Ponds-Nährcreme das Make-up vom Gesicht wischt. Kontaktlinsen raus; wie gut, daß man das fettverschmierte Gesicht jetzt nicht mehr so genau erkennen kann. Ein kurzer Blick ins Wohnzimmer – da liegt er wieder, der Mann ihres Lebens, in seiner Lieblingsposition: Kopf in die Kissen gesunken, Augen zu, Mund offen. Mittelschwere Schnarchtöne vibrieren durchs Zimmer. Laß ihn schlafen, wird die Frau denken, dann schnarcht er wenigstens nicht im Ehebett.

»Ich hab dich gefragt, warum du so ein bitterböses Gesicht machst. So schlimm war das Essen doch nicht.« Hajos Stimme war lauter geworden.

»Wie, was meinst du?« Marlene schreckte aus ihren Träumen. »Entschuldige, aber ich hab mich nur geärgert.«

»Doch nicht etwa über mich?« fragte er besorgt.

»Nein«, seufzte sie, »über meinen Kollegen.«

Beim Ton ihrer Stimme wurde Joachim hellhörig.

»Der verknitterte Julio Iglesias? Hat er dir etwa einen unanständigen Antrag gemacht?« Es sollte locker-flockig klingen, aber irgendwie kam es ein bißchen gepreßt heraus.

»Nichts dergleichen.« Marlenes Stimme klang schroff und abwehrend. »Er hat eine Story von mir schlechtgemacht, eine Unverschämtheit.«

Während sich Joachim ihrem Haus näherte – wieder kein Parkplatz – und zur ersten Runde ansetzte, spürte er ein tiefes Gefühl der Erleichterung. Er wußte auch nicht, warum er ausgerechnet bei seiner eigenen Ehefrau immer so unsicher war. Da, ein Parkie, nur 200 Meter vom Haus entfernt – war wohl sein Glückstag.

»Hast du was dagegen, wenn ich im Wohnzimmer noch ein letztes Bier trinke?« fragte er, als er die Haustür aufschloß.

Sie lächelte, ohne die Lippen zu verziehen. »Nicht das mindeste, Liebling, nicht das allermindeste.«

Das Telefon klingelte. Sie hob ab. Jemand stöhnte.

»Komm schnell her«, flüsterte Marlene, »unser Wichser ist wieder dran.« Sie lauschten.

»Was hast du an?« fragte eine heisere Männerstimme.

»Ich bin nackt«, hauchte Marlene und mußte an sich halten, um nicht laut loszuprusten. Sie fand diese Anrufe zu komisch.

»Faß deine Titten an«, forderte jetzt die Stimme, »und laß deinen Daumen ganz sanft über die Nippel kreisen.«

»Oh, du, ich bin so scharf, ich kann nicht mehr«, sagte Marlene und gab Hajo den Hörer.

Die Stimme: »Jetzt geh runter an die Muschi. Zieh deine Schamlippen auseinander, ganz vorsichtig ...«

»Das war's dann wohl, du altes Schwein«, sagte Hajo streng. »Wenn Sie noch einmal meine Frau belästigen, rufe ich die Polizei.« Klick. Der Wichser hatte aufgelegt.

»Der Ärmste«, sagte Marlene mitleidsvoll, »hoffentlich hat er keinen Herzinfarkt gekriegt vor Schreck.«

»Obwohl, seine Vorschläge waren gar nicht mal so schlecht«, meinte Hajo, und an seinen großen, schwarzen Pupillen erkannte die müde Marlene mit sinkendem Herzen die Ellermannsche Vorstufe von Geilheit. »Komm doch mal her.«

**ZU HAUSE BEI SCHORSE FÖHRENBEISSER**

Er wachte auf, weil Shitface, sein pechschwarzer Bullterrier, ihm energisch das Gesicht ableckte. »Pfui, Shittie, hör auf, sofort, Platz, sage ich«, murmelte er schlaftrunken, während er seine diamantbesetzte Prolex vom Nachttisch zog und sie sich dicht vors Gesicht hielt. Halb eins – eine Tageszeit, die aufgrund heruntergezogener Rollos gottlob nicht bis in sein Schlafzimmer vordrang. »Kaffe«, brüllte er, »ein bißchen dalli, Rosaria, und eine Schachtel Marlboro Light.«

»Kleines Blickchen, Big Boss«, tönte die gleichmütige Stimme seiner portugiesischen Aufwartefrau aus der Küche. Sie arbeitete seit drei Jahren bei ihm und war mittlerweile durch nichts mehr aus ihrer mediterranen Ruhe zu bringen. Nicht durch seine nächtlichen Pokerrunden, nach denen sich die Nikotinschwaden am nächsten Morgen auch bei sperrangelweitem Öffnen sämtlicher Fenster nicht verflüchtigten, von den Brandlöchern im ehedem weißen Teppichboden (120 DM pro Quadratmeter) ganz zu schweigen. Und nicht durch seinen vielseitigen Damenbesuch zu jeder Tages- und Nachtzeit; wenn Big Boss aus dem Schlafzimmer dröhnend nach einer neuen »Ladung Lummeltüten« verlangte, ging Rosaria in die Speisekammer – oben ganz rechts – und reichte sie stumm durch die Tür. Schorse war ein launischer, lauter, aber auch ein besonders großzügiger Chef. Rosaria war von montags bis freitags Putz-Bügel-Einkauf-Shitface-Ausführ-Frau und bekam dafür »drei Mille auf die Kralle«, wie Big Boss es nannte, das heißt in glattgebügelten Scheinen und schwarz wie eine Rabenfeder.

Obwohl sie beide 52 Jahre alt waren, blieben Rosarias Gefühle ihrem Chef gegenüber eindeutig unerotischer Natur. Besonders, wenn sie ihn, wie jetzt, schlafgedunsen und übelatmig in seinem tigergemusterten Kingsize-Wasserbett daliegen sah.

»Kaffee und Zigaretten«, sagte sie, und schob ihm eine bereits glühende Marlboro zwischen die aufgesprungenen Lippen, an der er tief und gierig sog. Dann hielt sie ihm wortlos die Kaffeetasse hin. Ein Schluck, er sank aufatmend ins Tigermuster zurück.

»Was liegt heut an, Rosi?« fragte Schorse, denn da er Rosaria blind vertraute, führte sie auch seinen Terminkalender.

»Kleines Moment«, sagte sie und holte einen Zettel aus der Schürzentasche. Shitface knurrte tiefbeleidigt und stieß kleine Jaullaute aus. Rosaria drückte Schorse seine Kaffeetasse in die Hand, nahm die

Gießkanne vom Fensterbrett und füllte eine Untertasse mit Blumenwasser. »Jetzt du halten große Schnauze«, befahl sie dem Hund, der selig das Wasser aufschlabberte. Dann las sie vor: »Vier Uhr kommt dicke Ede aus Pornoladen *Sugarbaby*. Will Sie fragen wegen Beteiligung.«

Schorse grunzte nur. Er hatte Ede vor ein paar Tagen im Laufe eines fast an ein Koma grenzenden Rausches irgend etwas mit viel Geld zugesagt, an das er sich jetzt nur noch sehr nebulös erinnern konnte. Das *Sugarbaby*, ein Edelpuff am Hans-Albers-Platz, war in den achtziger Jahren ein wahrer Goldesel gewesen – die Mischung von Live-Shows und scharfer Privateinlage in den Séparées und Hinterzimmern hatte den Nerv und einiges mehr vieler Ehemänner und Geschäftsreisender getroffen. Da Ede ein gesundheitsbewußter Puff-Daddy war, verteilten jetzt seine Oben-ohne-Bunnies vorsorglich an jedem Tisch die notwendigen Präservative, eine Geste, die nicht von jedem Gast geschätzt wurde.

Die Umsätze waren deshalb drastisch zurückgegangen, eine Finanzspritze unter Freunden angesagt. Ede war sehr deutlich geworden. »Ich brauche mindestens 200 Mille, Schorse. Der Kunde bumst nicht mehr so oft, also muß ich meine Shows anschärfen. Gute deutsche Mädels gibt's nicht, die sehen nackt immer gleich nach Hausfrau aus. Die Schokomiezen aus Südamerika wiederum sind teuer. Davon abgesehen hab ich noch einiges gut bei dir. Wer hat

denn das Kokspaket im Kofferraum versteckt, als bei dir die Bullen ankamen? Und wer hat Marion mit dem Schlachter aus Lüneburg verheiratet, als sie von dir schwanger war? Ein bildschöner Knabe übrigens. Sieht dir zum Glück überhaupt nicht ähnlich.«
»Noch'n Kaffe«, stöhnte Schorse jetzt. »Sonst noch was auf'm Zettel?«
»Was mit Dolce Vita, kann ich nicht lesen«, sagte Rosaria, »und abends Sie sich treffen in die Bullenterrierverein.«
Gottchen ja, Shitface mußte wieder etwas schärfer gemacht werden. Das Tier war einfach zu friedlich geworden in letzter Zeit. Doch was war Dolce Vita?
»Steht 'ne Nummer dabei?« fragte er.
»Ist Gekritzel«, meinte Rosaria und reichte ihm den Zettel. Er entzifferte: 4801-3579. Und wählte ...

## MARLENE BEI DER ARBEIT

Themenkonferenz. Michaelsen wollte bis morgen eine Liste möglicher Titelgeschichten auf dem Tisch haben. Jenna war genervt, weil die letzten drei Listen, die sie ihm hochgereicht hatte, jedesmal verschwunden waren. Und sie jedesmal was auf den Deckel kriegte, weil sie angeblich ihr Ressort nicht streng und effizient genug führte.
»Die Jungs von der oberen Etage wollen Sex, Sex und noch mal Sex«, seufzte sie. »Was haben wir liegen?«
Jochen Dummkovitz, ihr Stellvertreter, den ihr Mi-

chaelsen mit den Worten »Ein Freund von mir, geben Sie ihm eine Chance« aufs Auge gedrückt hatte, räusperte sich: »Ich glaube, gerade auf dem sexuellen Sektor haben wir uns nichts vorzuwerfen. Wir haben – Crossdresser, sexuelle Belästigung am Arbeitsplatz, den Seniorensex von Marlene, Nekrophile in Alaska von einem Freien, Mütter, die ihre Söhne lieben, und Polygamie in Utah.«
Jenna seufzte noch lauter. »Ich kann diese ganzen Schamlippenthemen nicht mehr sehen«, bekannte sie, und wir alle nickten bekräftigend. Zumal die Jungs aus der Chefriege ständig was bestellten und sich hinterher an nichts erinnern wollten. »Hat mein Kollege in Auftrag gegeben«, wehrten sie dann ab, oder: »So hab ich's mir aber nicht vorgestellt. Was soll denn meine Schwiegermutter aus Ulm dazu sagen, wenn sie so was liest?«
»Was ist eigentlich mit unserer Jugendsexualität?« warf ich ein. »Sollte die nicht Titel dieser Woche werden?«
»Sollte schon«, meint Dummkovitz achselzuckend, »aber Michaelsen meint, es sind zu wenig Ostdeutsche drin.«
»Zu wenig Ostdeutsche?« kreischte ich. »Ein Viertel der Befragten kommt aus Dunkeldeutschland. Wozu haben wir denn einen Stellvertreter, der den Chef duzt, wenn fürs Ressort überhaupt nichts dabei herausspringt?«
Helga Brändli, unsere Sekretärin, steckte den Kopf herein: »Telefon für dich, Marlene. Ich stell mal

durch.« Jenna reichte mir ihren Hörer mit den Worten: »Faß dich bitte kurz.«

»Marlene Ellermann am Apparat.« Kurz und geschäftsmäßig.

»Hier spricht Schorse.« Laut und privat.

»Ich kenne keinen Schorse«, sagte ich. »Wen wollen Sie denn sprechen?«

»Sind Sie diese scharfe Person mit rotblonden Locken, die ich gestern im *Cuneo* getroffen habe?« fragte er.

Wider Willen war ich leicht geschmeichelt. »Ich *war* gestern abend im *Cuneo*«, sagte ich.

Es war ganz still geworden in Jennas Büro. Alle spitzten die Ohren. Zeit, dieses Gespräch abzubrechen. »Ich bin mitten in einer Besprechung«, stellte ich deshalb energisch fest. »Rufen Sie mich später wieder an.« Und legte sofort den Hörer auf.

»Wer war das denn?« fragte meine Kollegin Petra Neumann sofort.

»Irgend so ein Spinner«, sagte ich nur.

## STACHNIAK DENKT SCHWER NACH

Ob er sie inzwischen angerufen hatte? Seit Schorse mir das Angebot gemacht hatte, wüteten die 100 Mille in meinen Gedanken wie ein Schwelbrand. *100 Mille* für eine einzige Nacht – das wäre mein am leichtesten verdientes Geld, seit ich einmal über einen Luden in Dortmund für 20 Mille ein Portrait unter dem Titel »Ein Schweinehund mit Herz« geschrieben hatte. Wie viele meiner Ge-

schichten war zwar das meiste aus der Achselhöhle gelutscht, aber es las sich gut: *»Sein Beruf hat ein Image wie Totengräber und Fußpilz zugleich, aber Jack Le Big, wie ihn das Dortmunder Milieu ehrfürchtig nennt, ist ein Zuhälter, der auf Moral hält. Jedes seiner Mädels hat ein Kuscheltier ihrer Wahl auf dem Zimmer, und wenn eine von ihnen Geburtstag hat, gibt's eine Runde mit dem Chef umsonst.«*
Jack war in dem Artikel so goldig rübergekommen, so liebevoll und witzig, daß ihm danach die Nutten scharenweise zuliefen. Deshalb schickte er mir jedesmal, wenn ich dienstlich in Dortmund zu tun hatte, eins seiner Mädels aufs Hotelzimmer. Zum Nulltarif natürlich.
Doch die Geschichte damals war ein rein beruflicher Einsatz gewesen, während hier und jetzt nur mein Engagement als menschliches Schwein verlangt war. Eigentlich ein Freispiel für mich.
Ich tippte Marlenes Durchwahl.
»Was ist?« Die Stimme klang nicht gut.
»Ich bin's, dein Stachie«, flötete ich deshalb so harmlos wie möglich. »Hast du Lust auf'n Kaffee?«
»Kaffee ja, dich nein, und wo der Automat ist, weiß ich selber«, sagte sie und legte den Hörer auf.
Da kam mir eine blendende Idee.

## JÜRGEN MICHAELSEN, BLUTHOCHGEDRÜCKT

Er starrte auf den Computerausdruck mit den Auflagenzahlen vor sich und runzelte unwirsch die

Stirn. 120.000, also 1000 weniger als im letzten Quartal, sogar die *Bunte* zog an ihnen vorbei – so *konnte* es nicht weitergehen. Aber wie *sollte* es? Da er selbst die meisten Magazine nur mit Widerwillen las, Journalisten eine blühende Phantasie und angeborene Recherchenfaulheit unterstellte, deshalb nur die Hälfte der Reportagen in *Dolce Vita* glaubte, hatte er eigentlich keine Ahnung. Sollte man mehr in Richtung *Spiegel* gehen – große, politische Reportagen über Ausländerfeindlichkeit, Wirtschaftsmisere und Balkangemetzel? Er gähnte herzhaft. Oder in Richtung *Super Illu*, das heißt, den Leser für doof verkaufen mit Sex, Sex und nochmals Sex, untermischt mit einer Prise *human interest*?

»Herr Michaelsen?« Seine Sekretärin, Fräulein Heischriek, steckte vorsichtig ihren lilagetönten Kopf herein (ihre Vorgängerin, eine pralle Blondine, hatte ihm seine Frau verboten, nachdem sie ihn in der Mittagspause nie erreichen konnte). »Haben Sie fünf Minuten Zeit für Herrn Stachniak?«

Michaelsen grunzte Zustimmung. Vielleicht hatte ja einer seiner Schreiberlinge ausnahmsweise mal eine gute Idee. »Fünf Minuten«, sagte er, »keine Sekunde mehr.«

»Die brauch ich auch nicht, Chef.« Mit drei großen Schritten federte der Starreporter bis vor den Mahagonischreibtisch, stand breitbeinig davor, bis ihn Michaelsen mit einem kurzen »Setzen Sie sich!« auf einen der Ledersessel verwies. Stachie nahm

Platz, legte die Beine übereinander, zog diskret seine Hosenbeine über das Stück milchweiße, schwarzbehaarte Beinhaut, die aus den Socken leuchtete. »Ich habe eine Idee, Chef«, begann er forsch, wurde aber sogleich mit einem knappen »Herr Michaelsen reicht« in seine Arbeitnehmerschranken verwiesen.

Stachniak schluckte, blieb ruhig, nur sein auf- und abspringender Adamsapfel verriet unterdrückte Wut. »Ich habe eine Idee, Herr Michaelsen«, fuhr er fort. »Haben Sie einen Moment?«

»Sonst wären Sie nicht hier«, knurrte Michaelsen drohend. »Kommen Sie zur Sache!«

»Ich würde gern eine Serie über Puffs in Deutschland machen. Milieu, Drogenproblem, Anwohner. Jeder Serienteil soll einen anderen Aspekt behandeln. Zum Beispiel: Nutten und Aids in Hamburg; Zuhälterkriege in Frankfurt; Anwohner sind sauer in München; Ostmilieu rüstet auf in Berlin. Dazu jeweils einen Servicekasten für den interessierten Leser: Wo sind die Nutten am besten? Welche Nationalität entspricht dem deutschen Mann am meisten – Polin, Brasilianerin etc. Und dann natürlich einen Puff-Führer durch alle Städte und Dörfer.«

Michaelsen wippte mit den Spitzen seiner lackschwarzen Schuhe, Zeichen höchster Konzentration. »Klingt gut«, sagte er, »nur ein Nachteil: Sie sind dann ja für aktuelle Stories erst mal blockiert.«

Stachie frohlockte. Das lief ja wie geschmiert.

»Nicht unbedingt«, meinte er eifrig. »Ich könnte das Ganze ja mit einem Co-Autor machen.«
»An wen dachten Sie?« fragte Michaelsen.
»Ich dachte an eine Autorin«, antwortete Stachniak schnell, »an unsere Edelfeder Marlene Ellermann. Die kann gut mit Leuten, und die hartgesottenen Luden packen bei ihr bestimmt viel besser aus als bei mir.«
»Wunderbar«, strahlte Big M., »ich bin mit allem einverstanden. Nur eins noch: keine Eigenbelege, nur korrekte Rechnungen. Nicht wieder so ein Ding wie damals aus Bangkok – Interview mit Repräsentanten der Gesundheitsbehörde, Bewirtung über 1.000 DM, ohne Quittung und Gästeunterschrift, weil angeblich keiner von denen schreiben konnte. Ich werde alles selber abzeichnen, ist das klar?«
Stachie – den Kollegen auch Herrn von Spesewitz nannten, weil er bekannt für sehr hohe Rechnungen in sehr guten Lokalen war, in die er angeblich seine Interviewpartner führen mußte – »Sonst hätten die nicht mit mir geredet, ich bin ja eher ein Bratkartoffelmensch« –, Stachie also nickte zahm. Und dachte an einen Scheck mit fünf Nullen. Obwohl bei Schorse Barzahlung wahrscheinlicher war. Er fühlte schon das Knistern der Scheine unter seinen Fingern.
»Sternenklar, Herr Michaelsen«, strahlte er.

## HANS-JOACHIM ELLERMANN

Ottilie Menge lag mit aufgestellten Beinen auf der Liege vor dem Ultraschallgerät. Bluse und BH hatte sie über den Stuhl gehängt, ihr Unterhemd war in Taillenhöhe aufgerollt. Sie seufzte: »Seit Willie tot ist, kann ich einfach nicht mehr einschlafen, Herr Doktor.«

»Warum das denn nicht, Frau Menge?« fragte ich abwesend, während ich das körnige Bild auf dem Bildschirm musterte. Gallengries. Rechts oben ein Steinschatten, also ein großer Gallenstein. Dahinter insgesamt 20 kleine, zum Glück bewegliche Steine.

»Weil ich sein Schnarchen so vermisse«, sagte Ottilie. »62 Jahre lang bin ich mit Schnarchen eingeschlafen, jetzt diese Ruhe. Ich kann das einfach nicht aushalten.«

Ich liebte die kleine Frau Menge. Ihre grauen, hauchdünnen Schweinelöckchen, zwischen denen die rosa Kopfhaut durchschimmerte; ihre Perlonkniestrümpfe, die immer runterrutschten und blaugeäderte Knubbelknie freigaben; überhaupt, ihren gesamten übergewichtigen Altfrauenkörper, der fünf lebende Kinder zur Welt gebracht hatte und drei tote, der zwei Weltkriege überstanden hatte und 62 glückliche Ehejahre einem Mann treu geblieben war. Außerdem gehörte sie zu den ganz wenigen alten Leuten, die nicht von ihrem Stuhlgang besessen waren. »Erst mal zu den Gallensteinen, Ottilie«, sagte ich und legte meine Stirn in strenge Medizinerfalten. »Abnehmen ist angesagt, dringend. Ihre Steine sind direkt über dem Ductus cysticus, dem Gallenausführungsgang, und wenn eins von den kleinen Biestern in den Gallengang rutscht, dann Prost Neujahr.«

Sie kannte meine Rede und nickte brav. »Ich probier's«, sagte sie. *Same procedure as every time*, dachte ich, aber was soll's. Ottilie Menge war 82 Jahre alt, ob sie die fünf oder acht Lebensjahre, die ihr noch blieben, mit vergrößerter Fettleber verbrachte oder nicht, würde sich auf ihren Platz im Himmel gewiß nicht auswirken, der war ihr sicher. Ich schrieb also: »Leichte Fettleber, multiple, kleine Gallensteine, beweglich; Gallenwege nicht erweitert« auf ihre Karteikarte, als mir eine Idee kam. »Muß es denn Willies Schnarchen sein?« fragte ich.

»Ich versteh nicht«, meinte Ottilie und klickte ihren BH zu.

»Ich schnarche nämlich auch, Frau Menge«, sagte ich dann, »vielleicht tut's mein Schnarchen ja auch.«

Die weit geöffneten Augen der 82jährigen waren riesige Fragezeichen. Erschreckte Fragezeichen. »Was schlagen Sie vor, Herr Doktor?« erkundigte sie sich vorsichtig. »Daß wir beide in einem Bett ...?« Ihre Stimme versagte.

»Nicht, was Sie denken«, sagte ich schnell, »aber meine Frau könnte doch mein Schnarchen auf Tonband aufnehmen, und das spielen Sie sich dann beim Einschlafen vor.«

Ottilie Menge überlegte ein paar Sekunden. Skeptisch. Dann strahlte sie: »Aber Sie müssen ganz genauso schnarchen wie mein Willie. Ich werd's Ihnen mal vormachen. Hoffentlich krieg ich's auch so ähnlich hin.« Sie blähte ihre Nasenflügel, spitzte die Lippe und produzierte, langsam blau anlaufend, eine Tonfolge, die wie eine Mischung aus verröchelndem Meerschweinchen, abgerutschter Kreissäge und rasselnden Polypen klang.

»Ich will's probieren«, versprach ich.

Vor dem zweiten Behandlungszimmer wischte ich mir kleine Schweißperlen von der Stirn. Heute war die Hölle los – obwohl erst Donnerstag war und die Blaumacher eigentlich fast ausschließlich am Frei- oder Montag von ihren diffusen Beschwerden befallen wurden. Dann kamen sie an mit »so merkwürdigen Bauchschmerzen«, und wenn ich fragte: »Stuhl okay?«, fragten sie zurück: »Watt'n für'n Stuhl?« – »Schwester, die grüne Spritze«, sagte ich in solchen Fällen, denn das war unsere bewährte, extragroße Hypochonder-Spezial-Horror-Spritze. Die wirklich Kranken liebe ich, von den anderen lebe ich. Das ist mein Ärztemotto.

Der nächste, bitte.

Im Behandlungszimmer saß Wolfgang Platzer, und bei seinem Anblick stieg mein Adrenalinspiegel sofort. Ich war Arzt, nicht Vater Teresus, also leistete ich mir den geheimen Luxus, manche Patienten nicht zu mögen. Und Wolfgang Platzer stand obenan auf meiner Haßliste. Ein Alkoholiker, der

Frau und Kinder schlug und seit drei Jahren arbeitslos war. Es gibt zwei Arten Alkis: die verwahrlosten, die in der Gosse enden, und die übergepflegten, die ihre Ärzte belästigen. Platzer, Haare streng gescheitelt, Gel bis zu den Augenbrauen, rote Säuferbacken, gehörte eindeutig zur zweiten Gruppe. Ein Versager mit viel Tagesfreizeit.

»Was macht die Leber?« fragte ich ohne Umschweife.

»Gut, gut«; grinste Platzer, »schon mal'n Bierchen, aber dann immer nur Clausthaler.«

Seine Gamma-GT-Werte waren seit seinem letzten Besuch von 139 auf 663 hochgegangen, also wußte ich, daß er wieder an der Flasche hing. »Nur meine Zehen tun verdammt weh«, klagte er, was ich ungerührt zur Kenntnis nahm. Kein Wunder, sein Harnsäurespiegel war gestiegen, die Niere mit der Ausscheidung überfordert, Gelenkprobleme also normal.

»Platzer«, sagte ich unverblümt, »wir beide wissen, was los ist. Mir ist es scheißegal, ob Sie Ihr Leben kaputtmachen, nur Ihre Familie tut mir leid. Aber ich bin leider machtlos. Wenn Sie nicht mitspielen und sich weiter in die eigene Tasche lügen, kann Ihnen keiner helfen. Ich verschreib Ihnen Uripurinol für die Zehen, mehr kann ich nicht tun. Auf Wiedersehen.«

Der nächste Patient lag bereits im Ultraschallzimmer.

»Hallo, Herr Sohlmann«, sagte ich mit forcierter

Fröhlichkeit, denn vor dieser Untersuchung hatte ich Angst. Ernest Sohlmann klagte über Rückenschmerzen und Schwindelgefühl, aber da er, im Gegensatz zu einem Hypochonder, seine Symptome eher herunterspielte – »Wahrscheinlich nur 'ne Einbildung, Herr Doktor, doch meine Frau besteht drauf, daß ich Sie behellige« –, konnte ich das bohrende Gefühl einer schlimmen Vorahnung nicht loswerden.

Sohlmann lag mit nacktem Oberkörper auf der Liege und lächelte, obwohl ich ihm sofort anmerkte, wie schwer ihm dieses Lächeln fiel. »Schon wieder ich, Herr Doktor«, sagte er entschuldigend, »mein verdammter Rücken macht immer noch Ärger.«

»Dann wollen wir mal«, meinte ich, schmierte seinen Bauch mit Gel ein, damit der Ultraschallkopf besser über seinen Körper glitt und der Schallstrahl einfacher in den Körper eindringen konnte. Dann schaute ich auf den Bildschirm.

Massagen, Fangopackungen etc. hatte Sohlmann bereits hinter sich – ohne Erfolg –, weshalb ich mir jetzt den Magen und insbesondere die Bauchspeicheldrüse genauer anschauen wollte, denn diese liegt so dicht an der Wirbelsäule, daß sich die Schmerzgefühle des Patienten oft überlagern.

Verdammt.

Da im Gegensatz zur Blase der Magen ein luftgefülltes und kein flüssigkeitsgefülltes Organ ist, war auf dem Bildschirm nur Schneegestöber zu erkennen. Eigentlich kein Wunder – mein Ultraschallgerät war acht Jahre alt und damit überaltert, aber bei einem Neuanschaffungspreis von 80.000 DM konnte ich mir derzeit kein technisch einwandfreies leisten.

»Was sehen Sie, Doktor?« fragte Sohlmann ängstlich. »Ist es was Schlimmes?«

Schon bevor das erste Lügenwort über meine Lippen kam, fühlte ich mich erbärmlich, aber ich war jung und neu zugelassen, Ehrlichkeit in jeder Lage folglich ein Luxus für später. »Wahrscheinlich eine leichte Bauchspeicheldrüsenreizung«, sagte ich lahm. »Wir probieren es mal mit Antra, eine Woche lang. Wenn die Beschwerden anhalten, kommen Sie wieder.«

»Wie Sie meinen«, Sohlmann erhob sich ächzend. »Tut mir leid, daß ich Sie so belämmern muß.«

»Keine Ursache«, sagte ich.

## DIE ELLERMÄNNER ZU HAUSE

»Du siehst ganz schön fertig aus, mein Lieber.«

»Du nicht minder, meine Liebe.«

»Schmeckt dir meine Entenbrust nicht?«

»Das soll Ente sein? Schmeckt wie Hühnchen.«

»Spuck's aus, Alter! Welcher Streß gärt in deinen Adern?«

»Für 'ne Profischreiberin hast du manchmal eine merkwürdig pubertäre Wortwahl.«

»Also?«

»Hast du dich schon mal so richtig schweinisch gefühlt?«

»Meinst du menschlich oder sexuell? Sexuell schon lange nicht mehr. Leider.«
»Bleib jetzt bitte mal ernst.«
»Uihh, so schlimm?«
»Ich hab heute einen Patienten vertröstet, obwohl ich einen schlimmen Verdacht habe. Den ich aber nicht verifizieren kann, weil mein verdammtes Ultraschallgerät veraltet ist.«
»Da bleibt mir glatt die Entenbrust im Halse stekken. Wie schlimm ist denn dein Verdacht?«
»Sehr schlimm. Krebs.«
»Schlimmer Krebs?«
»Ja. Sehr wahrscheinlich tödlich.«
»Warum hast du ihn dann nicht zu einem Arzt geschickt, der ein besseres Gerät hat?«
»Weil es ja nicht sicher ist. Weil ich es mir nicht leisten kann, meine Patienten zu verunsichern. Vielleicht ist ja alles ganz harmlos.«
»Schrei nicht so. Wer schreit, gibt seine Schuld zu.«
»Entschuldige. Du hast ja recht. Wenn er nächste Woche wiederkommt, mach ich es.«
»Was kostet denn so ein neues Ultraschallgerät?«
»80.000 DM.«
»Wow!«
»Du sagst es.«
»Da müßte 'ne alte Nutte lange für auf den Strich gehn.«
»Schade, daß du keine alte Nutte bist.«
»Gib mir noch ein bißchen Sauce, bitte.«

## MARLENE IM BETT

Ich lag im Bett und las *Magnus*, ein Schwulenmagazin, von dem ich mir Anregungen für die morgige Themenkonferenz erhoffte. Schwule Polizisten vielleicht? Die Kulturgeschichte des Dildos?

»Hör mal zu«, rief ich ins Badezimmer, wo ich dem Tschiep-tschiep-tschiep-Gezirpe entnehmen konnte, daß mein Gatte wieder mit seiner Zahnseide zugange war, ein Geräusch, das mich extrem erotisierte. *»Egal, ob es sich um eine mehr oder weniger naturalistische Nachbildung eines Hodensackes, einen Griff oder einen Standfuß handelt, sollte ein Dildo besonders gut und sicher in der Hand liegen. Ein Dildo soll an diesem Ende nicht wie eine abgeschnittene Fleischwurst aussehen, denn diese lieblos gestaltete Meterware rutscht schnell aus der Hand; verschwindet unter Umständen spurlos im After und ist dort lange zu suchen, manchmal nicht ohne ärztliche Hilfe ...«*

»Gott, ist das eklig«, rief Hajo, der inzwischen neben mir lag. »Hör bitte auf, mir vergeht der Appetit.«

»Welcher Appetit?« fragte ich süffisant und las weiter vor: »*In letzter Zeit drängen äußerst realistisch aussehende Dildos aus den USA auf den europäischen Markt. Nicht nur die naturgetreue Nachbildung von Jeff Strykers Prachtstück ist erhältlich, sondern auch Kong, der Abguß eines nicht weiter namentlich genannten Amerikaners.* Wäre das nicht eine Idee?«

»Was?« fragte mein Süßer. Er hatte bereits diesen schlupflidrigen Baby-kurz-vor-dem-Einschlafen-Blick, der mir verhieß, daß ich auch diese Nacht wieder unbefriedigt meine Laken küssen würde.
»Du verkaufst deinen Schwanzabdruck an einen Dildohersteller. Die handliche Größe für den Altschwulen.«
»Du bringst mich heute abend nicht mehr auf die Palme«, meinte Hajo friedlich, drehte sich um und war – ich zählte mit – vierzehn Sekunden später eingeschlafen. Drei Minuten drauf fing die Schnarcherei an.
Das Telefon auf meinem Nachttisch klingelte. Es war ein Uhr zwanzig. Zu so nachtschlafender Zeit rufen nur Freaks oder die Polizei an. Wollte sich der Spanner rächen? Mit zitternden Fingern hob ich den Hörer hoch. »Ja?«
»Wer ist Ja?« Die rostige Ascheimerstimme am anderen Ende war mir seltsam vertraut.
»Wer ist denn da?« flüsterte ich zurück. Hajo wälzte sich auf die andere Seite und grunzte.
»Hier ist Schorse. Hab ich das Vergnügen mit Marlene Ellermann?«
»Was wollen Sie um diese Zeit?«
»Immer noch dasselbe.«
»Und meine Antwort ist immer noch nein.«
Ich knallte den Hörer auf. Mein Herz raste plötzlich.
»Wer war das denn?« fragte Hajo schlaftrunken.
»Dirty phone call«, sagte ich.

»Die Wichsersau?«
»Ein Kollege von ihm.«
Im Morgengrauen schlief ich ein.

## JENNA UND MARIE

Wie immer, wenn ich Lola badete, stand ich knöcheltief im Wasser. Mein agiler Wonneproppen tobte, kreischte und spritzte; Michael, unser ständiger Lebensabschnittsbegleiter, hatte auf weichen Sohlen das Weite gesucht und sich zur Sportschau verkrümelt. »Kannst du mir mal ein großes Handtuch bringen?« rief ich. Schweigen. Hatte da jemand den Fernseher lauter gemacht?
»Darling, Lola tropft! Schmeiß bitte mal ein Handtuch rüber!« Immer noch keine Reaktion.
Na warte. Ich holte mein Quietschbündel plitschig aus der Wanne, marschierte zum Sofa und setzte Michael die nasse Fracht mitten auf die gebügelte Hemdbrust. Aufkreischend sprang Mr. Lazy aus der Sofaritze, aber es war zu spät. Sein schönes neues Boss-Hemd sah jetzt aus, als hätte eine Bulldogge draufgepinkelt. »Bist du denn des Wahnsinns ...« schrie er, da klingelte es an der Haustür. Ich riß sie auf. Der Anblick meiner Schwester drückte mir sekundenlang die Luft ab. »Oh, hallo, du bist es«, sagte ich mühsam.
»Ich hatte hier in der Nähe zu tun«, meinte sie fröhlich, »und Lust auf eine Tasse Kaffee mit nur einer Kinderlautstärke. Läßt du mich rein, oder soll ich unter deinen Beinen durch?«

»Komm rein«, flüsterte ich.
Als vierfache Mutter folgte sie unwillkürlich den gurgelnden Lauten meiner Tochter. Michael hatte inzwischen sein Hemd ausgezogen und Lola abgetrocknet. Sie quietschte, während er mit einer Manschette ihre Ohren säuberte. Wie immer, wenn ich meine 18 Monate alte Knuddelmaus in ihrer ganzen fettfaltigen, schnurzeligen Nacktheit sah, mußte ich schwer an mich halten, nicht in sie hineinzubeißen. Marie schien's genauso zu gehen. »Nur einen Biß«, strahlte sie und ging aufs Sofa zu.
»Klar doch«, meinte Michael und hob Lola hoch, die auch ganz begeistert ihre Grübchenarme nach ihrer Tante ausstreckte.
»Hey, Moment«, rief ich und riß Lola an mich. »Ich zieh sie erst mal an, sonst erkältet sie sich.« Lola protestierte schrill, strampelte mit den Beinen, aber ich kümmerte mich nicht darum. Wo waren die Rollkragenpullover? Scheiße, das Au-Pair hatte wieder umgeräumt. Mit fliegenden Händen wühlte ich die Schubladen durch.
»Sag mal, Schwesterherz, ist irgendwas? 'ne Gräte verschluckt? Präseniler Streßinfarkt?« Marie war neben die Wickelkommode getreten.
Mein Herz klopfte aufdringlich durch die Rippen. Dann hatte ich den Haufen mit den Rollis entdeckt, stülpte den pinkfarbenen (wie für alle Mädchen unter 20 kam für Lola nur die Farbe Rosa in Frage) über ihren zappelnden Oberkörper und atmete tief durch. »Grade hatte sie 'ne Mittelohrentzündung«,

meinte ich dann schwach, »da kann man nicht vorsichtig genug sein.«
Mit unbeweglichem Gesicht reichte mir Marie die Öko-Pampers: »Bist du sicher, daß das deine einzige Sorge ist?«
Ich nahm die Windel und vergrub mein errötendes Gesicht schnell und heftig in Lolas Prallbauch. »Der Po ist auch wieder wund«, sagte ich nur.
Marie schüttelte nur den Kopf. »Wahrscheinlich bist du in der Vorstufe zu den Wechseljahren«, seufzte sie. »Die sollen ja früh kommen in unserer Familie. Du weißt schon – schrumplige Schamlippen, Witwenbuckel und Damenbart. Der Arzt verschreibt dir ein Hormonpflaster, und wenn du zum Baden gehst, schwimmt es plötzlich neben dir.« Sie ging aus dem Zimmer und rief: »Gibt's hier jetzt 'nen Kaffee oder nicht?«
Als ich Michael und sie in der Küche mit den Tassen klimpern hörte, mich also sicher wußte, schob ich vorsichtig Lolas Rollkragen zurück. Da war er, der verräterische braune Fleck, eingebettet in zwei Speckfalten. Ein Leberfleck, den Lola mit ihrem Cousin Marco teilte. Und mit ihrem gemeinsamen Erzeuger, meinem Schwager Christoph, Maries Ehemann.
Eine dumme Nummer in einer unvorsichtigen Nacht war es, der Lola ihr kleines Leben verdankte. Ich bereute diese Nacht nicht, nur die Besetzungsliste hätte ich nachträglich gern verändert. Ein namenloser Staubsaugervertreter, ein auswärtiger

Kollege (am besten Neufundland), meinetwegen auch Little Michael, der damals sein Geld als Samenspender verdient hatte und inzwischen, dank meines guten Gehalts, zum puscheligen Hausmann mutiert war – was Lolas seelischem, nicht aber meinem sexuellen Wohlergehen zugute kam. Nennen Sie mich Hundeschnauze, aber meine Libido schrumpelt wie eine Backpflaume, wenn mich der Mann meines Herzens abends in einer rotkarierten Schürze empfängt, auf der HIER KOCHT DER CHEF steht. Selbst wenn dieser Schürzenjäger über zwölf Zentimeter feinstes Schwanzfleisch verfügt (im Ruhezustand!) und auch sonst nicht unansehnlich ist. Im Bett rieche ich halt lieber frischen Schweiß als altes Bratenfett.

»Ich muß los.« Marie stand in der Tür und sah mich nachdenklich an. »Darf ich meine Nichte zum Abschied küssen, oder flippst du dann wieder aus?«

»Sorry«, sagte ich, »bin im Augenblick ein bißchen daneben. Der Job schlaucht mich. Nimm und küß sie. Jeder kann mehr Liebe gebrauchen, als er kriegt. Hat schon Simone Signoret gesagt.«

Marie klemmte Lola auf die rechte Hüfte und fuhr mit dem linken Zeigefinger in den Rollkragen hinein. »Ein bißchen eng, der Rolli«, meinte sie nur. »Ich hab noch welche von meinen Gören, schick doch Michael mal vorbei.«

## MARIE UND CHRISTOPH

»Ich war heute nachmittag bei Jenna.«

»Wie geht's ihrem Gigolo?«

»Ich find's blöd von dir, deinen Quasischwager so zu nennen. Schließlich ist er wie ein Vater zu Lola.«

»Ist er aber nicht. Der Vater, meine ich.«

»Das weiß ich selber. Hast du eigentlich 'ne Ahnung, wer der glückliche Samenspender von Lola gewesen ist?«

»Ich, wieso denn ich? Du bist doch ihre Schwester!«

»Schon, ja, aber irgendwas ist mit Lola, was sie mir nicht sagen will.«

»Deine überreizte Phantasie, Sweetheart.«

»Spinn woanders, Alter. Ich kenne Jenna, irgendwas quält sie. Ich glaube komischerweise, daß es mit Lolas Hals was zu tun hat. Immer die Rollkragenpullover, und wenn ich's mir recht überlege, dann hab ich das Kind noch nie nackt gesehen.«

»Ich bin müde, Marie. Darf ich jetzt einschlafen, oder müssen wir noch weiter über Lolas Hals spekulieren?«

»Ob Lola Aids hat? Vielleicht hat sie ja schon dunkle Flecken am Hals, wie dieser schwule Amerikaner in San Francisco, der kürzlich im Fernsehen war.«

»Ich schlafe schon.«

## THEMENKONFERENZ BEI *DOLCE VITA*

Die Mannschaft saß graugesichtig um den Konferenztisch, der Chef popelte mit einer Büroklammer in den Zähnen, wie immer, wenn ihm das dürftige Themenangebot die Magenschleimhaut übersäuerte. »Schleimann, was haben Sie«, donnerte er den Kulturressortleiter an, der daraufhin verschreckt in seinen Unterlagen raschelte.

»Wir haben ein Exclusivinterview mit Madonna«, sagte er, »und ein Streitgespräch von Udo Lindenberg und Heino über Rechtsradikalismus.«

Mit einem Ruck entfernte Big Boss die Klammer aus den Zähnen. Es gab ein leicht schabendes Geräusch, dann polterte er los: »Mit diesem Dünnschiß sollen wir die jungen Leser ködern? Mit zwei Altfuzzis, von denen kein Konzertveranstalter mehr ein Stück trocken Brot nimmt? Mit einer Mittdreißigerin, die Titten hat wie Pampelmusen? Haben wir an dem Interview wenigstens die Weltrechte, daß wir bei den Agenturen ein bißchen klappern können?«

Schleimann schluckte, sein Adamsapfel hüpfte rhythmisch mit: »Die Weltrechte nicht, aber wir sind die einzigen auf dem deutschsprachigen Markt.«

Michaelsens Stimme schwoll bedrohlich: »Wer hat also die verdammten Weltrechte?«

*»Paris Match«*, sagte Schleimann.

»Wieviel haben wir gezahlt?« Michaelsen brüllte jetzt.

»10.000«, hauchte der Kulturchef. Er hatte eine anspruchsvolle, 20 Jahre jüngere Frau und eine unter Hypotheken ächzende Eigentumswohnung, Servilität war deshalb erste Angestelltenpflicht. »Häuptling Braune Nase« wurde er von jüngeren Kollegen verächtlich genannt – Michaelsens Mastdarm sei sein zweiter Wohnsitz, flüsterten sie gelegentlich hinter seinem leicht gekrümmten Rücken. Was eine zwar richtige, aber auf die Mehrheit der Redaktion genauso zutreffende Beschreibung war.

»DM oder Peseten?« donnerte jetzt der Chef, und alle anderen freuten sich, vom unheiligen Bannstrahl diesmal nicht getroffen worden zu sein.

»Dollar, Herr Michaelsen.« Schleimann räusperte diskret drei Klöße heraus. »Gut angelegtes Geld, denn diese Frau zieht immer.«

»Okay, weiter. Gunter Friedrich Schönebier, lesen Sie den Nachrichtenspiegel vor.«

Die Themen waren diese Woche mehr als dürftig:

- Saudischer Playboy fordert die Demokratie und muß dafür in den Knast.
- Todeskandidaten werden für die Hinrichtung gesundgepflegt.
- Wie verändert Tempo 130 das Outfit von Autos?
- Stasi-Gelder nach Österreich
- Wie geht es eigentlich Bubi Scholz?
- Der Hundemörder von Rodenbach.

Michaelsen gähnte herzhaft. »Mir schlafen die Füße ein, Kinnings. Was ist mit dem Hundemörder?

’ne Glosse, ’n Krimi, was Pathologisches? Thomsen, sag an.«

Volker Thomsen ließ hastig den *Playboy* unter der Bildzeitung verschwinden. »Der Hundemörder ist ein ausgerasteter Lehrer, dem die Hundescheiße vor seiner Haustür so auf die Nerven ging, daß er sich jetzt heimlich in die Vorgärten schleicht, und wenn dort ein ahnungsloses Viech in einer Hundehütte vor sich hindämmert, wirft er ihm ein vergiftetes Wiener Würstchen hin und schlitzt dem Tier die Kehle auf. Die Besitzer finden dann morgens einen Zettel vor: ›Der Hundekiller hat wieder zugeschlagen. Für eine hundefreie Stadt!‹ Insgesamt 14 Köter hat er auf dem Gewissen.«

»Glosse«, beschied Big M., der absolut kein Tierfreund war, »vier Blatt, keine Zeile mehr. Was ist, Heischreckchen?«

Die lilafrisierte Chefsekretärin war lautlos im Konferenzraum erschienen, flüsterte etwas in Marlenes Ohr, verschwand lautlos. »Sorry«, murmelte Marlene, »ein wichtiger Anruf. Bin gleich wieder da.«

Sie ging in ihr Büro. »Hallo, hier Ellermann, *Dolce Vita.*«

»Hier Schorse, auch sehr süß.«

»Herr Föhrenweißer …«

»Föhrenbeißer, bitte.«

»Herr Föhrenbeißer. Ein für allemal – ich bin an Ihrem Angebot nicht interessiert.«

»Okay, okay, schon verstanden. Warum machen Sie nicht statt dessen eine Geschichte über mich?«

»Über Sie? Was gibt es dann da Jugendfreies zu berichten?«

»Wenig. Aber Sie haben ja auch erwachsene Leser.«

»Herr Föhrbeißer ...«

»Föhrenbeißer, wenn ich bitten darf.«

»Herr Föhrenbeißer. Wir sind eine seriöse Zeitschrift, kein Pornomagazin. Und jetzt entschuldigen Sie mich bitte.«

Als sie wieder am Konferenztisch Platz nahm, glühten ihre Ohrläppchen. Wenn sie ganz ehrlich in sich hineinhorchte, schmeichelte ihr sein Angebot. 100.000 DM! Dafür mußte 'ne mittelalterliche Frau wie sie lange in den Computer tippen. War sie denn tatsächlich noch so reizvoll, daß ein so abgebrühter Halunke wie dieser Schorse sie derart hartnäckig bedrängte? Eine durchaus schmeichelnde Vorstellung. Sie stellte den silbernen Redaktionsaschenbecher diskret auf einen Zeitungshaufen und musterte ihr Spiegelbild. Schmollte ein wenig mit Kußmund, übte den Schlafzimmerblick. Hmm, für ihre Jahre gar nicht mal so schlecht.

»Frau Ellermann, haben Sie sich genug bewundert?« Sie schreckte hoch. Aller Augen ruhten süffisant auf ihr und dem Aschenbecher. Was hatte sie verpaßt?

»Sind Sie einverstanden, Marlene?« Michaelsens Stimme klang scharf.

»Klar, kein Problem«, meinte sie schnell. Womit, um Gottes willen?

»Gut, dann setzen Sie sich mit Ihrem Kollegen Stachniak zusammen und besprechen die Details. Die Runde ist aufgehoben, meine Damen und Herren. An die Arbeit.«

Diese Stimme. Schon nach der ersten Silbe hätte sie zum Messer greifen können. Wie eine Woge aus Öl, wie Marzipan mit Zuckerstreuseln, wie ein zerborstener Fingernagel an der Wandtafel ...
»Wie ich mich freue, schöne Frau«, hauchte Stachniak an ihrem Hals und erzeugte einen Schauder, der ihr bis in die Waden ging. »Wann legen wir los? Heute nacht noch?«
»Stachie«, flehte Marlene, »worum geht's eigentlich?«
»Hat dir denn keiner was von unserer gemeinsamen Serie gesagt?«
»Eine Serie? Toll! Gemeinsam? Ein Alptraum!«
»Alp mag stimmen, Traum leider nicht, meine Süße. Die Serie ist beschlossene Sache und ist ab Heft 47 fest eingeplant. Jetzt haben wir Heft 39. Acht Wochen Zeit also.«
Marlene seufzte tief. Der Kelch, mit Essig gefüllt, kreiste aufdringlich vor ihren Lippen und würde nicht vorübergehen. »Thema?« fragte sie.
»Kiez in Deutschland. Vier bis sechs Themen in verschiedenen Städten. Ich fang an mit der Aids-Angst der Nutten in Frankfurt. Du bist vorgesehen für ein hochsensibles Ludenportrait in Hamburg.«
»Hmm«, überlegte Marlene, während das Journali-

stenschwein in ihr die Oberhand gewann. »Das könnte spannend werden. Wird nur schwierig sein, an einen Luden ranzukommen. Wer schlau ist in dem Gewerbe, drängt sich nicht gerade an die Öffentlichkeit. Fotos werden wir vergessen können. Oder nur mit Balken. Schade.«

»Mach dir keine Sorgen, Schatz«, sagte Stachie mit trügerischer Sanftheit. »Wir haben einen. Alles schon mit dem Chef geklärt.«

»Ist ja wunderbar«, freute sich Marlene. »Und wie heißt er?«

»Du kennst ihn«, meinte Stachie und zündete sich eine Zigarette an. »Er heißt Georg Föhrenbeißer.«

## BEI SCHORSE FÖHRENBEISSER ZU HAUSE

Er lag in seiner Kingsize-Marmorbadewanne, ließ sich den Massagestrahl des Duschkopfes lustvoll über die Wampe prasseln, während Shitface seine dickfleischige, rosa Zunge in das Champagnerglas steckte, das auf dem Wannenrand stand. »Shitties Zunge könnte ich auf Brot essen, so appetitlich finde ich sie«, sagte Schorse in den Hörer seines schnurlosen Telefons, wedelte das Tier weg und nahm selbst einen Schluck. »Die Kleine ist sicher ausgerastet, was hat sie gesagt?« Er hörte zu, lachte schallend. »Heute nachmittag um vier also. Rosaria soll mir schon mal meinen Fick-mich-Tiger-Tanga raussuchen. Man weiß ja nie.«

Wohlig aufseufzend rutschte er in den Schaum. Der Fisch zappelte am Haken. Ein wunderbares Gefühl.

Vielleicht würde es ja sogar eine Gratisnummer werden. Das waren oft die besten. Dann würde er die 100.000 DM dem Roten Kreuz spenden. Oder dem Hamburger Verein für Gefallene Mädchen. Er kicherte, wollte den letzten Schluck aus dem Champagnerglas nehmen. »Shittie, du Sau, nimm sofort die Zunge raus. Und jetzt laß Papa mal. Igitt, viel zu warm. Hast du wieder ins Glas gesabbert?«

**MARLENE UND SCHORSE**

Schon von außen sah das Haus in der Oesterleystraße 75 nach reichen Hamburger Pfeffersäcken aus: weißgestrichener Jugendstil mit ornamentverzierten, großen Balkons und einer feudalen Eingangstür aus Holz mit Messingschloß. Ob die anderen Mieter wußten, welchen Kuckuck sie sich da ins Nest geholt hatten? Drinnen wurde gerade die Treppe gewischt, denn das erste, was Marlene wahrnahm, als sie keuchend und mit klopfendem Herzen (es gab, verdammt noch mal, keinen Fahrstuhl) in der vierten Etage ankam, war ein unwirsches, ziemlich dickes, hin- und herwedelndes Hinterteil. »Darf ich mal bitte durch?« fragte sie, bekam keine Antwort, stieg also über Eimer und Feudel, schwor sich, sofort das Rauchen aufzugeben, sah das Türschild und hatte das unangenehme Gefühl, daß sie durch den Spion beobachtet wurde. Sie holte tief Luft und klingelte. Klingelte noch mal. Und noch mal. Als sie kurz davor war, sich entweder erleichtert davonzuschleichen oder die

Tür einzutreten, wurde diese einen Spalt weit geöffnet. »Sie wünschen?« fragte eine kleine, dicke, schwarzgelockte Frau.
»Ich habe einen Termin mit Herrn Föhrenbeißer«, sagte Marlene energisch. »Er erwartet mich.«
»Besichtigungstermin?« fragte die Frau und musterte Marlene skeptisch. »Sie erwischt haben falsche Tag. Señor besichtigt nur am Montag.«
»Herr Föhrenbeißer muß mich nicht besichtigen«, stellte Marlene fest, »er kennt mich.«
»Oh, dann Sie hier zum Probieren-Aus?« rief die Frau freundlich und riß die Tür auf. »Dafür Señor haben immer Zeit.«
Kopfschüttelnd betrat Marlene den Flur. Und sah sich hundertfach, denn Wände und Decke waren lückenlos mit Spiegelkacheln beklebt. »Um Gottes willen«, entfuhr es ihr, »wem ist denn das eingefallen?«
»Sie meinen viele Spiegel?« fragte die Frau. »Wenn Frau noch jung, sie sich gern sieht gespiegelt. Wenn Frau alt ...«
»Schon gut, Rosi, bitte keine Volksreden«, unterbrach sie das schwingende Vibratororgan ihres Chefs. »Bring uns zwei Kaffee, bitte, und laß uns dann in Ruhe. Wenn jemand anruft, sag, daß ich im Meeting bin. Das klingt immer gut.«
Er lachte laut und grollend, was Marlene Gelegenheit gab, ihn sich ein bißchen genauer anzusehen. Er hatte den zerknautschten Gesichtsausdruck eines gerade den Federkissen entschlüpften Altgok-

kels, aber vielleicht hatte er immer so eine wüste Visage. Gekleidet war er im klassisch-lässigen Freizeitlook des Hamburger Luden: grau-flauschiger Jogginganzug von Versace (Stück 800 DM), an den Füßen Boxerstiefel aus weichem Büffelleder, und wo immer anatomisch möglich, klebte oder hing an seinem muskulösen Body etwas Goldiges, Glitzerndes. Beide Ohrläppchen schmückten kleine Brillis; merkwürdigerweise wirkte es an ihm kein bißchen schwul. Burkhard Driest für Arme, dachte sie, durchaus mein Typ.

»Bestandsaufnahme beendet?« erkundigte er sich freundlich, und Marlene errötete zornig. Eins zu null für ihn.

»Ich bin gezwungenermaßen hier, um ein Interview mit Ihnen zu machen«, sagte sie. »Lassen Sie uns also die Sache professionell angehen. Wieviel Zeit haben Sie?«

»Soviel Sie wollen«, lächelte Schorse, und wider Willen mußte Marlene zugeben, daß er eigentlich, nun ja, wem's lag, also im Grunde genommen gar nicht mal so schlecht aussah. Sehr männlich irgendwie. Brutal männlich, klar, aber auch dafür würde es Abnehmerinnen geben. Im Vergleich zu ihm sah Hans-Joachim geradezu hänflingshaft aus. Ein Ashley Wilkes eben, wohingegen Schorse eindeutig Rhett Butler war.

Er führte sie in sein Wohnzimmer, das dominiert wurde durch eine riesenhafte, pinkbezogene Couch, die so weich und einladend aussah, daß man sich aus ihr nur äußerst widerwillig erheben würde. »Setzen Sie sich doch«, sagte Schorse, und Marlene versank. Von weither plauschte Roy Orbison an ihr Ohr – ausgerechnet ihren Lieblingssong *Crying* hatte der Schuft aufgelegt, woher wußte er das bloß? Überhaupt – was war es gemütlich hier, gar nicht, wie man's von einem Loddel erwartete! Die Restmöblierung war weiß und grau, sparsam, überhaupt nicht plüschig und ordinär.

Sie würde ihren Anfang ändern müssen. Schade. Wie meist, wenn die Zeit drängte, hatte sie ihn nämlich schon fertig. Es machte ihr Spaß, ihn zu schreiben, bevor die Recherche anfing, einfach um zu sehen, ob Phantasie und Wirklichkeit auseinanderklafften oder nicht.

*Bereits an der Tür begrüßt mich ein ausgestopfter Tigerkopf,* hatte sie in ihren Computer getippt, *eine der vielen Trophäen des Großwildjägers S. F. Die meisten sind jedoch weiblich und längst nicht so gefährlich. Während er mich in sein Wohnzimmer geleitet, das an einen unaufgeräumten, viktorianischen Puff erinnert, streicht er sich immer wieder prüfend über sein blondgesträhntes Haar. »Sitzt das Haarteil schlecht?« frage ich süffisant. Schade, seine Haarfarbe ist offensichtlich echt.*

»Was ist eigentlich ein Besichtigungstermin?« fragte sie statt dessen, stellte ihren Recorder an, prüfte die Lautstärke – für ihn würden acht reichen – und versuchte, sich in dem rosa Kissenhimmel gerade und konzentriert hinzusetzen.

Schorse lachte.
»Ganz einfach. Ich besichtige die Mädels, dann entscheide ich, wer sich für meinen Stall eignet und wer nicht.«
»Was sind Ihre Kriterien?« fragte Marlene und spürte diesen Adrenalinschub, der ihr signalisierte, daß dies ein gutes Interview werden würde. Ein Rausch, schöner als jeder Orgasmus, vor allem länger.
»Ganz persönliche, wie bei jedem Mann«, meinte Schorse und schaute sie aufmerksam an. »Ich mag's nicht zu klapprig, da bin ich deutscher Durchschnitt. Haarfarbe ist mir egal, nur toupiert und gesprayt soll's nicht sein. Achselhaare sind mir ein Horror. Absolutes No No.«
*Seine Vorstellungen von Frauen sind fast romantisch*, formulierte Marlene im Geiste ihren neuen Anfang, *und daß er keine Achselhaare mag, spricht nur für ihn.*
Sie nahm einen Schluck aus dem vor ihr stehenden hochstieligen Champagnerglas – deutlich kein Rüttgers Club, die Mädels mußten was abwerfen –, checkte diskret das rote Lämpchen am Recorder.
»Dafür bin ich persönlich ein absoluter Schamhaarfan«, fuhr er fort, »der Busch kann mir gar nicht dick genug sein.« Marlene verschluckte sich.
»Wie sind Sie zu diesem Beruf gekommen?« fragte sie dann sachlich, um das Gespräch zu strukturieren und sich nicht von ihren unangebracht wohli-

gen Gefühlen verwirren zu lassen. »Haben Sie nichts Ordentliches gelernt?«
Dieses Mal lachte er so scheppernd, daß Shitface erschrocken unter dem Sessel hervorsprang und ein drohendes Knurren ausstieß. »Halt's Maul, Shittie«, sagte Schorse und tätschelte seinen Hund am Kinn. »Sorry, aber das ist wirklich eine außerordentlich dumme Frage. Die Antwort liegt doch auf der Hand. Ich habe Volksschulabschluß, das heißt, die Frage war, mach ich was Handwerkliches, wo ich mir Trauerränder unter die Fingernägel schufte, oder was Kriminelles, wo ich ein angenehmes Leben habe und vermutlich das Hundertfache verdiene. Die Wahl ist mir natürlich schwergefallen, aber ...« Er breitete die Arme aus, zog die Augenbrauen hoch, fragte ganz direkt: »Können Sie das nachvollziehen?«
Das Schlimme war, sie konnte. Ihre Seele war eigentlich auch ein bißchen ankriminalisiert; Gangster-Movies, Mafiageschichten, das Milieu überhaupt übten eine große Faszination auf sie aus. Nichts war schlimmer als dieser Kleinbürgermief, dieses flach dahinplätschernde Leben bis zum Tod.
Es war inzwischen dämmrig geworden. Geradezu gemein kitschig ging die Sonne unter. Vom Sofa aus konnte Marlene, wenn sie ein bißchen den Hals verrenkte, sogar die Elbe sehen. Postkartenstimmung.
»Es wird in Ihre Story passen, daß ich ein unehelі-

ches Kind bin«, sagte Schorse jetzt. »Die übliche miese Kindheit. Viel Schläge, viel Tütensuppen, weil meine Alte keinen Bock auf Küche hatte, auf mich auch nicht, zumal sie nicht genau wußte, wer zum Teufel mein Erzeuger eigentlich war. Nur wenn sie besoffen war, hatte sie Bock auf mich. Und das mehr, als eine Mutter eigentlich sollte.«

»Ich verstehe nicht«, meinte Marlene unsicher, »sie hat ...«

»Sie hat mich in ihr Bettchen genommen«, sagte Schorse kurz, »und ziemlich unsittlich an ihren mütterlichen Busen gedrückt. Das ist meine Entschuldigung dafür, daß ich jetzt so verkorkst bin.«

Marlene schwieg. Sie war zutiefst schockiert. Natürlich hatte sie schon von sexuellem Mißbrauch durch Mütter gehört, dies aber immer als Hirngespinste anderweitig gestörter Männer abgetan. Wie schrecklich für ihn. Und wie wunderbar für die Geschichte. Wie human-touch-ig.

»Ich möchte im übrigen nicht, daß Sie dies in der Geschichte erwähnen«, sagte Schorse, und während Marlene ein behutsames »Natürlich, klar«, murmelte, dachte sie ärgerlich: Scheiße. Immer die besten Sachen.

»Wie viele Damen arbeiten für Sie?« fragte sie sachlich, schließlich war sie zum Arbeiten hier. »Und wie halten Sie sie bei der Stange? Sie sind ja sicher nicht der einzige Zuhälter hier.«

»Sie bei meiner Stange zu halten ist nicht schwierig. Die ist nämlich bundesweit berühmt«, grinste

Schorse; sie hätte sich denken können, daß er dies nicht ungenutzt vorübergehen lassen würde. »Ich habe 20 Mädels im knackfrischen Alter von 18 bis 30.«

»Und was passiert danach?« fragte Marlene, als Mittdreißigerin empört. »Landen die dann alle in der Gosse?«

»Im Gegenteil.« Schorse blieb friedlich. »Entweder ich verheirate sie gut, oder ich bring sie als Empfangsdamen in einem meiner Sexclubs unter. Wer für mich arbeitet, braucht sich um seine Rente nicht zu sorgen.«

»Klingt ja richtig sozial«, erwiderte Marlene sarkastisch. »Und wenn eine vorher aufhören will, noch mitten im Frischfleischstadium sozusagen?«

»Dann hau ich ihr die Hucke voll.« Schorse lächelte sanft. »Sonst noch Fragen?«

»Eine noch.« Es war ihr rausgerutscht, ehe sie es verhindern konnte. »Warum haben Sie mir so viel Geld für eine Nacht geboten?«

Verdammt, verdammt, verdammt. Zwei zu null, dachte Marlene und blickte angestrengt in den nun dunklen Nachthimmel.

»Ganz einfach. Weil ich eine Spielernatur bin«, sagte Schorse. »Die paar Scheinchen hab ich erstens in einer Nacht wieder eingespielt, wenn ich nicht grade 'ne Pechsträhne habe oder jemand anders die Karten mischt. Zweitens hab ich einen Blick für ungeförderte Talente, und Sie sind eine ausgesprochen erotische Frau, die lodert wie ein

Vulkan, aber leider nur mit der Gießkanne begossen wird.«

»Was unterstehen Sie sich«, fing Marlene an, aber der Protest klang schwach. »Ungeheuer erotisch«, diese Worte wärmten sie. Von den Knien an aufwärts.

»Na, der Hänfling, mit dem Sie verheiratet sind, drückt bei Ihnen mit Sicherheit nicht auf die richtigen Knöpfe«, meinte Schorse beschwichtigend. »Du mußt ganz anders angefaßt werden, Mädel. Ganz anders.«

Sie war so erglüht, daß ihr gar nicht auffiel, wie lässig er ins Du gerutscht war. »Und Sie glauben, dafür seien Sie der Richtige?«

»Ich *weiß* es«, sagte er nur. »Ich bin der Mann für dich.«

## DIE ELLERMÄNNER IM BETT

»Wo warst du denn so lange?«

»Mein Interview hat sich tierisch hingezogen. Gott, bin ich müde.«

»Weißt du, daß es halb drei ist? Wen hast du denn interviewt, einen Nachtportier?«

»So ähnlich. Ich erzähl's dir morgen beim Frühstück. Laß mich jetzt bitte schlafen.«

»Ich bin aber überhaupt nicht müde.«

»Seufz. Das ist allerdings mal was ganz Neues.«

»Ich bin sogar außerordentlich wach.«

»Willst du mich im Halbschlaf vergewaltigen?«

»Hätte nicht übel Lust dazu.«

»Aber nur, wenn du mich dabei nicht aufweckst.«
»Ich werde mich bemühen.«
Elfeinhalb Minuten später.
»Das war wunderbar. Jetzt kann ich herrlich einschlafen.«
»Dafür bin ich wieder putzmunter. Scheiße.«

**PRAXIS DR. HANS-JOACHIM ELLERMANN**

Ich frohlockte innerlich, als ich Sabine Wietgenmeier im Wartezimmer sah. Sie war eine schicke, schlankgetrimmte Endvierzigerin, die ihre Wechseljahre mit Hormonen in Schach hielt, dreimal die Woche zum Aeroboxen ging und jeden Tag hundertmal Kegelübungen machte, damit, wie sie es strahlend ausdrückte, »meine Muschi schön straff bleibt, das bin ich meinem Raimund schuldig«. Eine sehr körperbewußte Dame also, die kerngesund war, dies aber ärztlicherseits regelmäßig bestätigt haben wollte.
»Ich will meine TÜV-Plakette, Doc«, sagte sie gleich beim Eintreten, »man kann ja nicht vorsichtig genug sein.«
Und so ließ ich meine Apparate wirbeln.
EKG, Belastungs-EKG – das, wo der Patient auf einem Fahrrad strampelt –, Lungenfunktionsanalyse, Blutwerte. Dafür würde ich eine saftige Rechnung schicken können. 800 DM mindestens. »Wollen wir noch eine Magenspiegelung machen?« schlug ich vor. Hoffnungsvoll. Scheinheilig fragen kostet ja nichts.

»Meinen Sie wirklich, Herr Doktor?« fragte sie und setzte hinzu: »Ich hab eigentlich gar nichts mit dem Magen.«
Ich legte meine Stirn in bedeutungsschwere Runzeln. »Es wäre einfach besser. Nur um alles auszuschließen.«
»Sie sind der Experte, Doc«, stimmte sie zu.
900 DM. Ich liebte sie heiß und innig, deshalb bekam sie auch ein kleines Bonbon mit auf den Weg: »Wenn ich nicht Ihre Krankenkarte hier vor mir liegen hätte, Frau Wietgenmeier«, sagte ich nonchalant, »also, mehr als maximal 35 würde ich Ihnen nicht geben.«
In ihrem Gesicht ging die Sonne auf. »Ehrlich gemeint oder nur lieb?« fragte sie kokett.
»Ich schwöre. Großes Indianerehrenwort. Die Kontaktlinsen meiner Frau sollen herausfallen, wenn ich nicht die Wahrheit sage.«
»Schon gut, schon gut, Doc«, trillerte sie, warf mir eine Kußhand zu, verschwand.
Ich lächelte ihr hinterher. Ein wunderschöner Tag.
»Der nächste, bitte«, rief ich in den Flur. Und erschrak tief.
Ernest Sohlmann sah schrecklich aus. Sein Gesicht schimmerte fahlgelb, die Augen glühten, er hatte in der Zwischenzeit mindestens zehn Pfund abgenommen. »Es geht mir richtig sauschlecht, Dr. Ellermann«, sagte er und setzte sich.
»Sie sehen auch nicht besonders wohl aus, Herr Sohlmann«, entgegnete ich schwach. »Haben sich

die Symptome verändert? Sind die Schmerzen schlimmer geworden?«

»Die Schmerzen sind so schlimm geworden, daß ich nachts schreiend davon aufwache«, seufzte er. »Ich hab eine Todesangst, Herr Doktor. Bitte helfen Sie mir.«

Noch bevor er sich ächzend auf der Liege ausgestreckt hatte, wußte ich, daß es Krebs war. Bauchspeicheldrüsenkrebs. Vermutlich würde er das Jahr nicht überleben. Mir war plötzlich eiskalt, als ich das Ultraschallgerät einschaltete, Sohlmanns Bauch mit Ultraschallgel einrieb und den Ultraschallkopf auf seinem Unterleib hin- und herbewegte. Wie ein grieskörniges Gespenst tauchte der Magen auf. Nichts. Ich versuchte, seinen Magen mit dem Ultraschallkopf ein wenig zur Seite zu drükken, damit ich die dahinterliegende Bauchspeicheldrüse klarer erkennen konnte.

»Sehen Sie was?« fragte Sohlmann ängstlich.

»Noch nicht«, antwortete ich wahrheitsgemäß. »Haben Sie bitte noch etwas Geduld.« Da – was ich gefürchtet hatte: kleine, weiße Körner. Es konnten harmlose Kalkablagerungen sein, aber die fürchterlichen Schmerzen und der Abbruch des Pankreasganges sprachen dagegen, deuteten vielmehr auf ein malignes Pankreaskarzinom hin, den leider immer tödlich verlaufenden Bauchspeicheldrüsenkrebs. Verdammt, dieses verfluchte alte Gerät! Ich drehte und drehte an allen Knöpfen, schaltete alle Lichtquellen aus, es half nichts. Die Körner blieben im

Nebel, waren für eine präzise Diagnose nicht scharf genug zu erkennen. Mir blieb nichts als die Wahrheit. Doch wußte ich sie wirklich? Sollte ich ihm sein Todesurteil verkünden, wenn es womöglich doch etwas ganz Harmloses war?
Ich atmete tief durch. »Herr Sohlmann«, begann ich vorsichtig, »ich muß Sie zu einem Spezialisten schicken. Mein Ultraschallgerät gibt mir leider ein unklares Bild.«
»Was soll das denn heißen?« fragte Sohlmann ungeduldig. »Ich denke, Sie sind Arzt, Facharzt?«
»Das bin ich auch«, erwiderte ich, »aber meine Geräte sind einfach nicht genau genug. Es ist wichtig, daß Sie einen Spezialisten aufsuchen. Ich kann Ihnen Dr. Hartwig König empfehlen, einen Kollegen von mir, der wird Ihnen ganz genau sagen, was mit Ihnen nicht in Ordnung ist.«
»Sie wollen mir weismachen, daß ein zugelassener Arzt mit überalterten Gerätschaften auf die Menschheit losgelassen wird?« Sohlmann schrie es fast. »Es geht hier um Menschenleben, Herr Doktor! Ist Ihnen das eigentlich klar?«
Ich schämte mich. Heiß und heftig. Ich konnte nur hoffen, daß ich *sein* Leben nicht auf dem Gewissen hatte.
»Soll ich Dr. König anrufen?« fragte ich, sozusagen als Friedensangebot.
»Wenn Ihr Telefon nicht auch überaltert ist, gern«, antwortete Sohlmann böse, und ich konnte es ihm wirklich nicht verübeln.

»Hartwig? Hajo hier. Du hast doch dieses neue Ultraschallgerät? Gut, gut. Ich schicke dir jetzt einen Patienten von mir vorbei. Nein, es muß noch heute sein. Es ist wirklich dringend. Ja, er steht hier neben mir. Diffuse Magenbeschwerden. Ja, hab ich auch schon dran gedacht. Genau, das hoffe ich auch. Ich danke dir.«

Sohlmann war aufgestanden, wartete an der Tür. Als ich fertig war, drehte er sich um. »Nur noch eine Frage, Herr Doktor.«

»Jederzeit.«

»Muß ich sterben?«

Ich schluckte. Wie ich meinen Beruf manchmal abgrundtief haßte! »Wer wird denn gleich das Schlimmste annehmen«, sagte ich feige und schob ihn in Richtung Wartezimmer. Dann ging ich aufs Privatklo und übergab mich.

**REDAKTION *DOLCE VITA***

Themenkonferenz. Das übliche Szenario: Michaelsen saß mit hochrotem Kopf am Tischende, die Schultern vorgedrückt wie ein wütender Stier, umkränzt von seiner Mannschaft, die die Köpfe senkte wie eine Schülerschar vor dem Anschiß des Schulleiters.

»Mit diesen Themen soll ich ein Heft machen?« brüllte er. »Für diese lächerlichen Vorschläge kassieren Sie Monat für Monat überdurchschnittliche Gehälter?«

Er hatte recht. Die Themenauswahl dieser Woche

war auch diesmal dünn wie Sodawasser. Alle Vorschläge hatte Michaelsen wütend weggebügelt.
Faßbinders Todestag: »Ich weiß doch, wie dieser Oberschwuli unter die Erde gekommen ist. Weg mit Schaden.«
Die Holländer diktieren den Blumenweltmarkt: »Diese Billigtulpen, die schon nach drei Minuten ihre Scheißblätter hängenlassen? Wen interessiert denn das?«
Streitende Ehepaare: »Ich streite mich genug zu Hause, da will ich den Scheiß nicht auch noch lesen müssen, wenn ich dieses Blatt aufschlage.«
Es war einer dieser Tage. »Hat ihn die Alte wieder nicht rangelassen?« flüsterte Jenna am Tischende einer Kollegin zu. Doch Michaelsen hatte Ohren wie ein Luchs. »Ich habe genau gehört, was da geraunzt wurde«, brüllte er über den Tisch. »Schön, daß Sie noch Zeit zum Witzeln haben, Fräulein Wissbach! Noch schöner wäre es allerdings, wenn Sie auch was Witziges anzubieten hätten?«
Jenna ließ sich nicht einschüchtern. Sie wußte aus Erfahrung, daß der Chef heute das Temperament eines bissigen Hundes hatte: Je mehr Angst der Gegner zeigte, desto gnadenloser würde er zubeißen. Sie holte deshalb tief Luft – Frechheit siegt – und sagte: »Hab ich doch, Herr Michaelsen.« Sie überlegte krampfhaft, wie sie ihr dürftiges Themenangebot zu einem rasend witzigen Bündel schnüren konnte.

»Dann legen Sie mal los«, sagte Michaelsen und seufzte ein Was-kann-da-denn-schon-kommen-Seufzen.
»Also. Wir haben eine tolle Reportage über eine Stadt in Australien, wo jede zweite Frau eine Lesbierin ist«, begann sie und schaute hilfesuchend in die Kollegenrunde. Keiner half ihr, keiner machte interessierte Geräusche. Schweigen.
»Das soll komisch sein?« fragte Michaelsen, trügerisch ruhig. »Lauter kesse Väter auf einem Haufen? Wer soll den Scheiß denn schreiben? Unser redaktionseigener kesser Vater, das wunderschöne Fräulein Fuß? Menstruieren die auch in den Boden wie unsere deutschen Lesben, oder bluten die beim Surfen in die Wellen? Das ist nicht witzig, das ist tragisch.«
Doch Jenna ließ sich nicht beirren. »Es gibt auch so etwas wie hintergründigen Humor«, behauptete sie. »Man muß sich ja nicht immer auf die Schenkel klopfen. Wir haben außerdem etwas über eine Befruchtungsklinik in Frankreich, wo ein Arzt mit offensichtlichen Neonazi-Gelüsten praktiziert. Er grast das Land nach blonden, blauäugigen Männern ab und fragt sie, ob sie ihm ihr kostbares Sperma geben wollen ...«
»Besonders sinnvoll in Frankreich«, fuhr Michaelsen dazwischen, »wo es ja nur so wimmelt von blonden Männern.«
»Deshalb hat er ja auch seine Fühler nach Deutschland ausgestreckt.« Jenna ließ sich nicht beirren.

»Er annonciert in medizinischen Fachzeitschriften …«

»Gut, gut, gut«, sagte ihr Chef ungeduldig. »Gibt es schon deutsche Spender? Lassen die sich fotografieren, am besten nackt, mit ihrem Instrument? Wenn ja, seh ich die Geschichte ganz groß.«

Jenna seufzte genervt. Daß sie sich in diesen Konferenzen immer auf das allerunterste Niveau begeben mußte! »Mit Fotos wird's schwierig werden«, sagte sie dann, »aber wir haben den Arzt, und einige Franzosen von hinten.«

»Hmmm, hmmm, hmmm«, machte Michaelsen enttäuscht. »Dann drei Einzelseiten. Schade. Sonst noch was?«

Marlene, die neben Jenna saß, gab ihr einen deftigen Rippenstoß. »Ach ja, die Reportage über Sex im Altersheim, sehr gut, sehr einfühlsam geschrieben.«

»Fotos?« fragte Michaelsen streng.

»Tolle Portraits von alten Leuten, der Atmosphäre im Altersheim …«

»Außer Gruseloptik sonst noch was?«

»Dann haben wir noch ein paar Fotos von Schwesternhelferinnen im Einsatz.«

»Kurze Kittel?«

Jenna nickte erleichtert.

»Sehr kurze Kittel? Gute Figur, wahrnehmbare Titten, keine Pubertätspickel?«

»Weder noch.«

»Gut, zwei Doppel, zwei Einzel. Nächstes Ressort

bitte. Herr Krähwinkel, was gibt's Neues aus der Medizin?«

Marlene war glücklich. Ein Rauschgefühl, wenn eine Geschichte endlich ins Blatt kam. »Danke, Jenna, hast du gut gemacht«, flüsterte sie, »ich verlasse jetzt diese unwirtliche Stätte. Mein Apple ruft.«

»Okay.« Auch Jenna war euphorisiert. »Halt dich bitte für die Graphik und die Dokumentation bereit. Mit der Rechtsabteilung wird's diesmal sicher keine Scherereien geben. Alte Leute klagen ja zum Glück selten.«

Die Rechtsabteilung war eine gefürchtete Institution im Hause, denn sie ging jede Geschichte Komma für Komma, Silbe für Silbe auf die Gefahr einer Klage oder Gegendarstellung durch. Und Klagegründe gab es reichlich, oft bei Dingen, auf die der Redakteur selbst nie gekommen wäre. So bekam eine Frau, die vor 1000 Jahren ein Verhältnis mit Leonard Cohen gehabt hatte, ein Schmerzensgeld von 20.000 DM, weil in einer Bildunterschrift behauptet worden war, sie sei »eine der Gespielinnen des Sängers« gewesen. Ihr Anwalt dementierte dies entschieden und meinte, seine Klientin sei keinesfalls »eine« der Freundinnen, sie sei »die« Freundin, die einzige überhaupt gewesen, und eine derartig verleumderische Bildunterschrift würde die jetzt von seiner Klientin angestrebte Sangeskarriere in Nordafrika beeinträchtigen. Wann immer also die Herren von der Rechtsabteilung bei den genervten Redakteuren aufkreuzten – »Hat Herr Piesepampel wirklich zu Frau Piepenbrinck gesagt: Lecken Sie mich doch am A ...?« –, brachten sie wieder die Schlappe mit der Cohen-Freundin aufs Tapet. Man könne nie vorsichtig genug sein. Die Redakteure seufzten dann und entschärften den Ausruf vorsorglich: »Sie können mich mal, Frau Piepenbrinck.« Oder: »Ich bin sehr enttäuscht von Ihnen, Frau Piepenbrinck.« Oder: »So nun wirklich nicht, Frau Piepenbrinck.« Die Texte verloren an Witz und Spritzigkeit, aber sie waren justitiabel geworden. Schreckliches Wort.

Marlene saß glückselig an ihrem Computer, die Finger flogen geradezu über die Tasten, als das Telefon klingelte. »Hallo«, flötete sie in den Hörer, »mit wem habe ich das Vergnügen?«

»Mit mir«, sagte eine Stimme.

»Du schon wieder«, sagte Marlene nur, denn sie erkannte die Stimme sofort. Schorse. Mein Gott. Ihr Herz klopfte. Streß oder Aufregung, das war unklar.

»Hast du heute abend Lust auf einen Szenebummel?« wollte er wissen.

»Was soll das denn sein?« fragte sie schwach und überlegte fieberhaft. Heute abend war ihr achter Hochzeitstag. Eigentlich wollten sie ins *La Veñtana.* Ihre Ehe feiern. Oder beweinen. Je nachdem. Jedenfalls war sie bei Hans-Joachim im Wort. »Ich kann heute abend leider nicht«, sagte sie bedauernd und fügte erklärend hinzu: »Heute ist mein

Hochzeitstag.« Schweigen. »Bist du noch dran?« fragte sie.
»Hast du eigentlich gemerkt, daß du mich duzt?« fragte er.
»Du duzt mich doch auch«, meinte sie automatisch.
»Morgen?«
»Wann?«
»Soll ich dich um 20 Uhr von der Redaktion abholen?«
»Um Gottes willen, das ist nicht nötig.«
»Genierst du dich mit mir?«
»Ehrliche Antwort?«
»Natürlich.«
»Ein ganz kleines bißchen.«
»Dann bin ich morgen um 19 Uhr in deiner Lobby.« Klack, aufgelegt. Sie starrte den Hörer an. Die Geschichte würde gut werden, das spürte sie. Schorse war interessant, voll von witzigen Anekdoten, und morgen würde er ihr die Szene zeigen. Sie brauchte eine Ausrede für Hans-Joachim, das war klar, denn normalerweise reichte ein ausführliches Gespräch für ein Portrait, soviel wußte auch ihr Mann. Überrecherchieren war noch nie ihre Sache gewesen. Zack und weg, hieß die Devise. Fakten verwirren nur. Was also konnte sie sagen? Besuch bei Muttern? Schlecht, denn die lebte in Florida. Bei Vatern? Noch schlechter, denn der war tot. Krise im Laden? Schon eher. Mal überlegen.
»Kann ich bitte mal meinen Mann sprechen?«

»Wen darf ich melden?«
»Liebe Frau Kullnermeyer-Schwarzenbrück, wie viele Frauen hat mein Mann denn?«
Kühlschrankstimme. »Ich probier's mal.«
Sechs Minuten. Irgendwann würde sie sie durchs Telefon erschießen. Dann: »Sweetie, ich bin im Streß. Grippewelle. Was gibt es? Sag nicht, du willst für heute abend absagen.«
»Wie kommst du denn da drauf? Ich schaufel mich natürlich frei für dich. Nur muß ich dann morgen abend länger arbeiten.«
»Deswegen rufst du mich in der Praxis an? Das ist doch nichts Neues bei dir. Bis heute abend. Ich komm direkt von der Praxis. Tschüs.«
Während sie sich wieder ihrem Computer zuwandte, überlegte sie, warum sie sich so mies fühlte. Es war doch alles glattgegangen. Zu glatt.

## KATASTROPHE BEI DEN WISSBACHS

Marie schob ihren Kleinen durch den Stadtpark und langweilte sich. Sie überlegte kurz, ob sie sich zur Mama-Brigade auf dem Spielplatz gesellen sollte, entschied sich aber dagegen. Keinen Bock auf »Also, meiner schläft jetzt fast durch. Nur um drei muß ich ihn kurz hochnehmen. Und Ihrer?« – »Meiner zahnt gerade, wir sind nur noch am Laufen. Mein Mann spricht kein Wort mehr mit mir.« – »Also, meine hat jetzt diesen Durchfall. Ich weiß nicht mehr, was ich machen soll.« – »Wie sieht er denn aus?« – »Also, mehr so braungrünlich.« –

»Mehr braun oder mehr grün?« – »Schwer zu sagen, so genau hab ich nicht hingeschaut.« – »Müssen Sie aber, die Farbe ist entscheidend. Braun ist gut, grün deutet auf Entzündung hin.« – »Um Gottes willen, dann setz ich beim nächsten Mal die Brille auf, wenn ich die Windel aufmache.«

Marie wollte mal wieder mit Leuten reden, die was Enganliegendes am Körper hatten, nicht immer diesen Mutterlook: Leggings, weites Oberteil, so weit, daß bei Stillbedarf das wohlgenährte Baby drunterpaßte, Turnschuhe, praktischer Kurzhaarschnitt. Auch ihr eigener Look, wie sie leider zugeben mußte, obwohl sie sich heute in ein kurzes Strickkleid gequält hatte, so eng, daß sie entweder hochschwanger aussah oder den Bauch bis zum Muskelkrampf einziehen mußte. Sie wollte einfach mal ein Erwachsenengespräch führen. Egal, worüber. Rezession. Umweltverschmutzung. Irgendwas Interessantes.

Sie schaute in die Kinderkarre. Der Anblick von Little Marco erwärmte ihr Herz. Selig kaute er an seiner Saftflasche, gab dabei die schnurzeligsten Laute von sich. Sie beugte sich vor und führte ein kurzes Gespräch mit ihm: »Ja, mein kleiner Pieschi, ja, bist de denn, bist du denn am Flaschi, ja? Darf Mama smoochie, smoochie?«

Gurgel, gurgel, machte Marco und strahlte fünfzähnig.

O Gott, ich verblöde, dachte Marie. Sie schaute hoch, stellte fest, daß sie in der Nähe von Jennas

Wohnung im Loogestieg war, und hatte augenblicklich Lust auf eine Tasse Kaffee. Ihr letzter Spontanbesuch war schließlich schon wieder ein paar Tage her, und Michi, der Hausmann, würde sicher zu Hause sein. Sie kaufte drei Berliner und klingelte. Wartete. Dann war Michael an der Gegensprechanlage.

»Ja, bitte?«

»Ich bin's, Marie, hast du 'ne Tasse Kaffee für mich?«

»Klar, komm hoch.«

Er drückte auf den Knopf, und wie jedesmal, wenn Marie den Hausflur betrat, verfluchte sie die Tatsache, daß es hier keinen Fahrstuhl gab und ihre Schwester im vierten Stock wohnte. Keuchend kam sie oben an. Michael stand in der Tür, mit Lola, die er in ein rosa Badetuch eingewickelt hatte. »Sorry, daß es so lange gedauert hat, aber ich mußte sie erst aus der Wanne holen«, sagte er.

»Macht doch gar nichts«, meinte Marie und trat ein. Wie immer sah es in Jennas Wohnung rödelig und gemütlich aus. Die Betten waren nicht gemacht, überall Spielzeug, Zeitschriften, Essensreste.

»Nimmst du sie mal kurz?« fragte Michael. »Dann setz ich schnell Kaffee auf.«

Marie streckte die Arme aus, und während sie das kleine, feuchte Bündel an sich drückte, fiel ihr auf, wie selten sie bisher ihre Nichte im Arm gehabt hatte. »Ich mach sie mal eben fertig, beschäftige du bitte Marco«, rief sie in Richtung Küche und ging zum Wickeltisch. Sie legte Lola auf den Tisch, suchte nach den Pampers, den Öltüchern. Gragragra, machte Lola und drehte den Kopf hin und her. »So, jetzt mal nichts bewegen«, sagte Marie und wurde plötzlich ganz still. Was war das denn? Sie traute ihren Augen nicht. Ein braunes Muttermal. Auf der rechten Halshälfte, dicht unter dem Ohr. Das gleiche braune Muttermal, das alle ihre Kinder geerbt hatten. Von Christoph, der es auch hatte. Zufall? Doch plötzlich, eiskalt, eisklar, war kein Zweifel mehr möglich. Lola war Christophs Kind. Wie war das möglich? Hatte Jenna ihn während ihrer Recherchen zur Spermaspenderstory um eine Probe seines Göttertropfens gebeten und sie sich heimlich injiziert? Ihre Gedanken wirbelten wild umher.

»Der Kaffä ist färtig«, sang Michael aus der Küche, »kommst du?«

»Komme gleich«, rief Marie mechanisch und wikkelte ihre – ja, was war sie denn eigentlich? Ihre angeheiratete Nichte? Der Bastard ihres Ehemannes? Lola schaute sie aufmerksam aus großen, braunen Augen an. Gragragra. Fröhlich patschte sie in Maries Gesicht. Sie zuckte zusammen. »Faß mich nicht an, du Unglückswurm«, hätte sie am liebsten geschrien, aber ihr war klar, daß Lola-Baby nicht das allermindeste dafür konnte. Jenna und Christoph. Hinter ihrem Rücken. Und nicht ein Wort. Sie hätte heulen können. Ob sie wohl gelacht hat-

ten über sie? Ob sich Christoph über ihre sexuelle Schlaffheit beschwert hatte? Quälende Gedanken.
»Kommst du endlich, oder kannst du die Windeln nicht finden? Zweite Schublade rechts.« Michaels Stimme klang ungeduldig.
Die kurze Strecke bis zur Küche kam ihr endlos vor. Sollte sie Michael fragen? Aber was hatte er denn damit zu tun? Vielleicht war es doch besser, abzuwarten, bis sie wieder klar denken konnte. So tun, als wäre nichts ...
Nein. Sie mußte doch fragen. »Sag mal, wußtest du, daß Christoph Lolas Vater ist?« Klirrrrrr, machte es, die Kaffeekanne zerbarst in Millionen Scherben, und als Marie in Michaels gerötetes, schuldbewußtes Gesicht blickte, war kein Zweifel mehr möglich.
»Du wußtest es?« erkundigte sie sich ganz ruhig.
»O Gott, Jenna wird mich umbringen«, sagte er und holte tief Luft. »Ja, ich wußte es.«
»Und warum hast du mir nie etwas gesagt?«
Er hatte inzwischen die Scherben aufgefegt und wischte jetzt den Kaffee vom Boden. »Ich habe Jenna immer wieder gesagt, daß sie es dir beichten soll. Sie hat einfach Schiß gehabt vor dir.«
»Wie ist es passiert?« fragte Marie gepreßt. »Habt ihr parallel das Vergnügen gehabt, du und mein Mann?«
Michael schaute sie an. Sie haßte das Mitleid, das in seinen Augen lag, verspürte den rasenden Wunsch, sie ihm auszukratzen, Blut sollte fließen, und dann würde sie in seine Augenhöhlen spuk-

ken und sie unter ihren Füßen zermalmen, sie würde ...

»Meinst du nicht, daß das eine Sache ist, die nur euch beide was angeht?« Michaels Stimme klang psychiaterhaft – bitte bleiben Sie ganz friedlich, während ich Ihnen die Zwangsjacke anlege. »Ich werde Jenna sagen, daß sie dich heute abend anrufen soll.«

»Wenn's in ihre Terminplanung paßt, wäre ich dankbar«, sagte Marie schweinewütend, klemmte sich Marco unter den Arm, gab Lola, die sich inzwischen auf ihrem Kindersitz den Brei ins Gesicht schmierte, einen Kuß und sagte zu ihr: »Du kannst schließlich auch nichts für deine mißratenen Eltern.«

Dann verschwand sie.

Michael ging zum Telefon.

»Ich muß ganz dringend Jenna sprechen. In einer Konferenz? Holen Sie sie bitte raus. Ja, allerdings, es geht um Leben und Tod.«

## MARLENE UND SCHORSE

Marlene stand in der Damentoilette und rieb sich mit einem Feuchtigkeitstuch die Achselhöhlen frisch. Aus rein professionellen Gründen, beruhigte sie sich, mein Interviewpartner soll sich schließlich nicht durch meinen Achselschweiß ablenken lassen.

Dann stellte sie sich vor den Spiegel, musterte sich. Ungeheuer erotisch, hatte er gesagt, nun ja. Im

Augenblick sah sie eher ungeheuer abgeschlafft aus. In der Graphik war sie durch – Kleintexte, Vorspann, Titel auch erledigt –, die Dokumentation und die Rechtsabteilung würden sie zu Hause anrufen. »Nicht vor Mitternacht«, hatte sie gewarnt, »ich bin auf Recherche.«

Ganz bewußt war sie heute in Jeans und T-Shirt im Büro erschienen, hatte sich, wie sie es nannte, »modisch abgebrezelt«. Schorse sollte nicht denken, daß sie sich seinetwegen in Schale schmiß.

»Hallo, Kollegin, was Heißes vor heute abend?«

Marlene zuckte zusammen. Hinter ihr stand Sandra Örtel, Kollegin aus dem Moderessort, von allen Frauen gehaßt, von allen Männern heiß begehrt. Der Grund dafür war derselbe – ein Körper wie eine Eieruhr, aufreizend in hautenge Textilien gepreßt, den sie hüftschwenkend von Büro zu Büro bewegte. Noch schlimmer war, daß sie zusätzlich auch noch eine brillante Schreiberin war und alle – Blond ist doof – Vorurteile aufs bösartigste widerlegte. Es wurden ihr Verhältnisse mit sämtlichen Vorgesetzten ihrer kurzen, rasanten Karriere vorgeworfen – sie war 27 Jahre alt –, und die meisten gab sie lächelnd zu. »Macht schärft mich halt an«, sagte sie. »Ich habe nichts gegen sexuelle Belästigung am Arbeitsplatz. Am liebsten belästige ich selber.« Natürlich brachten solche Sätze die meisten Frauen auf die Palme, zumal Sandra es meisterlich verstand, jedwedes nach Emanzipation riechende Thema auf den Konferenzen lächerlich zu machen.

»Haben wir als gestandene Frauen es denn nötig, uns über Vergewaltigungen aufzuregen?« fragte sie. »Ich habe immer Tränengas dabei, und wer heutzutage so naiv ist, sich nicht zu bewaffnen, der hat selber schuld.« – »Da hat unsere Sandra eigentlich recht«, sagte Michaelsen dann augenzwinkernd, und schwupp war das Thema passé, monatelange Recherchen in Frauenhäusern, Polizeistationen, Selbsthilfegruppen für den Papierkorb.

»Für dein Alter siehst du heute abend richtig scharf aus, Kollegin«, sagte Sandra und musterte Marlene aus schmalen Augen. »Wie alt bist du eigentlich? Sag nichts, laß mich raten. Ende Dreißig? Oder schon mehr? Egal, es gibt ja auch Kerle, die auf Reifere stehen.«

»Weißt du was, Sandra? Für mich bist du ein ganz dummes, zu viel geficktes Huhn, und je weniger ich deine dämliche Visage sehe, desto besser geht's mir. Also verschon mich und mach 'ne Fliege.«

»Ts ts ts, sind wir aber empfindlich heute. Hormonstörungen? Dafür ist es doch noch ein bißchen früh.« Sie verschwand im Kloabteil. Penetrantes Weib, dachte Marlene ärgerlich, sie strullert auch noch laut.

Als sie mit dem Fahrstuhl in die Lobby hinunterkam, sah sie ihn sofort. Breitbeinig saß Schorse Föhrenbeißer auf einem der Besuchersessel und blätterte die Magazine des Verlages durch, die auf einem Tisch vor ihm ausgebreitet waren.

»Guten Abend«, sagte sie, räusperte sich einen kleinen Kloß aus dem Hals.
»Hochinteressante Lektüre habt ihr hier«, meinte er und hielt die Zeitschrift *Du und dein Kind* hoch; Titel: »Darf ein Dreijähriger noch Bettnässer sein? Die Psychologenrunde tagt.«
Marlene nahm ihm die Zeitschrift aus der Hand und fragte: »Hast du eigentlich Kinder?«
Seine Augen wurden schlitzig: »Warum fragst du? Gehört das zur Geschichte?«
»Entschuldige die indiskrete Frage«, meinte Marlene, leicht angepiekst. »Hast du oder hast du nicht?«
»Ich habe zwei Töchter und einen Sohn«, sagte Schorse kurz, »Sie wohnen bei ihren Müttern.«
»Bist du von allen geschieden?«
»Ja.«
»Warum?«
»Weil die Banane krumm und deine Nase lang ist.«
»Du willst also nicht drüber reden.«
»Richtig.«
»Okay, dann reden wir später drüber. Wo willst du mit mir hin?«
»Meinst du jetzt oder überhaupt?«
»Ich meine eindeutig jetzt.«
Schorse zückte einen Zettel. »Also, dein Einverständnis natürlich vorausgesetzt: Wir fahren jetzt auf die Reeperbahn. Da kenne ich einen sehr guten Italiener. Dann Rundgang durch die Puffs. Schwulensaunas, Folterkeller, der ganze Schmäh. Ich stell

dir meine Kumpels und meine Frauen vor, wenn du willst. Anschließend holen wir Shitface ab und fahren mit ihm zum Stadtpark. Da zeig ich dir die Drogenhändler, die Stricher, die Spanner und die Exhibitionisten. Und dann fahren wir zu mir. Okay soweit? Eindeutig genug?«

»Ich muß um Mitternacht zu Hause sein«, sagte sie nur und beschloß, sein anzügliches Angebot einfach zu ignorieren. Seine Einladung, ihr die Hamburger Unterwelt zu zeigen, war viel zu spannend, als daß sie sich jetzt wegen dieser Kleinigkeit mit ihm hätte streiten wollen. »Weil ich dann nämlich eine von meinen Geschichten mit der Rechtsabteilung durchgehen muß. Sag mir also bitte rechtzeitig Bescheid, meine Armbanduhr ist nämlich zur Reparatur.«

»Kein Problem«, sagte Schorse und hielt ihr die große Glastür auf. Draußen stand ein mitternachtsblauer Mercedes 600.

»Wow«, entfuhr es Marlene unwillkürlich.

»Netter Schlitten, nur die Parkplatzsuche ist schwierig«, meinte Schorse lässig und öffnete die Beifahrertür. Marlene versank in edlem Leder. »Rock, Pop oder Klassik?« fragte Schorse und stellte seinen CD-Player an.

»Klassik, bitte.« Sekunden später perlte das Klavierkonzert Nr. 5 von Beethoven durch den Wagen, und sie fuhren Richtung Reeperbahn. Vorbei am Operettenhaus, am »Zillertal«, der berühmten Davidswache. Es war ein ungewöhnlich heißer Aprilabend, Menschenmassen drängelten sich an Bars und Restaurants vorbei. Wie immer, wenn nach einem langen Winter endlich die Sonne schien, waren die Hamburger halbnackt und aufgekratzt. Selbst die Nutten, die an den Straßenecken koberten, hatten Frühlingsgefühle und boten besonders gut aussehenden Männern Rabatte an.

»Deine Mädels auch?« fragte Marlene.

»Meine Mädels sind selbständige Unternehmerinnen«, erwiderte Schorse. »Wenn sie weniger umsetzen, ist ihr Anteil kleiner. Meiner bleibt natürlich immer gleich. Ich muß ja schließlich auch leben.«

»Und nicht zu schlecht«, bemerkte Marlene mit spitzem Blick auf den Mercedes.

»Der ist sicher«, sagte er, ihren Blick mißdeutend, »den kennt jeder auf dem Kiez. Wenn der auch nur ein Schrämmchen hat, werd ich zum Tier. Das ist bekannt.«

Das *Piccola Grotta* wirkte von außen wie eine billige Italo-Kaschemme, Stil Anfang Siebziger. Auch das Interieur sah nicht nach Innenarchitekt aus: braune Deckenlampen, gehäkelte Gardinen, Messingtheke und Aldo, ein kugeliger Mittfünfziger mit Schnauzbart, der mit ausgestreckten Armen auf Schorse zukam: »Amico mio«, rief er, »che bella sorpresa! Was für Glanz in meiner Hütte. Geht's gut?«

»In Begleitung schöner Damen geht's mir doch immer gut«, sagte Schorse und steuerte zielsicher auf einen Tisch am Fenster zu, von dem aus man das Geschehen auf der Reeperbahn aufs voyeuristischste bewundern konnte.

»Recht so?« fragte er höflich. »Welcome to the Sexy Horror Fleischbeschau.«

Marlene zündete sich eine Zigarette an und schaute aus dem Fenster. Das pralle Leben. Da sie jetzt nicht aufdringlich Notizblock oder Diktiergerät zücken wollte, notierte sie innerlich ihren neuen Einstieg. *Die Straße ist ganz in rosa Neon getaucht – erotisches, schwimmendes Nachtlicht, das die Sünde schön, die Freier geil und die Nutten sinnlich macht* – ein bißchen dick aufgetragen, Marlene, aber was soll's. *Er sitzt am Fenster des Italieners beim Campari* – klingt besser als das Lüneburg-Pilsener, das er gerade runterzischt – *und kontrolliert seine Mädels mit strengen Blicken. ›Wieso geht Marion jetzt nach oben? Ihre Schicht hat doch gerade angefangen‹, murmelt er in die Rauchkringel seiner Marlboro und erhebt sich.*

»Sind das da deine Mädels?« fragte Marlene und zeigte auf drei blutjunge, allesamt blonde Mädchen in Miniröcken und gefährlich hohen Plateausandaletten, die vor den Geschäften von einem netzbestrumpften Bein aufs andere traten, rauchten, auf jeden Mann zugingen, ein paar Worte wechselten, gegebenenfalls zu den anderen zurückschlenderten.

»Das Geschäft scheint trotz Frühlingshormonen nicht gut zu laufen heute abend.«

Schorse grunzte unwillig. »Mir gehört nur Marisa, die zweite von rechts«, sagte er, »ein Neuzugang aus Osnabrück. Die anderen sind von der Konkurrenz.«

»Hast du eigentlich gar keine Probleme mit deinem Beruf?« fragte Marlene, und es war eine echte, keine Reporter-Frage. »Wünscht du dir nicht manchmal, was menschlich Wertvolleres zu sein, Gehirnchirurg zum Beispiel oder Missionar?«

Aldo hatte inzwischen zwei dampfende Spaghettiteller auf den Tisch gestellt, Parmesankäse drübergerieben und sich mit einem »Buon appetito« wieder zurückgezogen. Schorse hielt den Mund dicht über den Teller und schaufelte drauflos. Kleine Grunzlaute entfuhren ihm. Schlürf, schmatz, und weg. Leicht angeekelt blickte Marlene zur Seite. Gut, daß sie hier niemand kannte. Dieser Abend noch, und dann Schluß. Infos hatte sie genug, sie schrieb schließlich keine Doktorarbeit. Fakten verwirren nur – wer sagte das noch immer? Gott ja, Stachie; unangenehmer Gedanke, schnell weggedrückt.

»Wärst du nicht auch lieber Schriftstellerin, Pastorin oder Albertine Schweitzer?« fragte Schorse gerade, zog die Finger genüßlich über den Teller – tschiep, tschiep, tschiep – und leckte sie ab.

»Das ist ja wohl was anderes«, sagte Marlene beleidigt. »Ich beute schließlich keine Menschen aus.«

»Und was machst du hier mit mir?« fragte Schorse zurück. »Du triffst dich mit mir, weil du 'ne Story schreiben mußt, nicht, weil du mich so sympathisch findest.«

»Stimmt«, sagte sie ehrlich.

»Na also«, meinte er kühl, »dann halt auch dein großes Maul.«

Er warf einen Hunderter auf den Tisch – mindestens 30 DM Trinkgeld, wie sie schnell kalkulierte – und zog sie hinaus auf die Straße. Nach ein paar Schritten standen sie vor Marisa, die gerade ein Kundengespräch führte. Der Kunde sah aus wie ein in die Jahre gekommener Wäschesack, schmale Schultern, die Restmasse im Laufe der Jahrzehnte nach unten gerutscht. »Kannst du es nicht ein bißchen billiger machen?« fragte er gerade, da sah Marisa ihren Chef und schüttelte energisch den Kopf. »Ich mach die Preise ja auch nicht«, meinte sie bedauernd. »Versuch doch bei einer andern dein Glück.« Der Freier zog sich enttäuscht zurück.

»Darf ich die Damen miteinander bekannt machen?« fragte Schorse formvollendet. »Marlene – Marisa, und umgekehrt.« Marisa war eine echtblonde Naturschönheit, Anfang Zwanzig und voll im Saft, wie Marlene, die sich jeden zweiten Tag ins Lady-Fitneßcenter quälte, neidisch feststellte.

»Kollegin?« fragte Marisa ungläubig.

»Wieso, wäre das so ungewöhnlich?« Marlene war leicht beleidigt. Wirkte sie auf dieses Junggemüse schon zu alt für den Strich? Eine Frechheit!

Schorse griff ein. »Marlene ist von der Presse und schreibt eine Geschichte über mich«, erklärte er,

»deshalb würde sie gern auch mal mit dir reden. Nicht jetzt, während der Arbeitszeit, irgendwann in den nächsten Tagen.« Keine Frage, ein klarer Befehl.

Doch Marisa war nicht eingeschüchtert. »Morgens brauche ich meinen Schönheitsschlaf«, sagte sie lässig. »Also früher Nachmittag.«

Beim Weggehen drehte sich Marlene noch einmal um. Sah direkt in Marisas Augen. Ein Zwinkern, unmißverständlich. Marlene zwinkerte zurück.

»Sag mal, warum hat ein so tolles Mädchen so was nötig?« fragte sie, während sie mit Schorse auf die Herbertstraße zuging.

»Kann ich dir ganz schnell beantworten«, meinte er, »keine Ausbildung, zwei kleine Kinder, kein Mann. Marisa schafft nachts bis zu 800 DM an. Davon behält sie 500, ich den Rest. Da sie eine Sozialwohnung hat und eine billige Oma, braucht sie nur drei Nächte pro Woche zu arbeiten. Der Rest ist Privatleben. Kein schlechter Deal, oder?«

Eigentlich gab Marlene ihm recht. Eigentlich. Trotzdem – »Was wird aus ihr, wenn sie nicht mehr knackig ist? Was ist mit Aids? Wo steckt sie den Ekel weg bei all den widerlichen Freiern?«

»Das kannst du sie alles beim Interview fragen«, wehrte Schorse ab, den dieses Gespräch sichtlich langweilte. »Wenn du hier mit einer Sozialarbeiterseele ankommst, bist du fehl am Platz. Hier leben wir nach eigenen Regeln. Kiezregeln eben. Capito?« Seine Stimme klang streng.

Also hielt Marlene den Mund. Guckte nur. Mit immer größeren Augen. Ging mit Schorse die berüchtigte Herbertstraße entlang, eine kleine Seitengasse der Reeperbahn, die durch zwei schwere Holzportale begrenzt und für Frauen eigentlich verboten war. Dahinter: Kopfsteinpflaster und kleine, fast bieder anmutende Häuschen mit grell erleuchteten Fenstern. Dahinter saßen die Damen vom Gewerbe und gingen äußerst spießigen Beschäftigungen nach. Einige strickten oder häkelten, andere lösten Kreuzworträtsel. Eine ältere Kollegin in hautengem Leder schälte seelenruhig Kartoffeln. Nur ihre Berufskleidung – Strapse, Minimalst-Röcke und knappe Mieder, aus denen silikonverstärkte Kugeln quollen – machten deutlich, daß es sich hier nicht um ein Kaffeekränzchen handelte. Schorse führte Marlene in Haus Nr. 28. Roter Klinker, zwei Stockwerke, voll unterkellert – was das wichtigste war, wie er ihr erklärte. »Der ist nämlich für viel Geld schallisoliert, so daß die Schreie der Kunden nicht auf die Straße dringen.« Schreie? Unwillkürlich hielt sich Marlene an Schorses Jakkettärmel fest.

Am Hauseingang empfing sie Eva-Maria, eine große, schlanke Frau mit Brille und hochgeschlossenem schwarzem Kostüm, die als Chefsekretärin hinter jeden Vorstandsschreibtisch gepaßt hätte, wären da nicht ihre schenkelhohen Lederstiefel mit Sporen gewesen. »Meine Arbeitskleidung«, sagte sie, als sie Marlenes Blick bemerkte. »Die meisten Kunden wollen zur Einstimmung getreten werden.« Sie gingen in einen Raum, dessen Wände vollhingen mit Peitschen. Zwei-, drei-, neun-, zwölfschwänzige Monster ringelten sich bis auf den Fußboden. »Richtig auspeitschen will gelernt sein«, erklärte Eva-Maria sachlich und ließ eine Neunschwänzige durch die Luft zischen. »Der Peitschenschlag muß weh tun, darf aber möglichst keine Spuren hinterlassen. Die meisten meiner Kunden sind Hochkaräter aus Industrie und Politik, da soll nach meiner Behandlung nichts zu sehen sein. Darf ich bitten?«

Aus dem Kellergeschoß tönten die *Meistersinger* von Wagner. »Zu Sadomaso paßt er am besten«, erklärte Schorse. »Dieses Publikum ist im Gegensatz zum normalen Freier sehr viel gebildeter, da können wir nicht mit Julio Iglesias kommen. Außerdem ist der nicht düster und brutal genug.« Das Kellergewölbe war tiefschwarz – Wände, Decken, Teppichboden. An den Wänden standen mannshohe Käfige, in denen ekstatisch sich windende Männer angekettet waren. Alle trugen Gesichtsmasken. »Wunderbar, schlag mich, fester, fester, jaaa, soo ist es gut, o Gott, weiter!« riefen sie, während sie von Dominas ausgepeitscht wurden. Im Eckkäfig lag ein Mann am Boden, mit geöffnetem Mund, in den genüßlich eine Frau hineinpinkelte.

Marlene wendete sich angeekelt ab, kämpfte mit einem Brechreiz. Das war zuviel für ihr spießiges Nervenkostüm. Schorse musterte sie belustigt.

»Na, kannst du noch, oder willst du an die frische Luft?«
Sofort kam die harte Reporterin in ihr durch. »Aber selbstverständlich«, sagte sie, und sie betraten den nächsten Raum.
»Unser Babyzimmer«, erklärte Eva-Maria sachlich. »Hier behandeln wir den gestreßten Herrn, der von Familie und Karriere überfordert ist und für kurze Zeit in den Mutterleib zurück möchte. Wir sind sozusagen sein geborgter Uterus.«
»Und was kostet der Spaß?« fragte Marlene und blickte ungläubig auf einen circa 60jährigen Mann, der mit angewinkelten, gespreizten Beinen nackt auf einem der Tische lag. Vor ihm stand eine »Krankenschwester«, cremte und puderte ihn liebevoll ein. »Ja, mein kleines Schätzchen«, gurrte sie. »Ja, mein Kleiner, biddu denn ganz wund geworden? Muddi Mama wieder pudern.« Dann griff sie hinter sich zu einem Stapel Adult Pampers und wickelte ihr »Schätzchen« fachfraulich. »Ja, so ist es brav. Soll die Mama auch das kleine Schwänzchen einreiben? Ja? Tut das meinem Baby gut?«
»Vorstandsmitglied«, flüsterte Eva-Maria. »Rund drei Millionen im Jahr. Eine Behandlung bei uns kostet 800 DM. Ein lieber Dauerkunde. Oder sollte ich sagen Patient?« Dann ging sie auf den Wickeltisch zu, tätschelte das Riesenbaby: »Na, bist du auch schön brav gewesen? Dann darfst du jetzt an Mamis Brust.« Routiniert knöpfte sie ihre Kostümjacke auf, hob eine Brust aus dem Korsett, das sie

darunter trug, und hielt sie an seinen Mund: »Nicht wieder beißen«, mahnte sie, »sonst nimm vorher lieber das Gebiß raus.«
Marlene wollte gerade gehen, da erstarrte sie. Ein Mann stand in der Tür. Er trug einen riesigen, hellblauen Strampelanzug mit Häschenmuster, in der rechten Hand hielt er eine Ein-Liter-Babyflasche. Sie starrte, er starrte zurück. »Guten Abend«, sagte das Baby.
»Guten Abend, Herr Michaelsen«, antwortete Marlene.

## SCHORSE UND MARLENE

»Das war wirklich dein Chef?« fragte er.
Sie hatte die Hände über die Augen gelegt, wußte nicht, ob sie kichern oder schreien sollte. »Leibhaftig«, sagte sie. »Hoffentlich kostet mich das nicht meinen Job.«
»Ach was«, beruhigte Schorse sie, »den hast du doch voll in der Hand. Wahrscheinlich bekommst du jetzt eine Gehaltserhöhung, paß mal auf.«
»Ich weiß nicht«, erwiderte Marlene. »Dieser Abend war too much. Wie spät ist es eigentlich?«
Schorse schaute auf seine Prolex. Zwei Minuten vor Mitternacht. »Halb elf erst«, sagte er. »Wir haben noch viel Zeit. Hast du Lust auf einen Stadtparkbummel? Shitface müßte bewegt werden, außerdem hätte ich dir gern mal meinen Lieblingsspanner gezeigt. Eine Hamburger Institution. Er steht seit 15 Jahren vor demselben Gebüsch und

trägt ein rotes Stirnband. Und unterm Mantel nichts.«
»Klingt aufregend, aber mir reicht's für heute. Ein anderes Mal«, wehrte sie ab. »Vielleicht noch ein kleines Schnäpschen zum Abschlaffen, dann winkt der Bettzipfel.«
»Genau mein Gedanke«, murmelte Schorse. Laut sagte er: »Laß uns doch zu mir gehen. Rosaria macht die tollsten Daiquiris.«
Und da Marlene an diesem Abend Lust auf Cocktails und eine eckige Runde hatte, ging sie mit.
In der Tat: Die Erdbeeren, die Rosaria püriert in den weißen Rum quirlte, waren frisch, es gab richtigen Limonensaft dazu, und zu Marlenes großem Erstaunen war sie auch überhaupt nicht genervt, um diese Zeit noch einmal geweckt zu werden. »Ich zahle übertariflich«, sagte Schorse nur, »weit übertariflich.«
Also saß Marlene ganz entspannt im Hier und Heute auf einem großen, rosa-weichen Sofa, und aus einem Daiquiri wurden zwei, macht ja nichts, ist ja viel Obst drin, dann ein dritter, aller guten Dinge, genau, da hat der Volksmund recht ... Es war so wunderbar entspannend hier, so kuschelig, hmmm, war das jetzt noch ein Daiquiri, eine nicht pürierte, glitschige Erdbeere oder eine feuchte Lippe? Egal, es fühlte sich ganz wunderbar an, sie hatte ja noch Zeit, viel Zeit, alle Zeit der Welt. In weiter Ferne sah sie einen Mann, der sich anzog. Oder auszog? War es denn schon Morgen? Aber der

Wecker hatte ja noch gar nicht geklingelt. Lieber wieder Augen zu. So wunderbar weich ...

**MARLENE WIEDER ZU HAUSE**

»Welche Nummer in der Ottenser Landstraße? Gute Frau, ich weiß ja nicht, vor welchem Haus ich Sie absetzen soll.« Ungeduldig drehte sich der Taxifahrer zu dem bewegungslosen Bündel auf dem Rücksitz um. »Ich hasse diese Besoffenen«, sagte er dann laut. »Hoffentlich kotzt sie mir jetzt nicht beim Aufwachen das Auto voll.«

»Nr. 15«, krächzte das Bündel, setzte sich ruckartig hoch, rieb sich die Augen. »Um Gottes willen, wie spät ist es?«

»Viertel vor drei«, teilte ihr der Taxifahrer ungerührt mit. »Ihr Mann wird sich freuen. Oder sind Sie Single?«

»Ich war beruflich unterwegs«, sagte Marlene mit etwas festerer Stimme.

»Den Beruf kenne ich«, grinste er nur. »32,40 DM bitte.«

Natürlich fand sie das Schlüsselloch nicht, stocherte herum, flog fast in den Flur, als die Wohnungstür plötzlich mit einem Ruck aufgerissen wurde.

»WO WARST DU?«

Hans-Joachims Stimme klang so schneidend, so eiskalt und wütend, daß sie schlagartig nüchtern wurde. »Wieso bist du denn noch auf?« fragte sie, um Zeit zu gewinnen und ihre Gedanken zu ordnen.

»Das wagst du noch zu fragen?« Seine sonst so ruhige Stimme überschlug sich fast. »Wenn alle halbe Stunde deine blöde Rechtsabteilung hier anruft? Von wegen, du bist um Mitternacht zurück – inzwischen ist es fast drei Uhr morgens! Ich habe schon dreimal die Polizei angerufen, wollte eine Vermißtenanzeige aufgeben. WO WARST DU ALSO?«

Der eheliche SuperGau. Und sie war sooo müde, wollte nur ins Bett. »Ich war unterwegs«, sagte sie matt.

»Mit wem?«

»Mit einem Zuhälter. Die Sexserie, du weißt doch.«

»Bis morgens um drei? Wo hast du recherchiert, in seinem Bett?«

Durch den Nebel ihrer alkoholischen Betäubung wühlte sich plötzlich eine blendende Idee. Das war's. »Ich war im Spielcasino«, sagte sie. »Luden zocken gern. Der gesamte Kiez ist dagewesen. War superspannend.« An seinem plötzlichen Schweigen merkte sie, daß sie auf der richtigen Fährte war. »Wir beide sollten auch mal gehen«, schlug sie auf dem Weg ins Badezimmer vor. »Vielleicht haben wir Glück, und du kannst dir ein neues Ultraschallgerät kaufen.« Bravo, Marlene, dachte sie, du bist wirklich in Form. Und das bei mindestens drei Promille im Blut.

Im Badezimmer warf sie einen kurzen Blick in den Spiegel. Sie sah fürchterlich aus. Richtig verrödelt. Verschmiertes Augenmake-up, fahle Haut, blasse

Lippen. Als sie vor der Klobrille stand und sich die Jeans runterzog, fiel ihr ein Zettel entgegen.
»Es war wunderbar mit dir«, stand darauf. »Wer hätte das gedacht?«
Sie ließ sich plumpsen. Ihr Herz klopfte wie ein Preßlufthammer. Was für ein saublöder Scherz! Sie spülte den Zettel ins Klo hinunter.
»Tut mir leid, daß ich so ausgerastet bin«, hörte sie aus weiter Ferne Hajos Stimme durch die Badezimmertür. »Hast du wenigstens was gewonnen?« Das Telefon klingelte. »Die Rechtsabteilung ist wieder dran«, brüllte er. »Bist du fertig da drinnen?«
Marlene lief ins Schlafzimmer und nahm mit zitternder Hand den Hörer auf. Räusperte sich kurz den Kloß aus dem Hals. »Ellermann.«
»Na endlich.« Der Verlagsanwalt klang sehr ungeduldig. »Wir probieren es seit Stunden. Also. Hat die Krankenschwester wirklich gesagt, daß sie von den Altersheiminsassen immer in den Po gekniffen wird?«
»Hat sie wirklich«, sagte Marlene schwach.
»Ist es ein wörtliches Zitat: ›Je öller, je döller – das ist das Motto der Patienten unseres Altersheims‹? Nicht daß hinterher eine gerichtliche Klage vom Sozialamt kommt.«
»Ich schwöre.« Marlene legte den Hörer auf, drehte sich zu ihrem Mann um, der im Bett lag und im Pyjama und ohne Brille wie ein Riesenbaby aussah. Apropos Baby – »Weißt du, wen ich in Hamburgs schärfstem Sadomaso-Club getroffen habe?« fragte

sie. Doch Hajo war schon eingeschlafen. Marlene kuschelte sich an seinen Rücken – und blieb schlaflos.

## MARLENE UND IHR KATER

»Sag mal, du siehst ja aus wie ein Stück Schifferscheiße.«

»Danke, Chefin, sehr aufbauend.«

»Im Ernst, was ist los? Hast du gesumpft?«

»Alles im Dienst der Sache, meine Sexrecherche hat etwas länger gedauert.«

»Apropos. Du weißt, die Serie läuft in meinem Ressort. Das heißt, ich will sie brillant und schnell auf dem Tisch. Wir können ein paar Streicheleinheiten aus der Chefetage gut gebrauchen. Wann kann ich mit dem Zuhälterportrait rechnen?«

»In einer Woche, jetzt muß ich erst mal meinen Rausch ausschlafen.«

Das Telefon auf ihrem Schreibtisch klingelte. »Ellermann.«

»Fühlst du dich auch so gut wie ich?«

Natürlich wußte sie, wer dran war. »Wer ist da, bitte?«

»Schorse. Tu nicht so, als wüßtest du das nicht.«

»Sag mal, hast du mir gestern was in die Drinks gemischt? Ich hab den totalen Blackout.«

»Dafür kann ich mich um so genauer erinnern.«

»Erspar mir die Einzelheiten. Ich muß in eine Konferenz. Ich melde mich, wenn ich noch Fragen habe.«

»Willst du denn nicht mehr in den Stadtpark mit mir?«
»Vielen Dank, aber ich hab genug Material. Bis die Tage.«
»Du hast mir versprochen, daß ich die Geschichte vorher lesen kann. Vergiß das bitte nicht.«
»Ja, ja. Obwohl – die ganze Geschichte hab ich nicht versprochen. Nur deine Zitate.«
»Versuch nicht, mich zu bescheißen, Marlene! Das haben schon Schlauere als du bereut.«
»Reg dich nicht auf, Schorse. Grüß Shitface von mir. Ciao.«
»Marlene?«
»Was denn nun noch?«
»Es war wirklich toll mit dir.«
»Ich weiß nicht, wovon du sprichst. Ciao.«
Sie knallte den Hörer auf. Warum hatte sie plötzlich Schorse gegenüber ein schlechtes Gewissen? Schließlich war er nur ein Zuhälter. Trotzdem – seine Stimme hatte irgendwie so klein geklungen. So kleinejungenklein. Ihre Gier auf Nikotin war plötzlich gnadenlos. Jetzt sofort eine ZIGARETTE!
»Stachie«, rief sie ihrem eintretenden Kollegen strahlend zu, »dich schickt der Himmel. Hast du mal 'ne Zigarette da?«
»Aba imma«, flachste er und schob ihr seine Schachtel über den Schreibtisch. »Ich freue mich, dich bei so guter Laune anzutreffen. Bin ich der Grund?«
»Der Grund nicht, aber der Anlaß«, sagte sie. »Was machen deine Sexrecherchen?«

»Gut, gut«, antwortete er. »Und deine? Ist dein Kisch-Preis-verdächtiges Ludenportrait schon geschrieben?«
»Die Recherchen sind abgeschlossen«, sagte sie geheimnisvoll. »In einer Woche kannst du die Geschichte lesen.«
Stachies Augen verengten sich zu Schlitzen. »Wie bist du mit Schorse klargekommen? Hat er richtig ausgepackt?«
»Lies meine Geschichte«, sagte Marlene nur und nahm sich zwei Zigaretten aus Stachies Schachtel.

**STACHIE UND SCHORSE**

»Pack aus, Kumpel. Hast du oder hast du nicht?«
»Hab ich was?«
»Mit Marlene.«
»Mit Marlene was?«
»GESCHLAFEN, GEBUMST, GEVÖGELT, ES GETRIEBEN, DICH HORIZONTAL UNTERHALTEN. Oder muß ich deutlicher werden?«
»Warum schreist du denn so?«
»Weil ich mir in dem Fall hundert Scheine verdient habe. Weil ich gestern beim Pokern 18 Mille verloren hab. Weil du mir die Kohle versprochen hast. Weil ich deswegen diese verdammte Serie angeleiert habe und mich jetzt in versifften Vorstadtpuffs herumtreiben muß. DARUM!«
»Warum fragst du nicht Marlene?«
»Glaubst du im Ernst, die sagt mir was?«
»Der Kavalier genießt und schweigt.«

»Du bist aber kein Kavalier. Du bist Schlitzohr, Schweinehund und Lude.«
»Hab ich dich jemals beschissen, Stachie? Hab ich jemals meine Spielschulden bei dir nicht bezahlt?«
»Es gibt immer ein erstes Mal.«
»Dann halt die Klappe und laß mich weiterschlafen.«

**MARIE-VIOLA STELLT LOLAS VATER ZUR REDE**

Er sah so verdammt unschuldig aus. Leise vor sich hin summend lag er in seinem Lieblingsschaukelstuhl, Marco auf dem Schoß. Die *Sesamstraße* lief. Nichts hätte häuslicher und friedlicher sein können. Der Rest ihres Quartetts war bei einem Geburtstag und demolierte anderer Leute Kinderzimmer – eine wunderbare Vorstellung –, im Ofen brutzelte eine Kräuterpoularde, und Marie hätte am liebsten den Vorschlaghammer aus dem Werkzeugkasten geholt und ihn wortlos auf Christophs Kopf schnellen lassen. Da, da, da – du Schuft, du mieses Schwein!
»Sweetie, du bist ja schon da«, rief er erfreut, »dann übernimm doch mal den kleinen Hopser. Ich bin mit meiner Karikatur für den *Sächsischen Merkur* noch nicht zufrieden. Regine Hildebrandt sieht eindeutig zu weiblich aus.« Dann stutzte er. »Was ist denn mit dir los? Drei Kröten gleichzeitig verschluckt?«
Marie holte tief Luft. Natürlich wäre es diplomatischer, einen günstigen, ruhigen Zeitpunkt abzu-

warten, sich langsam vorzutasten, vielleicht war ja alles ein ganz dummes Mißverständnis ...

»Hast du mich mit meiner Schwester betrogen?«

Vornehme Zurückhaltung hatte ihr der liebe Gott einfach nicht mitgegeben. Bleischwere Stille. Nur die *Sesamstraße* plärrte nichtsahnend: Der – Die – Das – ein Superriesenspaß!

»Ach Gott, das ist doch schon gar nicht mehr wahr.« Christophs Stimme war so leise, daß Marie sie kaum verstehen konnte. »Und es war nur ein einziges Mal.«

»Wann?«

»Ist das denn wichtig?«

»Ich will alles wissen. Jede Einzelheit. Damit ich dich hinterher in Einzelteile zerfleischen und als Chappi in Dosen stopfen kann.«

»Als du mich mit diesem Schlagerfuzzi betrogen hast«, sagte er.

»Falls du Tony Cazzone meinst, mit dem war nie was. Außerdem ist das ja wohl was anderes, von Berufs wegen ausnahmsweise mal danebenzutreten, als sich an der eigenen Schwägerin zu vergreifen. Bist wohl zu faul, zum Fremdgehen aus dem Haus zu gehen! Aber du bist nicht Woody Allen!«

Mit zusammengesackten Schultern saß Christoph da. Auch der kleine Marco schien zu spüren, daß dicke Luft herrschte. Er schaute mit großen Augen von Mama zu Papa und blieb ausnahmsweise mucksmäuschenstill.

»Es tut mir wahnsinnig leid, Marie. Aber es war

wirklich nur einmal – und im Grunde denkt ja auch keiner mehr dran.«
»Ach ja?« sagte Marie, ging auf ihren Mann zu und schob seinen Hemdkragen zur Seite. »Und was ist das?«
»Mein Leberfleck«, antwortete er, »na und? Marco hat einen. Die anderen Kinder auch. Alle haben ihn geerbt.«
»Richtig«, sagte sie eisig. »Alle deine Kinder haben ihn geerbt. Auch Lola.«
Sie ging in die Küche, holte sich ein Bier aus dem Kühlschrank. Ihre Hände zitterten. Was nun? Scheidung? Von ihrer Schwester konnte sie sich ja leider nicht scheiden lassen. Außerdem wäre sie als Alleinerziehende mit vier Kindern der Totalflop auf dem Liebesmarkt.
Selbst eine Anzeige in der *Zeit* – »Attraktive, jugendliche Mutter, 36 Jahre, kreativ tätig, vier K. (abgekürzt sah es irgendwie harmloser aus), sucht liebevollen Partner mit viel Sinn für Humor« – würde ihr nur Freaks und potentielle Kinderschänder bescheren; das war die traurige Wahrheit.
Christoph stand in der Küchentür. Aschfahl. »Bist du ganz sicher?« fragte er. Sie schaute ihn an. Fast tat er ihr leid. Wenn es sich nicht ausgerechnet um ihre Schwester handeln würde und nicht ausgerechnet ein Baby entstanden wäre, hätte sie ihm längst verziehen. Schließlich war sie auch kein Unschuldsengel, war durchaus im Laufe ihrer Ehe das eine oder andere Mal zur Seite gesprungen.

Sechsmal, um genau zu sein, wenn sie das eine Mal mit dem 21jährigen Fotolaboranten von *Dolce Vita* mitzählte, der damals die Tony-Cazzone-Fotos entwickelt hatte. Damals, als sie noch Fotografin und nicht nur Muttertier war.
»100 Pro«, sagte sie. »Hast du denn nichts davon gewußt?«
»Ich hatte so eine Ahnung«, gab er zu, »weil Lola immer Rollkragenpullover trägt.«
Es klingelte an der Haustür. »Scheiße, die Kinder sind schon zurück. Wir reden später«, rief sie, während sie die Tür öffnete – und zurückprallte.
»Hallo, Schwesterherz«, sagte Jenna. Sie hatte Lola auf dem Arm. »Darf ich reinkommen, oder schmeißt du mich die Treppe runter?«
»Dazu bist du mir viel zu stark«, meinte Marie. »Komm rein. Wenn du dich unter meine Augen traust mit deinem Wechselbalg.«
»Es ist ja außerdem noch deine Nichte«, wagte Jenna schüchtern einzuwenden. »Ich hab Kuchen mitgebracht. Deinen Lieblingskuchen.«
»Schokohimbeerschweinekuchen?«
»Genau den.«
»Immerhin ein Anfang«, sagte Marie. »Komm rein, Lola, lern deinen Daddy kennen.«

**ELLERMANNS PRAXIS**

Montag. Sämtliche Blaumacher und Krankfeierer Lurups saßen heute morgen mal wieder bei mir in der Sprechstunde. Die üblichen Wischiwaschi-

Klagelieder: »Herr Doktor, ich fühl mich so beschissen.« – »Wo denn am beschissensten?« – »So hier am Bauch, der fühlt sich ganz aufgebläht an.« – »Waren Sie denn schon beim Frauenarzt?« – »Klar, aber der hat nichts gefunden.«
Bauch war beliebt. Die meisten Krankmelder hatten's an der Wampe. Doch als verantwortungsbewußter, neu zugelassener Arzt mußte ich alle Beschwerden ernst nehmen.
Auch die von Michelle Gatermann, einer bildhübschen, stinkefaulen Sekretärin, die die Arbeit wirklich nicht erfunden hatte.
»Schade, daß Sie schon vergeben sind«, sagte sie mit Grübchenlächeln. »Meine Mutter meint immer, du siehst so gut aus, du brauchst deinen Doktor nicht zu machen, du heiratest einfach einen.«
»Tja, leider«, stimmte ich zu – und tastete ihren kerngesunden Unterbauch ab, während sie etwas von merkwürdigen Bauchschmerzen erzählte.
Stuhl war normal, kein Blut oder Schleim. Auch kein Teerstuhl, der auf eine Blutung im oberen Gastrointestinaltrakt hingewiesen hätte. Die Milz war normal groß, die Darmgeräusche okay.
»Wie lange soll ich Sie krankschreiben?« fragte ich resigniert.
»Wie lange können Sie denn?« Die Grübchen vertieften sich.
»Bis Mittwoch. Wenn Sie bis dahin nicht gesund sind, empfehle ich eine Untersuchung im Krankenhaus. Die sind besser ausgestattet als ich.«

Diese Drohung wirkte meistens. Sooo krank waren die wenigsten. Auch Michelle zog hastig ihren Pullover über den kranken Bauch. »Das wird schon«, sagte sie tapfer. »Ich bin ja zäh.«
»Der nächste, bitte.«
O Gott, Irmgard Döring, die hatte mir gerade noch gefehlt; der Kotfan, wie wir sie in der Praxis nannten. Sie war eine ehemalige Alkoholikerin, seit acht Jahren trocken, die seit ihrem spirituellen Entzug kettenrauchte und merkwürdigerweise auf Kot fixiert war. Ihren eigenen, zum Glück. Sie war besessen von der Idee, Bandwürmer zu haben, die sich in ihrem Körper festfressen und ihre Eingeweide zernagen würden. Also brachte sie zu jedem Arztbesuch eine Kostprobe ihres Kotes mit.
So auch heute. »Frau Döring«, sagte ich ergeben, »was kann ich für Sie tun?« Den kleinen Plastikcontainer hatte ich bereits aus den Augenwinkeln wahrgenommen.
»Herr Doktor«, begann sie, »es ist wieder soweit. Der Wurm hat wieder zugeschlagen.«
»Sind Sie ganz sicher?« fragte ich verzweifelt, denn inzwischen hatte sie den Container auf meinen Schreibtisch gestellt, ihre Hand war bereits am Deckel.
»Ganz sicher, Herr Doktor«, sagte sie und öffnete ihn. »Schauen Sie selbst, es wimmelt ja nur so von diesen weißen Viechern. Ganz verseucht bin ich, ich fühle es.«
Ich wagte einen Blick. Versuchte mir einzureden,

der Inhalt sei eine neutrale Substanz. Ein Stück Lehmboden vielleicht oder ein mulschiger Apfel. Es half nichts. Scheiße sieht eben aus wie Scheiße. Vor allem riecht sie so. Und die von Frau Döring roch irgendwie besonders danach. »Lassen Sie mir die Probe am besten da«, sagte ich entschieden, »wir werden sie gründlich untersuchen und Ihnen dann Bescheid geben.«
Als sie gegangen war, griff ich zum Telefon und rief meine Sprechstundenhilfe Cornelia an. »Frau Döring war hier«, sagte ich nur.
Cornelia kam sofort. Näherte sich mit abgewandtem Gesicht dem Container, nahm ihn mit spitzen Fingern hoch, schmiß ihn in unseren geruchsneutralen Entsorgungsbehälter. »Was schreibe ich ihr auf?« fragte sie.
»Das Übliche«, antwortete ich, »ein Rezept über Kohletabletten und das Versprechen, daß davon auch die hartnäckigsten Würmer weggehen.«
»Kohletabletten hatten wir doch letztes Mal«, gab Cornelia zu bedenken.
»Dann Rizinusöl, verdammt noch mal«, schrie ich. Frau Döring machte mich fertig.
»Schlechte Laune, Chef?« fragte Cornelia besorgt.
Ich riß mich zusammen. »Warum kommen alle Freaks dieser Welt ausgerechnet zu uns?«
Sie zuckte die Schultern. »Ist doch wunderbar«, meinte sie, »Freaks sind doch der Pfeffer in der faden Suppe des Lebens.«
»Da hast du recht.« Ich war versöhnt. Und außer-

dem hatte ich für abends eine lustige Story für Marlene parat.

## MARLENE UND HANS-JOACHIM ZU HAUSE

»Wir sind beim Essen. Nicht schon wieder Frau Döring«, sagte Marlene entschieden und biß von der Heimservice-Pizza ab, die natürlich wieder viel zu kalt und mit zu dickem Teigboden geliefert worden war. Aber da es weder sie noch Hajo an den häuslichen Herd drängte, war ihre kulinarische Versorgung an den meisten Abenden ziemlich junkfoodig. Jeder von ihnen hatte drei Rezepte, die er aus dem Effeff beherrschte, aber an denen hatten sie sich inzwischen übergegessen. Hajo war spezialisiert auf Roulade bürgerlich, Lammrücken und Spaghetti mit Hacksauce, Marlene brillierte mit knusprigen Bratkartoffeln, Apfelkuchen und einer Quarkspeise, auf die sie weiße Baisers zerbröselte. Doch heute abend war Pizza-Time, denn beide waren schlapp, müde und froh, daß sie zu Hause waren.

»Bist du noch sauer wegen gestern abend?« fragte Marlene vorsichtig, denn Hajo war beim zweiten Glas Rotwein und hatte glasig-entspannte Augen.

»Hast du denn wenigstens was gewonnen im Spielcasino?«

Das Telefon klingelte. »Ich geh schon«, sagte Marlene, »wahrscheinlich die Redaktion. – Ellermann.«

»Ich bin's, Schorse.«

»Was willst du?«
»Deine Stimme hören.«
»Hast du nichts Spannenderes zu tun?«
»Nein.«
»Bin gleich wieder da«, rief sie Richtung Küche, dann, leiser: »Bitte ruf mich nicht zu Hause an. Das ist mir unangenehm.«
»Ich ruf dich an, wann und wo und wie es mir paßt.« Klick.
Nachdenklich ging sie in die Küche zurück.
»Wer war dran?« fragte Hajo.
»Ein Kollege, nichts Wichtiges«, sagte sie.

**MARLENE BEI DER HAMBURGER SPARKASSE**

»Kann ich bitte meine Auszüge haben?«
»Ihre Kontonummer, bitte.«
»14455 Strich 203978.«
Der nette, junge HASPA-Angestellte klickerte auf seinem Computer, aus dem Printer rasselten die Auszüge. Er lächelte Marlene freundlich an. »Wow, haben Sie im Lotto gewonnen, Frau Ellermann?«
»Schön wär's. Warum fragen Sie? Seh ich so reich aus?« Merkwürdiger Typ. Wollte er sie anmachen? Verscheißern?
Immer noch lächelnd reichte er ihr die Auszüge. »Damit dürften Ihre Überziehungszinsen wohl abgedeckt sein.«
Der Kleine schien wirklich eine schwere Scheibe zu haben. Okay, ihr Gehalt war fällig, aber da sie mit

12.000 DM in den Miesen war, gab es wirklich keinen Grund für die HASPA, sich zu freuen. Höchstens der 14% Überziehungszinsen wegen, die sie jedesmal kassierten. Eine Frechheit eigentlich. Sie blätterte die Auszüge durch. Die *Berliner Morgenpost* buchte immer noch ab, obwohl sie das Abo längst gecancelt hatte. Dafür waren die 2000 DM, die sie für einen Kommentar in *Diese Woche* – unter Pseudonym natürlich – zum Thema »Macht Fernsehen gewalttätig?« geschrieben hatte, immer noch nicht drauf. Lausige Zahlungsmoral. Da. Was war das denn? Eine Zahl mit ungewöhnlich vielen Nullen. Eins, zwei, drei, vier, fünf. Und eine Eins davor. 100.000 DM. Eine Zahl, die sich auf ihren Auszügen nahezu exotisch ausnahm. Es konnte sich nur um eine Fehlbuchung handeln. Mal sehen, wer so doof war, ausgerechnet ihr so viel Geld zu überweisen. Was würde passieren, wenn sie damit jetzt abhaute? Sich 'ne schöne Zeit in der Karibik machte? Konnte sie dafür gerichtlich belangt werden? Sie schaute noch mal. »Verwendungszweck: Nachtdienst« stand da. Mehr nicht. Fehlbuchung vom Eppendorfer Krankenhaus? Dann wußte sie plötzlich, von wem das Geld war. Wie angewurzelt stand sie vor dem HASPA-Counter. Der nette junge Mann schaute sie auffordernd an, denn die Kundenschlange hinter ihr scharrte bereits ungeduldig mit den Füßen. SCHORSE! Daß sie nicht eher daraufgekommen war! Das Geld war sein Liebeslohn. LIEBESLOHN – für welche Liebe denn, es war doch gar nichts passiert!

Doch Schorse war kein Mann, der sein Geld für nichts zum Fenster rausschmiß. Wollte er sie bestechen, sie dazu bringen, daß sie nur Gutes über ihn schrieb? Ogottogottogott. So viel Geld! Was konnte sie damit alles anfangen! Wenn sie es behielte. Was natürlich ausgeschlossen war. Zumindest moralisch ganz und gar nicht einwandfrei.

**ANRUF BEIM TEUFEL**

»Hast du mir das Geld überwiesen?«

»Und dir auch einen wunderschönen guten Morgen.«

»Schorse, ich scherze nicht, sag mir sofort die Wahrheit!«

»Wenn du mich so lieb bittest: Ja, ich bekenne mich schuldig.«

»Warum hast du das gemacht, um Gottes willen?«

»Eigenartige Frage. Das war doch unsere Abmachung.«

»Welche Abmachung, wenn ich fragen darf?«

»Sex gegen Kohle.«

»Gott, kannst du primitiv sein!«

»Primitiv, aber deutlich.«

»Darf ich fragen, von welchem Sex du sprichst?«

»Von dem Sex zwischen dir und mir. Insgesamt dreimal.«

»Du bist ja nicht ganz dicht. Ich kann mich an überhaupt nichts erinnern.«

»Ich dafür um so besser. Und meine Videokamera auch.«

»Videokamera? Du hast alles aufgenommen?«
»Alles. Und schon mindestens dreimal angeguckt. Macht mich immer noch richtig scharf.«
»Schorse, ich flehe dich an: Nimm das Geld wieder und laß mich in Ruhe!«
»Tut mir leid, Liebling. Wer mit dem Löwen spielt ..., wie es so schön heißt.«
»Wer mit dem Feuer spielt, zitier bitte richtig, wenn schon.«
»Kommt darin um. Außerdem, was regst du dich so auf? 100 Mille für drei Nummern, das sind 33.333 für eine, davon können meine Mädels nur träumen.«
»Ich erinnere mich an überhaupt nichts mehr.«
»Das ist schade, denn mir hat es viel Spaß gemacht. Wann kann ich die Geschichte lesen?«
»Wenn ich sie fertig habe.«
»Wann wird das sein?«
»Meine Güte, du fragst wie mein Chefredakteur.«
»Der mit der Windel?«
Unwillkürlich mußte sie loskichern.
»Genau der. In einer Woche wahrscheinlich.«
»Du hörst von mir.«

## BEI *DOLCE VITA* IST SCHON WIEDER DICKE LUFT

Jürgen Michaelsen studierte den Computerbogen mit finsterer Miene. Die Verkaufszahlen vom letzten Heft. Aufgeteilt nach Abos, Kiosk, Auslandsumsätzen. In allen Sparten sah es lausig aus. 11,3 Prozent weniger als im Vergleichsquartal des

Vorjahres. Obwohl sie die Anzeigenpreise drastisch senken mußten, wurde es für die Anzeigenabteilung immer schwieriger, neue Kunden zu bekommen bzw. die alten zu behalten. »Warum soll ich 80.000 DM für eine Farbdoppelseite hinblättern, wenn ich dafür im *Stern* werben kann?« hatte der Ferrero-Küßchen-Werbeleiter gefragt. »Der *Stern* mag ein Blatt von gestern sein, aber die Auflage ist mit 1,3 Millionen noch immer sensationell.«

Darauf war schwer was zu sagen. Diese Woche hatte der *Stern* den aidskranken Schlagersänger Rivero Nero auf dem Cover: »Sing mir das Lied vom Tod« – das würde wieder mindestens 100.000 sensationsgeile Käufer mehr bringen. Selbst die *Bunte* konnte mit einem Exclusivinterview mit Prinzessin Stephanie von Monaco bei den Mediendiensten klappern: »Warum ich jetzt Zwillinge will«. Und was hatte *Dolce Vita*? Eine schwachsinnige Umfrage über Sex an deutschen Schulen – »Lehrfach Liebe«. Wer war verantwortlich für diesen Quatsch? Er selbst, Scheiße. Und zu allem Überfluß trifft er auch noch diese Ellermann in seinem Puff! Sein Verdrängungsmechanismus arbeitete auf Hochtouren, schaffte es jedoch nicht ganz, den ganzen Vormittag wehte ein Windelzipfel durch seine Gedanken und verhöhnte ihn.

Schlechtgelaunt trommelte er seine Mannschaft zusammen. Stellvertreter, Ressortleiter, Reporter. Ängstlich standen sie fünf Minuten später vor seinem Schreibtisch. Was konnte diese Zwangsvorladung bedeuten? Wie bei einer Steuerprüfung, betrieb jeder klammheimliche Gewissenserforschung. Ärger wegen Spesen? War er draufgekommen, wie viele seiner Leute unter anderem Namen, also »schwarz«, schrieben? Jeder hatte einen Düdel Dreck am Stecken.

»Ich möchte jetzt von jedem einzelnen wissen, welche Titelthemen er in der nächsten Zeit für dieses Blatt zu schreiben gedenkt«, fing Michaelsen an. Kollektives Aufatmen. Ach so, nur das übliche Kriegsgeschrei. Jeder von ihnen hatte eine Titelliste im Kopf, die er, leicht aufpoliert, bei solchen Gelegenheiten immer wieder vorschlug – was nicht weiter auffiel, weil die wenigsten davon jemals realisiert wurden.

»Ich höre«, donnerte Michaelsen.

»Liebe '93«;

»Aids vernichtet die deutsche Kultur«;

»Neues Buch über Lady Di«;

»Neues Buch über Prinz Charles«;

»Fürstin Gloria ist pleite (diesmal wirklich)«;

»Das geheime Liebesleben des Björn Engholm – Schwulenclubs und Puffmütter aus Schleswig-Holstein packen aus«;

»Boris und Babs – ist er wirklich der Vater?«.

Michaelsen grunzte. Das tat er aus Prinzip, damit sich die Redaktion nicht etwa einbildete, er sei womöglich zufrieden. Diesmal grunzte er besonders laut. »Geben denn diese sogenannten Puffmütter auch eidesstattliche Erklärungen ab? Kriegen wir Fotos von Björn in Action? Erinnert euch bitte an die letzte Politikerschlacht. Oskar und Christa, angeblich im Heimporno. Wunderbar. Nur leider hatten die beiden Masken auf. Hätten also auch Oskar und Christa Müller aus Posemuckel sein können.«

Faltermeyer trat vor, räusperte sich: »Sie wissen doch, wie es in diesem Rotlichtmilieu zugeht, Jürgen. Da läuft alles nach Treu und Glauben. Mit irgendwelchen Formularen kann ich da nicht rumwedeln. Und Fotos sind ganz ausgeschlossen.«

»Also abgehakt«, sagte Michaelsen genervt. »War's das schon?«

Jennas Auftritt. »Unsere Sexserie wird nächste Woche starten können. Zwei Stücke liegen vor: Marlenes Ludenportrait, das sich gut als Titel eignet, und Stachies ›Aufstand der Frankfurter Nutten‹, ebenfalls titelträchtig.«

Ein angedeutetes Grinsen schlich sich in Michaelsens Mundwinkel. »Hmm, klingt gut. Die Ludenstory ganz besonders. Psychogramm eines Zuhälters. Exclusiv in *Dolce Vita*. Gefällt mir. Wann kann ich's lesen?«

»Spätestens übermorgen.«

Wenn sie meinen Puff auch nur mit einer Silbe erwähnt, dachte er, dann fliegt sie. Fristlos.

## DAS SCHLECHTE GEWISSEN DER MARLENE ELLERMANN

Sie saß vor ihrem Apple und stierte auf die Mattscheibe. Dort stand der Schluß ihrer Geschichte:
*Im Kiezmilieu kursiert ein Witz: Was hat Schorse mit Hitler gemeinsam? Beide lieben ihre Hunde. Doch damit hört die Gemeinsamkeit auch schon auf, denn die Hunde könnten unterschiedlicher nicht sein. Blondie war ein reinrassiger Schäferhund, der einen Einbrecher auf 100 Meter Entfernung roch und bei dessen Näherkommen sofort zerfleischte, ein scharfer, unerbittlicher Wachhund. Shitface ist genau das Gegenteil von dem, was man von Hunden seiner Rasse erwartet – häßlich zwar wie alle Bullterrier, aber trotz aller Schärfungsversuche seines Herrchens, der das Tier ständig auf Trainingsplätze schleift, ist er ein friedliebendes Tier geblieben, das menschliche Schöße liebt – das hat er mit Herrchen gemeinsam – und freudig erregt zu jaulen anfängt, wenn es an der Haustür verdächtige Geräusche hört.*
*Shitface und sein Herrchen sind seelenverwandt – beide zeigen dem unvorbereiteten Betrachter eine zunächst furchteinflößende Visage. Beide knurren, weil sie denken, das gehöre halt dazu. Beide ärgern sich, wenn allzu schnell gemerkt wird, wie butterweich sie eigentlich sind. Aber paßt es denn zu unserem Klischee vom Kiez, wenn ein Zuhälter keinen Geburtstag seiner Mädels vergißt, wenn er hochselbst mit dem Manager von »Spielzeug*

*Rasch« einen Mengenrabatt für Teddybären aushandelt, die er auf jedes Bett plaziert – damit sich die Männer wie bei Muttern fühlen? Sagt er. Was natürlich rührend daneben ist. Denn die meisten Männer sind ja gerade da, weil es* nicht *so wie zu Hause ist. »Ich bin ein guter Zuhälter«, sagt Schorse Föhrenbeißer. Und wenn es wirklich so etwas geben würde, hätte er wohl recht.*
Marlene legte genervt die Lakritzstange weg – Scheiß auf Gesundheit – und griff zur Zigarette, inhalierte so tief, daß die Lungenflügel weh taten.
»100.000 DM«, flüsterte sie leise vor sich hin. Der Klang dieser Zahl hatte etwas Berauschendes. 100.000. Gern hätte sie das Geld in Händen gehabt, das Knistern der 100 Scheine gespürt. So blieb die Summe seltsam abstrakt. Was sollte sie bloß tun mit dem Geld?
Sofort zurückgeben, das war das einzig Richtige. Das moralisch Einwandfreie. Das Langweilige. Und dann? Schorse damit auf die Palme bringen? Zu riskant.
Sie saß da und fühlte richtig, wie ihr Herz immer schwerer wurde. Mein Gott, worauf hatte sie sich bloß eingelassen? Wie naiv, sensationslüstern und bescheuert hatte sie sich verhalten! Wenn das Hans-Joachim erfuhr. Der Druck in ihrem Magen verstärkte sich. Fremdgehen war schlimm genug, aber was Horizontales mit einem Zuhälter! Im Vollrausch! Ohne Kondom! Sie mußte sofort einen Aidstest machen lassen.

Das Telefon klingelte.
»Bist du es, Marli?« Hajos Timing war immer untrüglich. »Wollte nur mal deine Stimme hören.«
Marlenes Herz klopfte wie ein außer Rand und Band geratener Vorschlaghammer. Sie japste richtig, als sie herausbrachte: »Was ist denn los? Ärger in der Praxis?«
»Mein Ultraschallgerät hat jetzt endgültig den Geist aufgegeben. Mitten in der Untersuchung. Es wurde so heiß, daß wir dachten, das Scheißding explodiert.«
Und plötzlich wußte Marlene, was sie mit ihrem Sündenlohn anfangen würde. Ganz leicht und unbeschwert wurde ihr plötzlich zumute. »Was willst du heute abend essen, Liebling?« fragte sie.
»Lieb, daß du fragst«, sagte Hajo müde, »aber mir ist jetzt wirklich nicht nach Essen zumute.«
»Essen kann man immer«, sagte sie fröhlich. »Ich überrasch Dich einfach.« Dann legte sie den Hörer auf.
Eine Zentnerlast war ihr von der Seele genommen. Lieber Gott, betete sie Richtung Wolkendecke aus dem Fenster. Ich weiß, daß ich wirklich Mist gebaut habe. Ich tu es auch nicht wieder. Bitte, verzeih mir und mach meinen Mann nicht allzu mißtrauisch.
Das Telefon klingelte wieder. Sicher Hajo, der sich, ihren Kochkünsten zu Recht mißtrauend, Zürcher Geschnetzeltes wünschen würde, da kannte sie ein einfaches *Brigitte*-Rezept. »Nicht schon wieder Geschnetzeltes«, lachte sie ins Telefon.

»Gut geschlafen?«
»Hallo, Schorse. Ja, vielen Dank.«
»Mäuse auf dem Konto sind das beste Ruhekissen, sage ich immer wieder.«
»Kann schon sein.« Sie wollte das Gespräch so schnell wie möglich beenden.
»Stör ich dich?«
»Nur ein bißchen.«
»Das ist gut. Ich wollte nämlich jetzt bei dir vorbeikommen, um deine Geschichte zu lesen.«
»Das ist wirklich nicht nötig, ich schick sie dir mit der Post.«
»Der Post trau ich nicht.«
»Per Kurier dann eben.«
»Bemüh dich nicht. Shitface braucht sowieso ein bißchen Bewegung.«
Sie seufzte. Seiner Hartnäckigkeit war sie einfach nicht gewachsen. Er wäre ein sensationeller Enthüllungsreporter geworden.
»Dann komm um 17 Uhr. Nicht später. Ich will heute früh nach Hause.«
»Ist die häusliche Kuschelnummer angesagt? Damit der Alte nicht mißtrauisch wird?«
»Schorse«, sagte sie ganz ruhig, »tu mir bitte einen Gefallen.«
»Fast jeden.«
»Laß mich in Ruhe!«
Dann legte sie den Hörer auf. Der Druck in ihrem Magen war wieder da.
»Marlene?« Jenna stand in der Tür. »Der Chef war-

tet auf deine preiswürdige Geschichte. Kannst du sie bitte mal ausdrucken und mir hochbringen?«
»Kein Problem«, sagte Marlene.

**IM CHEFZIMMER**

Zum erstenmal an diesem Tag lächelte Michaelsen. Er legte die letzte Manuskriptseite auf seinen Schreibtisch und nahm die Beine runter, wie immer, wenn ihn etwas erregte. »Ganz toll«, sagte er dann zu Jenna Wissbach, die auf der Besuchercouch Platz genommen hatte. »Allererste Sahne. Titel für nächste Woche. Ich will den Text ungekürzt, keine Verschlimmbesserung wie sonst. Jedes Wort, jedes Komma, alles bleibt. Hast du mich verstanden? Titel: ›Schorse, der Lude aus Gold.‹ Ran an die Arbeit.«
Wie auf Flügeln schwebte Jenna ins Büro zurück. Sogar der Schwesterstreß mit Marie-Viola war im Augenblick vergessen. Titelgeschichte! Das Highlight jedes Ressortleiters! Sie riß die Tür zu Marlenes Büro auf. Eine dicke Rauchwolke quoll ihr entgegen.
»Ich denk, du hast dir die Qualmerei abgewöhnt«, sagte sie mahnend in die Wolke hinein. »Du weißt doch – frühe Falten, eingetrocknete Eierstöcke, aschiger Mundgeruch.« Es sollte scherzhaft klingen, aber Marlene wurde zur Furie: »In meinem Büro kann ich machen, was ich will. Und wenn ich auf meinen Computer kotze, ist das auch meine Angelegenheit.«

»He, he, he«, meinte Jenna beschwichtigend, »junge Frau! Auch Ärger ist nicht gut für die Durchblutung. Ich hab gute Nachrichten. Komm bitte mit in meine rauchfreie Zone.«
»Sorry«, sagte Marlene kleinlaut, »was gibt es? Der Chef hat die Story nicht zerfetzt?«
»Besser«, strahlte Jenna.
»Er findet sie sogar okay, und ich muß sie nur einmal umschreiben?«
»Noch viel besser.«
»Gar nicht umschreiben?«
»Nächstes Heft. Titel.«
Stolz lehnte sich Jenna zurück und genoß Marlenes Verblüffung.
»Wow«, rief Marlene, »mein erster Titel. Hoffentlich tritt nächste Woche Kohl nicht zurück. Oder Engholm wird mit einem Mann erwischt.«
»Wird schon nicht«, sagte Jenna zuversichtlich. »Ich merz jetzt nur mal deine üblichen Rechtschreibfehler aus, und dann geb ich den Text gleich in die Graphik, damit die Kollegen mit dem Layout klarkommen.«
Die Ressortsekretärin Helga Brändli steckte den Kopf zur Tür herein. »Jenna, ein Herr für dich im Empfang.«
O Gott, Schorse. Den hatte sie total vergessen. Ungelegen wie eine Fußwarze kam er ihr. »Laß ihn hochkommen«, sagte sie ergeben und ging in ihr Büro.
»Das hier ist also deine Legebatterie«, grinste

Schorse ein paar Minuten später im Türrahmen. Sie warf ihm einen prüfenden Blick zu. Er trug das Imponier-Outfit, stellte sie resigniert fest, hoffentlich kam jetzt niemand rein. Enge Jeans mit breitem Gürtel, obenrum eine schwarze Lederjacke, die über dem Gürtel endete. Cowboystiefel, in die er – wie er ihr in jener unseligen Nacht verraten hatte, bevor sie die Besinnung verlor – vor dem ersten Tragen hineingepinkelt hatte, damit sich das Leder dehnte. Ekelhaft, aber zu ihm paßte es.
Ungefragt hatte er Platz genommen. So sehr sie diese raumverdrängende Unbekümmertheit einerseits nervte, so sehr bewunderte sie ihn insgeheim dafür. Er fürchtete sich offensichtlich vor nichts und niemandem, während sie schon verschreckt war, wenn sie einen Anruf aus der Chefetage bekam oder Hajo abends einmal einsilbiger war als sonst. Ständig hatte sie das Gefühl, etwas falsch gemacht zu haben. Schorse dagegen war überzeugt davon, immer im Recht zu sein.
»Wo ist dein Werk?« fragte er jetzt und blätterte in einer Zeitschrift. »Ich bin schon hochgradig gespannt.«
Sie verfluchte sich innerlich, ihm damals dieses Versprechen gegeben zu haben. Nie wieder, schwor sie sich; lieber laß ich Jackie Onassis, Frank Sinatra und den Papst von der Interviewklinge springen, aber nie wieder laß ich meine Geschichten vorher lesen.
Zögernd gab sie ihm das Manuskript.

»Ich hol mir mal 'nen Kaffee«, sagte sie, weil sie es nicht ertrug, dabeizusein, während er las. Wieder diese Unsicherheit. Michaelsen, der notorische Nörgler, war begeistert gewesen, was also konnte so ein intellektueller Schlichtie wie Schorse schon einwenden. Wahrscheinlich verstand er sowieso nur die Hälfte.

Als sie wieder zurückkam, saß er mit unbeweglicher Miene da. Das Manuskript lag säuberlich gestapelt auf seinem Schoß. »Na«, fragte sie betont forsch, »wie gefällst du dir?«

Er verzog keine Miene.

»Zufrieden?« hakte Marlene nach, leicht beunruhigt.

Endlich öffnete er den Mund. »Das kann ja wohl nicht dein Ernst sein«, meinte er schließlich.

Jetzt war sie doch ernsthaft besorgt. »Was genau meinst du denn, Schorse? Du bist doch unheimlich gut weggekommen, richtig sympathisch wirkst du.«

»Sympathisch?« Seine Stimme blieb ganz leise. »Wie ein Volltrottel, meinst du wohl. Wie ein seniler, sentimentaler Hornochse. Was glaubst du denn, du unbeleckte Vorstadtmutter, was passiert, wenn dieser Scheiß gedruckt wird?«

»Du wirst wahrscheinlich überrannt von Mädels, die für dich arbeiten wollen«, scherzte sie schwach.

Er ging nicht darauf ein. »Ich werde zum Gespött des Gewerbes«, sagte er, immer noch ganz ruhig. »Keiner wird mich mehr respektieren. Ich kann

auswandern und in Honolulu einen Callgirl-Ring aufbauen.«
»Ist doch auch nicht schlecht. Zumindest ist das Wetter dort besser.«
Langsam stand er auf. Mit dem Manuskript in der Hand stand er vor ihr. »Ich ziehe hiermit meine Erlaubnis zurück«, sagte er und lächelte sie an. »Tut mir leid für dich.«
Sekunden später hatte ihn der Fahrstuhl verschluckt.
Jenna stand in der Tür. Sie hatte Lola auf der Hüfte, die jeden Tag ein Quentchen Niedlichkeit mehr zu entwickeln schien. »Tschüs, Starautorin«, sagte sie strahlend, »ich muß zum Schwesterntreffen. Die Halbgeschwister wollen sich beschnuppern.«
»Die Halbgeschwister?« fragte Marlene automatisch, ohne richtig hinzuhören.
»Cousins natürlich, Freudsche Fehlleistung«, sagte Jenna schnell. »Ich laß dich jetzt allein. Schau noch mal in die Graphik, ob du mit dem Aufmacherfoto einverstanden bist. Ich find's gut – Lude und Bullterrier auf dem Sofa. Klischee, aber witzig.« Weg war sie, eine Duftwolke von Parfüm und Baby zurücklassend.
Telefon.
»Marlene«, sagte Michaelsen, und unwillkürlich stand sie ein bißchen strammer. »Gratuliere. Eine ganz tolle Geschichte. Sie haben sich aufs Wesentliche konzentriert, Marlene. Sie verstehen, was ich meine?«

»Jawohl, Herr Michaelsen«, sagte sie.
»Dann werden wir ordentlich klappern bei den Nachrichtendiensten: ›Ein Lude packt aus – wie es im Hamburger Rotlichtmilieu wirklich zugeht.‹ Können Sie dazu vielleicht einen kleinen Text schreiben und ihn in die Nachrichtenredaktion geben?«
»Mach ich, Chef«, sagte Marlene automatisch – und zündete sich eine Zigarette an. Ein Blick auf die Uhr. Um Gottes willen. Viertel vor sechs. Hajo erwartete sein Überraschungsmenü. Sie wühlte in ihrer Schreibtischschublade zwischen Tamponschachteln, Schokoladenresten, Kugelschreibern, bis sie die kleine Schachtel mit Valium fand. Gott sei Dank. Noch drei Stück drin.

## MARLENE UND HANS-JOACHIM BEI ZÜRCHER GESCHNETZELTEM

Auf dem Tisch sah es aus wie nach einer Verkehrskarambolage. Hajo streckte aufseufzend die Beine lang. »So toll hast du die Rösti noch nie hingekriegt«, schwärmte er. »Besser hätte es meine Mutter auch nicht gekonnt. Danke, Zuckertäubchen, jetzt ist mir schon besser.«
Marlene sah Tisch und Mann wie durch eine dicke Watteschicht. Sie war hinüber. Ein Wunder, daß sie nicht ihre Finger mit in die Pfanne hineingeschnetzelt hatte, so beduselt war sie. Valium, Wein, Angst, schlechtes Gewissen – ein potenter Cocktail, den sie schlecht vertragen hatte.

»Freut mich«, sagte sie. »Hast du noch Lust auf Nachtisch?«
»Woran dachtest du?« fragte er.
»Mach die Augen zu«, sagte sie. »Augen auf.«

**EINE STUNDE SPÄTER – IM BETT**

»Ich bin immer noch ganz fertig«, flüsterte Hans-Joachim, drehte sich zum Nachtisch herum, nahm den Scheck vorsichtig zwischen zwei Finger und wedelte mit ihm hin und her. »Und das hast du alles im Spielcasino gewonnen? Unfaßbar.«
Marlene lag neben ihm und wurde gebeutelt von wahnsinniger Liebe zu ihrem Mann, einem gigantischen Schuldgefühl und riesigem Stolz. Und Panik. All das verschmolz zu einem Wackerstein, der immer schwerer und schwerer wurde.
»Ich hatte eben Glück«, sagte sie matt.
»Und du willst nichts davon selbst behalten?« fragte er ungläubig. »Entschuldige, aber so edel bist du doch nicht.«
»Ich brauch das Geld nicht«, sagte sie schroff. »Ich hab es leicht verdient, also kann ich mich auch leicht davon trennen.« Hajo drehte sich zu ihr und küßte sie liebevoll. »Ich danke dir«, sagte er zärtlich. »Du bist die wunderbarste Frau der Welt. Womit hab ich dich bloß verdient?«
»Du hast mich überhaupt nicht verdient«, sagte sie und meinte es ehrlich, wenn auch entschieden anders als er.

## GESPRÄCH UNTER SCHWESTERN

»Marco hat seinen ersten Zahn schon mit vier Monaten gehabt.«

»Und Lola hat gleich zwei auf einmal gekriegt. Einen oben und einen unten.«

»Und mit acht Monaten konnte er schon laufen.«

»Und als Lola acht Wochen alt war, hab ich sie vor die Lautsprecherboxen gelegt und sie hat nach der Musik dirigiert.«

»Alle Babies rudern unkoordiniert mit den Armen.«

»Lola konnte schon mit fünf Monaten Mama sagen.«

»Und Marcos erstes Wort war Fernbedienung.«

»Dafür hat sie schon mit einem Jahr im Swimmingpool nach Ringen getaucht.«

»Und Marco weiß schon, was ein Penis ist.«

Sie schauten sich an und lachten.

»Hast du mir verziehen?« fragte Jenna.

»Bleibt mir was anderes übrig?« fragte Marie zurück. »Nur such dir fürs zweite Kind bitte einen etwas weiter entfernten Verwandten aus.«

»Ich will kein zweites Kind. Eine Legehenne in der Familie reicht.«

»Besser Legehenne als Schmierenschreiberin.«

»Bäh.«

»Du auch Bäh.«

## AM NÄCHSTEN MORGEN

Michaelsen hatte sich selbst in die Graphik bemüht, was bedeutete, daß es sich um eine äußerst wichtige Story handelte. Normalerweise ließ er sich das fertige Layout vorlegen, tippte mit seinem dicken Zeigefinger auf die Fotos, die ihm nicht gefielen, und sagte: »Dat is 'ne Gurke. Weg damit.«

Das konnte bis zu fünfmal hintereinander passieren und trug leider in den seltensten Fällen tatsächlich zur Verbesserung der Optik bei. Meist wurden Fotos von älteren Mitmenschen (»Wer will denn diese Schrumpelheinis sehen? Wir sprechen den jüngeren Leser an, nicht den scheintoten.«) ausgetauscht gegen Bilder von Frauen in verschiedenen Stadien der Nichtbekleidung. Strapse paßten Michaelsens Meinung nach überall hin – zur Greenpeace-Reportage, weil nackte Haut so viel mit Natur zu tun hat, oder zum Bericht über Tierquälerei, schließlich wird auch das menschliche Fleisch oft genug geschunden.

Die Graphiker protestierten, wenn sie jung und ambitioniert waren, die älteren seufzten nur noch, aber ändern konnten sie alle nichts. Michaelsen war Chef und als solcher gegen Kritik von Untergebenen völlig immun.

Die Reportage über Schorse war deshalb so richtig nach seinem Geschmack. Das Aufmacherfoto hatte er bereits geändert, denn Hund und Mann waren ihm, wie er dem erbitterten Graphiker erklärt hatte, »als Image nicht erotisch genug. Schließlich geht es nicht um einen Schäferhundeverein«. Statt dessen prangten jetzt drei blutjunge Prostituierte auf der Doppelseite, von unten fotografiert, so daß ihre Beine endlos wirkten und die Tangas minimal. Auch den Titel hatte er umformuliert. »Wo Bumsen billig ist«, hieß er jetzt, was alle rangniederen Angestellten grauenhaft primitiv fanden. Nur Jenna hatte einen schüchternen Vorstoß gewagt: »Sollten wir nicht besser ›Liebe‹ sagen? ›Bumsen‹ klingt so proletenhaft.«

Michaelsen winkte genervt ab. »Alberne Prüderie«, sagte er nur. »Warum die Dinge nicht beim Namen nennen?«

Ein paar intensive Sekunden lang haßte ihn Jenna von ganzem Herzen. Was für ein Superarschloch, dachte sie. Dann fiel ihr ein Spruch ihrer Mutter ein: Es gibt Menschen, die sind so widerlich, daß sie keine Strafe mehr brauchen; sie sind durch sich selbst gestraft genug. Ein schwacher Trost, dachte Jenna, hoffentlich stimmt er wenigstens. Die Tatsache, daß sich der Chef für eine Story besonders einsetzte, mußte man sich leider mit einer immensen Beschneidung des eigenen journalistischen Mitspracherechts erkaufen. Wie gesagt, sein Lieblingsspruch – »Ich bin nicht schlauer, aber stärker« – war eigentlich deutlich genug. Wenigstens hatte er nicht im Text herumgepfuscht. Im Gegenteil.

»Die Story ist so gut, nicht ein Wort wird geändert«, hatte er angeordnet.

Marlene betrat die Graphik. O Gott, sie sieht ja aus wie ein ersoffenes Suppenhuhn, dachte Jenna erschrocken, ob sie irgendeinen Virus hat?

»Jenna, ich muß dringend mit dir sprechen«, sagte Marlene leise.
»Gleich«, wehrte Jenna ab. »Wir sollten besser hierbleiben, solange der Chef im Layout herumfummelt. Nur so können wir das Schlimmste verhindern.«
»Gleich ist zu spät«, drängte Marlene mit blassen Lippen. »Laß uns bitte ganz kurz zu dir ins Zimmer gehen. Bitte.«
Jenna nickte.
»Kann ich die Tür zumachen?« fragte Marlene, kaum waren sie in Jennas Büro.
»Du meine Güte, was bist du heute morgen konspirativ! Spuck's schon aus, was dir auf der Seele brennt.«
Also spuckte Marlene. Ein bißchen ließ sie allerdings aus. Die ominöse Nacht zum Beispiel. Was blieb, war ihr Versprechen, die Geschichte von Schorse gegenlesen zu lassen, und die Tatsache, daß er jetzt massiv auf sein Recht pochte.
Als sie fertig war, wartete sie auf ein Donnerwetter, aber Jenna blieb ganz ruhig. »Das ist alles?« fragte sie.
»Ja, reicht das denn nicht? Die Story muß gekippt werden, sofort. Michaelsen wird schäumen. Wahrscheinlich schmeißt er mich raus.«
»Hat der Typ was Schriftliches?« fragte Jenna nur.
»Nein, aber mein mündliches Versprechen.«
»Laß mich das mal mit der Rechtsabteilung chekken. Schlimmstenfalls steht Aussage gegen Aussage. Was will dieser Kerl denn eigentlich? Die Story

ist doch positiv für ihn. Viel zu positiv, für meinen Geschmack.«
»Das sieht er eben anders«, sagte Marlene, die plötzlich eine abgrundtiefe Müdigkeit spürte, »und was sag ich ihm, wenn er sich wieder meldet?«
»Sei am besten gar nicht da«, riet Jenna und zwinkerte.
Als Marlene in ihr Büro zurückkam, klingelte das Telefon wie auf Bestellung. Auf dem Display ihres Apparates sah sie, daß es Schorses Nummer war. Also ging sie nicht ran. Wie gut, daß sie kein Bildtelefon hatte.
Jetzt hätte ich gern einen fetten Mafia-Kontakt, dachte sie plötzlich.
*Anruf. »Wer spricht?«*
*»Marlene.«*
*»Was willst du?«*
*»Ich hab da ein Problem.«*
*»Name, Adresse, Autokennzeichen.«*
*»Danke.«*
*»Für dich doch alles, Schätzchen.«*
*»Bye, Gino.«*
*»Keine Namen bitte. Du weißt, wir werden abgehört.«*
Das Telefon klingelte schon wieder. Sie verließ das Büro.

## DIE ELLERMANNSCHE PRAXIS

Gerade hatte ich einen Patienten verarztet, der über eine vergrößerte Schilddrüse klagte. In der Tat fühl-

te sie sich leicht geschwollen an. Des Rätsels Lösung: Er nahm zum Essen immer Jodsalz, und zwar ziemliche Mengen. Wunderbar, solche Simpelfälle. Wer steht nicht ab und zu auch mal gern als kleiner Gott da?
Heute gehörte mir sowieso die Welt. Gleich als erstes hatte ich ein neues Ultraschallgerät bestellt, sogar einen fünfprozentigen Rabatt ausgehandelt, so daß mich das Ganze nicht mehr als 75.000 DM kosten würde. Vom Rest würden wir eine Weltreise machen, das hatte sich Marlene wahrlich verdient. Ich liebte sie inniglich an diesem wunderschönen Morgen. Sogar die Hamburger Sonne hatte sich ausnahmsweise aus ihrem Wolkenbett bequemt und schien ein bißchen.
»Der nächste, bitte«, jubilierte ich geradezu ins Wartezimmer. Frau Fenchel. Eine reizende Dame Ende Fünfzig, Hundefreundin. Mit ihrem 73jährigen Lebensgefährten betrieb sie eine Foxterrierzucht in Volksdorf, verströmte deshalb ein so intensives Odeur nach Hund, daß ich jedesmal die Fenster aufriß, wenn sie das Behandlungszimmer betrat.
»Welch Glanz in meiner Hundehütte«, flachste ich auch diesmal am weit geöffneten Fenster, als Frau Fenchel reinkam. »Was kann ich diesmal für Sie tun?«
»Sie könnten erst mal das Fenster zumachen, Herr Doktor«, sagte sie mit ihrer tiefen, von vielen Filterlosen geschwängerten Stimme. »Ich hab's näm-

lich gern ein bißchen gemütlich.« Sie setzte sich, holte einen Zettel heraus, faltete ihn auseinander und las vor: »Herzdrücken rechts.«
»Wo genau?« fragte ich. Sie zeigte auf die Stelle.
»Da ist kein Herz, Frau Fenchel«, seufzte ich, »da ist höchstens Ihre Milz.«
»Meins schon«, sagte sie hartnäckig und schaute wieder auf ihren Zettel: »Gallenstechen, aber unregelmäßig. Schmerzen beim Bücken.«
»Liebe Frau Fenchel«, begann ich behutsam, »all diese Beschwernisse sind ganz normal. Sie sind jetzt wie alt? Frühe Fünfziger?«
»Schmeicheln Sie mir nicht, Doktor«, sagte sie unwirsch. »Meine Krankenkarte liegt vor Ihnen. Ich bin Jahrgang '37.«
»Ach so, also dann sind es halt einfach, nun ja, degenerative Erscheinungen. Daran können wir wenig ändern.«
»Sie meinen Verschleiß?« fragte sie direkt.
»So könnte man es nennen«, gab ich zu.
»Dann sprechen Sie doch deutsch mit mir. Fremdwörter machen die Sache auch nicht besser.«
»Sie haben recht, Frau Fenchel.« Mich konnte heute nichts aus der Fassung bringen. »Kann ich sonst noch was für Sie tun?«
Statt einer Antwort rollte sie ihren Blusenärmel hoch. Ihr Arm sah aus wie nach einer Masern-Röteln-Attacke. Flohstiche, wie ich sofort erkannte.
»Mal 'ne Frage.« Frau Fenchel druckste ein bißchen herum. »Ich geb meinen Hunden immer die-

ses Antiläusemittel Fenthiol. Davon springen die Viecher zwar von den Hunden weg, aber dafür leider auf mich und meinen Lebensgefährten drauf. Gibt's nicht vielleicht ein Mittel, das wir nehmen könnten, damit die Viecher auch von uns weggehen?«

»Da bin ich echt überfordert, Frau Fenchel«, sagte ich ehrlich. »Ich erkundige mich mal und sag Ihnen dann Bescheid, okay?«

»In Ordnung«, sagte sie, rollte den Ärmel wieder herunter und erhob sich. »Aber machen Sie schnell, die Stiche jucken nämlich ungeheuer.«

»Sie würden alles für Ihre Hunde tun, stimmt's?« fragte ich.

Sie drehte sich in der Tür um, musterte mich erstaunt.

»Ich würd mein Leben für sie geben«, sagte sie.

Ihre Tierliebe rührte mich, obwohl sie mir völlig unverständlich war. Bei jedem Pißwetter mit der Töle raus, Blut und Wasser schwitzen, wenn die Miezekatze rollig wird, überall kitzlige Tierhaare – nein, danke! »Tschüs, Frau Fenchel«, sagte ich.

Dann rief ich Marlene an. Nicht da. Wahrscheinlich war sie mit dieser Kiezgeschichte beschäftigt. Ich schaute kurz ins Wartezimmer. Nur noch ein Patient. Neuzugang. Sah komischerweise ein bißchen nach Kiez aus. Aber ich konnte mich täuschen. Als Arzt bin ich zwar Spitze, aber als Mensch ein bißchen naiv. Sagt jedenfalls Marlene immer. Und Ehefrauen haben ja bekanntlich immer recht.

»Nehmen Sie bitte Platz.«
Der große, paketschultrige Mann, der vor meinem Schreibtisch Platz nahm, kam mir seltsam vertraut vor, aber da ich kein Gesichtsgedächtnis habe, konnte ich es mir auch einbilden. An den geplatzten Äderchen auf beiden Wangen erkannte ich sofort den fortgeschrittenen Alkoholiker. Auch seine leicht gelblichen Augäpfel wiesen darauf hin.
»Sie sind zum erstenmal hier, Herr –«, ich schaute auf die Krankenkarte, die meine Sprechstundenhilfe vorbereitet hatte, »Herr Föhrenbeißer?«
»Ich komme auf Empfehlung«, antwortete der Mann.
»Das freut mich«, sagte ich. »Wer hat mich Ihnen denn empfohlen?«
»Eine schöne Frau.«
Aha, er machte auf geheimnisvoll. Sollte er ruhig.
»Weswegen sind Sie hier?« fragte ich.
»Ich will mich durchchecken lassen.« Er lächelte. »Meine Lebensversicherung verlangt den General-TÜV von mir.«
»Sehr vernünftig«, lobte ich erfreut. »Ist doch immer schön zu wissen, daß noch alles in Ordnung ist.«
Das Telefon.
»Hallo, Liebling«, sagte ich, »ich ruf zurück. Hab gerade einen Patienten hier.«
»Ihre Frau?« fragte der Mann, als ich den Hörer aufgelegt hatte.
»Ja«, antwortete ich kurz.

»Schon lange verheiratet?«
»Ein paar Jahre.«
»Glücklich?«
»Danke, ja.« Ich war erstaunt. Ein merkwürdiger Mensch. Ich räusperte mich: »Wir fangen am besten mit Blut- und Urinabnahme und mit dem Belastungs-EKG an. Die notwendigen Ultraschalluntersuchungen machen wir danach.«
»Warum nicht gleich?« fragte er, und ich fand, daß seine Stimme etwas Lauerndes bekommen hatte. »Auf einen Rutsch, sozusagen.«
»Das geht leider nicht, weil mein altes Ultraschallgerät seinen Geist aufgegeben hat und das neue erst in einigen Wochen geliefert wird«, antwortete ich ein bißchen ärgerlich. Mußte ich mich vor diesem Mann rechtfertigen?
»Sicher nicht ganz billig, so ein Ding«, meinte er.
»Nein.« Ich stand auf. »Darf ich Sie jetzt zur Blutabnahme bringen?«

## MARLENE UND JENNA

Lola saß friedlich unter Jennas Schreibtisch und zerfetzte bunt bedrucktes Papier in kleine Stücke, die sie dann fröhlich einspeichelte und runterschluckte. »Ist Druckfarbe nicht gefährlich für kleine Kinder?« fragte Marlene und schielte besorgt nach unten, ob es sich nicht vielleicht um eine ihrer Geschichten handelte. Ach so, »Kleine Männer – große Frauen« von einer Freien. Die konnte ruhig verspeist werden.

»In Bosnien wickeln die Krankenhäuser ihre Neugeborenen in Zeitungspapier«, sagte Jenna. »Angeblich so steril wie Windeln. Wenn die Druckerschwärze frisch ist. Setz dich, Mädel. Du siehst fertig aus. Hat er sich gemeldet?«
»Er hat's den ganzen Tag probiert. Ich bin nicht rangegangen.«
»Gut so. Ich hab inzwischen die Rechtsabteilung kontaktiert. Die meint auch, wenn nichts Schriftliches vorliegt, können wir die Sache riskieren. Sind alle Zitate echt, oder hast du Formulierungshilfe geleistet wie sonst?«
»So gut wie echt«, gab Marlene zu. »Trotzdem hab ich Angst.«
»Brauchst du wirklich nicht zu haben. Unwahrscheinlich, daß ein Lude wegen einer solchen Sache vor Gericht geht. Die haben doch alle Dreck am Stecken.«
»Trotzdem«, meinte Marlene zögernd. »So ein Mann hat ja auch andere Mittel.«
Jenna beugte sich zu Lola runter, weil diese leicht würgte, und zog ihr einen Papierfetzen aus dem Mund. Als sie wieder auf ihrem Platz saß, schaute sie ihre Kollegin prüfend an. »Wieso habe ich das Gefühl, als ob du mir was verschweigst?«
»Keine Ahnung. Weil du gern Hellseherin spielst.«
»Mädel, verarsch mich nicht. Ich seh dir doch an, daß dir eine Kröte im Hals steckt.«
»Das bildest du dir ein.«
Jenna seufzte. »Wenn du nicht reden willst, kann

ich dir auch nicht helfen. Nur eine Frage noch – beruflich oder privat?«
Marlene dachte kurz nach. »Beides«, gab sie dann zu.
»Scheiße«, sagte Jenna mitfühlend, dann wurde sie sachlich: »Wir haben vier Doppelseiten, aber 22 Blatt Text, du mußt also ganz leicht kürzen. Am besten, du legst schon mal los, und ich kümmere mich um die Kleintexte. Den Titel haben wir zum Glück wieder rückgängig machen können. Selbst Chefs sind manchmal einsichtig. Der neue heißt: ›Schorse – ein Lude mit Herz‹. Wie findest du das?«
Lobheischend sah sie Marlene an, doch die dachte nur: Das verzeiht mir Schorse nie.

**STACHIE WIRD RICHTIG ÄRGERLICH**

»Schon wieder du.«
»Allerdings, Schorse. Und zwar so lange, bis du mir die Wahrheit sagst.«
»Und die wäre, deiner unmaßgeblichen Meinung nach?«
»Daß die Nummer längst gelaufen ist.«
»Interessant.«
»So ein Honigkuchenstück schreibt die doch nicht, wenn du sie nicht in der Mache hattest. Aus jeder Zeile tropfen die Hormone.«
»Du wirst ja richtig lyrisch auf deine alten Tage.«
»Schorse, Spielschulden sind Ehrenschulden.«
»Mein lieber Stachie, wie oft soll ich es dir denn

noch sagen? Ich hab mit der Frau nie was gehabt. Ludenehrenwort.«
»Vergiß nicht, daß ich so einiges über dich weiß.«
»Nichts, was du beweisen kannst.«
»Ist das dein letztes Wort?«
»Mein letztes Wort ist – du arme Sau. Schlaf gut.«

## SCHORSE UND SHITFACE

Er lag im Bett und fühlte sich mies. Ob es an den zahlreichen Entre-Deux-Mers lag, die er gestern mit seinen Mädels im *Rive* geleert hatte – zweimal im Jahr führte er seinen Stall zwecks Hebung des Betriebsklimas in ein gutes Restaurant –, ob er sich beim Kickboxen übernommen hatte, ob er sich über Marlenes Geschichte immer noch aufregte, oder ob er einfach alt wurde: er wußte es nicht, es war ihm auch scheißegal. Tatsache blieb, daß er seinen zentnerschweren, unerfreulich pochenden Kopf kaum von den Satinkissen hochkriegte und der Becher Caffè Latte, den ihm Rosaria stumm auf den Nachttisch gestellt und auf seine auffordernde Handbewegung hin an die Lippen gehoben hatte, seine übliche Weckwirkung verfehlte.
»Shit, viel zu heiß«, fluchte er und spuckte den Milchkaffee in hohem Bogen auf die Satinbettdecke. Schwanzwedelnd stand sein Hund am Bett, weil er seinen Namen gehört hatte. »Ist ja gut, Shittie, du bist diesmal nicht gemeint«, murmelte Schorse und fühlte sich gleich ein wenig besser. Dieser häßliche Köter schaffte es doch immer wie-

der, ihn aufzumöbeln. Lag wahrscheinlich daran, daß Schorse keine Kinder hatte. Zumindest keine, mit denen er lebte, korrigierte er sich schnell. Was ging ihm heute morgen bloß alles durch den Kopf? Rosaria hatte sich entfernt, also mußte er für den nächsten Schluck die Tasse selber hochheben. Diesmal war der Kaffee richtig. Drei große Schlucke, und er fühlte sich geistig fit genug für die Lektüre der Morgenzeitungen. *Bild, St. Pauli Nachrichten, Neue Revue*, und wenn wieder nackte Mädels auf dem Cover waren, also jede zweite Woche, auch der *Stern*. Noch ein Schluck Kaffee. Es ging doch nichts über eine freiberufliche, von Bürozeiten unabhängige Tätigkeit. Das Telefon klingelte.
»Eigentlich nein«, knurrte Schorse ins Telefon.
»Mit Sicherheit doch.« Die hellwache Stimme gehörte seinem Kollegen Killermatze, der sich auf südamerikanische Transvestiten spezialisiert hatte und deshalb Schorse nicht ins berufliche Gehege kam.
»Was gibt's, Alter?«
»Ich lese gerade eine Zeitschrift namens *Dolce Vita.*«
»Na und? Was interessiert mich das?«
»Sollte dich irgendwie. Du bist auf der Titelseite.«
Hammerschlagartig war Schorse wach. Er spürte eine so rasende Wut und eine so abgrundtiefe Enttäuschung, daß ihm ganz heiß wurde. Er warf die Bettdecke zurück und rief: »Rosaria, komm sofort her.«

Erschrocken stand sie in der Türschwelle. »Chef sich haben verbrannt die Zunge?«

»Besorg mir sofort die Zeitschrift *Dolce Vita*. Aber dalli-dalli!«

»Wie heißen Zauberwort?« fragte Rosaria leicht beleidigt.

»Bitte, liebste Rosaria, bitte, bitte besorg mir eine *Dolce Vita*.«

»So schon besser«, sagte sie und verschwand.

Schorse stand auf. Sein Herz klopfte laut vor Wut. Wie konnte Marlene nur? Ausdrücklich hatte er ihr die Veröffentlichung untersagt, und sie scherte sich einen Teufel darum. Das würde sie büßen. Heiße Rachegedanken zischten wie giftige Pfeile in seinem Kopf herum. Ihren Mann anrufen, ihm alles erzählen? »Hallo, Herr Doktor, Ihre Frau ist wirklich sensationell im Bett. Glückwunsch!« Sie in der Firma anschwärzen? Aber den Gedanken verwarf er schnell. Diese Presseschweine wollten Auflage machen, die lachten doch nur über einen wie ihn. Er wurde noch saurer. Vielleicht wußte sein Anwalt Klaus Meerwein Rat.

»Schorse hier. Hast du fünf Minuten?«

»Du schon wieder. Was ist es diesmal? Hat dir Muscle Mike ein Mädel ausgespannt? Du weißt genau, daß ich da anwaltlich nichts machen kann.«

»Nichts dergleichen, Klaus. Die *Dolce Vita* hat 'ne Geschichte über mich drin.«

»Ach du Superscheiße! Ist dein Drogending in Amsterdam aufgeflogen? Der Typ, mit dem du gedealt hast, kam mir von Anfang an nicht koscher vor. Sicher ein Pressespitzel.«

»Ich wünschte, es wäre die Drogenkiste. Die Story ist über *mich*. Eine Art Psychogramm oder so. Ich hab sie noch nicht gelesen, ein Kumpel rief mich an. Kauf sie dir, dann reden wir weiter.«

»Ich schick gleich meine Sekretärin los. Stehen denn irgendwelche saftige Lügen drin, außer denen, die du selbst erzählst?«

Schorse dachte nach. »Nicht direkt«, mußte er dann zugeben.

»Hat dich der Schreiber falsch zitiert?«

»Nein«, sagte Schorse zögernd.

»Was ist dann dein Problem, Schorse?« Die Stimme des Anwalts klang ungeduldig. »Du mußt doch ursprünglich mit der Story einverstanden gewesen sein. Wo drückt denn jetzt das Korsett?«

»Lies das Ding, dann wirst du mich verstehen«, sagte Schorse nur und legte auf.

Inzwischen war Rosaria wieder da und plazierte stumm die *Dolce Vita* auf dem Nachttisch: »Chef sehen gut aus in Zeitung«, meinte sie, »viel besser als in echte Leben.«

Er nahm die Zeitschrift hoch und schaute sich an. SCHORSE – EIN LUDE MIT HERZ stand in roten Buchstaben auf dem Cover, das ihn mit Shitface auf seinem Sofa zeigte. Er sah wirklich gut aus, das mußte er zugeben. Richtig echt blond wirkten seine Haare, auch die Falten in seinem Gesicht waren wie weggebügelt.

»Hmm« machte er und spürte, wie sich, eigentlich gegen seinen Willen, die knochenharte Wut in ihm ein bißchen auflöste. Wahrscheinlich hatte Marlene sogar recht – für so einen Softie würden viele Frauen gern arbeiten. Wenn er Glück hatte, meldete sich sogar die eine oder andere Studentin bei ihm. Ungeahnte Möglichkeiten taten sich auf.
Das Telefon klingelte.
»Schorse hier.«
»Also, ich weiß nicht, wo da dein Problem liegt«, sagte Klaus Meerwein. »Die Story liest sich für mich so, als ob du die Alte gevögelt hättest – so zuckerweich und total daneben ist sie. Wie sieht sie denn aus, diese Marlene Ellermann?«
»Gut«, sagte Schorse kurz und bemühte sich, seine Stimme weiterhin genervt klingen zu lassen. »Mein Problem ist, daß mich dieser weichgespülte Scheiß sehr wahrscheinlich meinen Ruf in der Branche kosten wird. Die Kumpels lachen doch jetzt über mich, ich werde zum Gespött vom Kiez, zum Betbruder von St. Pauli.«
»Seit wann scheißt du dich denn wegen anderer Leute ins Hemd?« fragte der Anwalt. »Ich jedenfalls werde dich nicht vertreten, weil ich mich mit jeder Art von Verleumdungsklage oder Gegendarstellung lächerlich machen würde. Außerdem hast du mein Honorar für deinen letzten Prozeß, den du im übrigen auch verloren hast, noch nicht bezahlt.«
Schorse mußte nachdenken. »Was war das denn noch?« fragte er kleinlaut. Es stimmte, in unwich-

tigen Dingen war seine Zahlungsmoral ein bißchen lasch.

»Es ging um den Lackschaden an deinem Mercedes, weil angeblich die Boxerhündin von Muscle Mike an deinen kostbaren Kotflügel gepißt hat. Der Richter hat das Verfahren wegen Geringfügigkeit eingestellt. Und jetzt steh auf, mein Junge, dusch dich kalt und geh an die Arbeit, was immer man in deinem Beruf Arbeit nennt.«

Schorse setzte sich aufs Sofa, schlug die *Dolce Vita* auf und las. Klaus hatte recht – positiver und wärmer hätte er sich selbst nicht beschreiben können. Worüber hatte er sich bloß so aufgeregt?

*»Seine Haare sind zu blond, seine Augen zu blau und sein Körper insgesamt zu massig – aber hätte er von allem ein bißchen weniger, dann würden ihn auch hartgesottene Feministinnen nicht von der Bettkante schubsen.«*

Er schmunzelte. Nicht übel. Ein süßes Schlitzohr, diese Marlene. Zu schade, daß sie verheiratet ist. Doch das war eigentlich ihr einziger Fehler. Ihm wurde plötzlich butterweich, als er an sie dachte. Mein Schnuddel, dachte er zärtlich und hatte, ausgesprochen gegen seinen Macho-Willen, plötzlich eine starke Sehnsucht nach ihr. Er würde sie anrufen und sich entschuldigen. Was war nur in ihn gefahren, daß er sie so unter Druck gesetzt hatte?

Das Telefon klingelte. Er nahm sich vor, jedem Kumpel eins überzubürsten, der sich jetzt dickmachen würde.

»Hallo«, bellte er in die Muschel. Schweigen.
»Falls dies ein *dirty phone call* ist, du alte Drecksau, dann bist du bei mir genau richtig«, brüllte er.
»Schorse?« Die weibliche Stimme klang ausgesprochen piepsig. Marlene. Er mußte sich setzen.
»Was willst du?« fragte er, ein bißchen sanfter, aber immer noch kratzbürstig. Allzu leicht sollte die Versöhnung nun auch wieder nicht über die Bühne gehen. Aus Erfahrung wußte er, daß sie nach ein bißchen Streß um so inniger verlaufen würde. Und danach war ihm jetzt – nach einer innigen Versöhnung mit Marlene.
»Ich muß dir was gestehen«, fing sie an. Zögernd. Ein Wort nach dem anderen.
»Schieß los«, sagte er. »Du hast den Text nach meinen Wünschen geändert und willst ihn mir jetzt vorlegen. Hab ich nichts gegen. Komm vorbei.«
»Schorse.« Jetzt klang die Stimme richtig flehentlich. »Es ist etwas passiert, und ich kann mich nur wahnsinnig bei dir entschuldigen und hoffen, daß du mir verzeihst. Es war wirklich nicht meine Schuld«, setzte sie hastig hinzu.
Schorse schmunzelte und betrachtete sein Titelbild. Ein wunderbares Gefühl, wenn eine Frau so zappelte. »Kannst du bitte etwas genauer sein«, sagte er dann schroff. »Ich hab nicht den ganzen Tag Zeit.«
»Also, ich wollte die Geschichte zurückziehen. Ganz bestimmt. Aber als ich in den Verlag kam, da war sie schon abgefahren.«

»Was heißt abgefahren?« fragte er. »Ihr seid doch kein Bahnhof. Sprich deutsch mit mir, Mädel.«
»Also abgefahren heißt, sie war schon in der Druckerei.«
»Dann hättest du in die Druckerei fahren und die Druckerpressen anhalten sollen«, meinte er. »Und nun?«
»Nun steht sie in *Dolce Vita*, und zwar diese Woche. Als Titel.« Sie schwieg. Er auch, aber aus anderen Gründen. Sein Gehirn arbeitete fieberhaft. Wie holte er jetzt das Optimale aus dieser Situation heraus? »Schorse, bist du noch dran?« Sie bettelte jetzt. »Soll ich dir ein Heft mit Kurier vorbeischicken? Du siehst wirklich richtig gut aus, Ehrenwort.«
»Das kann doch wohl nicht dein Ernst sein.« Ein neutraler Satz, der ihm Zeit zum Nachdenken ließ. »Und was stellst du dir jetzt vor?«
»Ich weiß auch nicht, Schorse«, sagte sie. »Soll ich dir das Geld zurücküberweisen?«
»Das Geld hast du dir redlich verdient«, beschied er sie barsch. »Behalt die Lappen.«
Da hatte er eine wunderbare Idee. Das Schmunzeln wurde zu einem breiten Grinsen. Wie gut, daß sie ihn jetzt nicht sehen konnte; er saß da wie eine dicke Katze vor der Sahneschüssel. »Bring das Heft vorbei«, meinte er nur, »dann sehen wir weiter.«
»Ich setz mich sofort ins Taxi«, sagte sie devot. »Soll ich Brötchen mitbringen?«
Wie niedlich kleinbürgerlich sie sein konnte. Wun-

derbar, wie wenig sie ihm gewachsen war. »Bring dich«, sagte er, »das reicht.«

## ELLERMANN IST GLÜCKLICH

Er stand vor seinem Ultraschallgerät und fühlte sich wie ein frischgebackener Vater. Neu, unberührt und vor allem bezahlt (!) stand sein Baby vor ihm, glänzte fröhlich und war ganz seins. »Laß uns eine kleine Praxisparty machen«, sagte er zu seiner Sprechstundenhilfe Cornelia. »Lad unsere treuesten Patienten ein, probier vielleicht ein paar Prominente, die schmücken immer.«

»Und dann?« fragte Cornelia verblüfft zurück. »Was soll ich als Anlaß auf die Einladungskarten schreiben?«

»Schreib doch einfach, zu Sekt, Käsehäppchen und zu einer kostenlosen Ultraschalluntersuchung«, schlug er vor und grinste wie ein Honigkuchenpferd. »Das ist doch mal was Originelles. Ruf am besten auch den *Luruper Stadtanzeiger* an, vielleicht haben die auch Lust.«

»Chef, ich glaub, Sie verrennen sich«, meinte Cornelia vorsichtig, »aber ich will's gern probieren.« Dann ging sie zurück zum Tresen und sagte zu ihrer Kollegin Petra Duve: »Der Chef dreht durch.«

»Weshalb diesmal?«

»Er will 'ne Einweihungsparty für sein neues Ultraschallgerät. Jeder Gast soll 'ne kostenlose Untersuchung bekommen.«

»Wie gut, daß er kein Gynäkologe ist«, meinte Petra

ungerührt und biß in ihr Käsebrot. »Wann soll der Spaß denn sein?«
»In den nächsten Tagen.«
»Dann sag ich meinem Verlobten Guido Bescheid, der kann sich 'ne Extramark mit den kalten Platten verdienen.«
»Okay, aber nur Käse und Wurst, für Lachs und Aal ist der Umsatz hier nicht hoch genug.«
Sie seufzten.
»Was ist das hier eigentlich für eine Kassette?« fragte Cornelia und zeigte auf ein Tonband, auf dem das Wort »Schnarchgeräusche« stand.
Petra lachte: »Das ist für Frau Menge. Hat der Chef eigenmündig für sie draufgeschnarchelt.«
»Ich versteh nur Bahnhof«, sagte Cornelia.
»Du würdest es eh nicht begreifen«, meinte Petra und steckte das Tape in einen Umschlag.

## ICH WERDE GELIEBT, ICH WERDE GEBRAUCHT, ICH WERDE WAHNSINNIG

Lola und Marco waren genau gleich groß, mit dem Unterschied, daß Lola bereits, Chaosspuren hinterlassend, durch die Wohnung flitzte, während sich Marco noch, vor Kraft strotzend, aber bewegungsunfähig, frustriert auf dem Boden hin- und herrollte, nicht vorankam und aussah wie ein dicker, kurzbeiniger Wurm. Michael saß zwischen ihnen, vor sich auf dem Boden eine große Schüssel Karottenkartoffelbrei, und fütterte die Halbgeschwister. »Mund auf, Lola«, schmeichelte er, »da kommt die

große Eisenbahn, jaaa, und jetzt den Bahnhof ganz weit auf.« »Grrrrr, spitter«, machte Lola, drehte blitzschnell den Kopf zur Seite, hob die Ärmchen, witsch, watsch – schöne orangefarbene Flecken auf dem weißen Oberhemd würde das geben. Aus der Windelgegend von Marco wies ein brubbelndes Geräusch auf ungestörte Verdauung hin. »Weit auf, mein Kleiner«, sagte Michael mit inzwischen nacktem Oberkörper. »Mach schön happi happi!« Brav öffnete Marco das Mäulchen, weit auf, ein Löffel fand Platz, noch ein zweiter. »Jetzt schlucken«, mahnte der Babysitter, »runter damit!« Marco öffnete ganz leicht die Lippen, und pruuust – in weitem Bogen schoß der Brei auf Michaels Hose. Warm und weich fühlte es sich an, wie reingepinkelt. Also zog er die Hose ebenfalls aus. Jetzt saß er in rotgepunkteten Boxershorts da und klatschte den Kindern Brei auf Mund und Nase, wischte Übriggebliebenes ab und klatschte erneut.
Irgendwie bin ich karrieremäßig im Augenblick nicht gerade auf dem Höhepunkt, sinnierte er und warf einen schuldbeladenen Blick in Richtung Schreibtisch, auf dem sich Bücher, Fachzeitschriften und Unrat türmten. »Die Kommunistische Partei Griechenlands von 1941 bis '49« – wie war er nur auf dieses schwachsinnige Thema gekommen? Wen auf dieser Welt interessierte es, daß Oberst Bazirkidis Ende September 1943 in die Leitung der EKKA eingetreten war, der sogenannten Nationalen und Sozialen Befreiung, wie es auf griechisch

hieß? Zumal der heiße Flirt mit Elena auf Mykonos, dem Michael seinen damaligen Enthusiasmus verdankte, ja auch längst Vergangenheit war. Jetzt brütete er, wenn seine Hände gerade mal nicht breibeschmiert waren, über Riesenstapeln vergilbter Dokumente, war in seinem Manuskript inzwischen auf Seite 68, und sein Doktorvater wurde langsam ungeduldig. Aber die Arbeit ödete Michael derartig an, daß er sich – nicht immer, aber immer öfter – in die Kinderbetreuung flüchtete.

Der Hausschlüssel drehte sich im Schloß. Das konnte nur die Kindsmutter von Lola, seine beruflich so viel erfolgreichere Lebensgefährtin Jenna Wissbach sein, die auf einen Sprung hereinschaute. Da war sie schon, umweht von einer *Spellbound*-Wolke. »Ich will nur 'ne Kleinigkeit essen, dann muß ich wieder weg«, sagte sie, küßte Kinder und Mann flüchtig und verschwand in der Küche.

»Warst du heute nicht auf dem Markt?« kam es vorwurfsvoll. »Es sind ja gar keine frischen Sachen im Haus.«

»Nein«, sagte Michael, betont mit Hausmannstimme. »Nachdem ich Lola gebadet und gewickelt hatte, sie sich dann zum erstenmal an diesem Tag vollspuckte und von Kopf bis Fuß neu eingekleidet werden mußte, wir dann 30 Minuten auf den Knien durch die Wohnung rutschten, weil ihre Schmusedecke weg war, die wir dann endlich im Wasserkasten des Gästeklos wiederfanden, kam Marco, weil deine Schwester zum Bodybuilding wollte und fand, die beiden Halbgeschwister müßten sich besser kennenlernen – und jetzt bin ich seit einer Stunde am Füttern und HATTE KEINE ZEIT, AUF DEN MARKT ZU GEHEN.«

»Schon gut, mein Lieber«, beschwichtigte ihn Jenna, »ich kann ja was in die Mikrowelle schieben. Reg dich bloß nicht auf.« Da sie gleich wieder verschwinden wollte, galt die Devise: Streitvermeidung um jeden Preis. Ein Streit, das wußte Jenna, würde nämlich in eine Grundsatzdiskussion über die ungerechte Rollenverteilung in ihrer Beziehung ausarten; Michael würde drohen, alles hinzuschmeißen und sich in Alaska als Lachsfischer ein neues Leben aufzubauen – und sie hatte sooo fürchterlich viel zu tun! Also ging sie mit ihrem Teller ins Wohnzimmer, verzichtete nach einem Blick auf ihre karottenverschmierte Tochter darauf, sie hochzunehmen und zu knuddeln, und sagte zukkersüß: »Laß uns heute abend mal richtig schick weggehen.«

»Woran dachtest du?« fragte Michael zurück. »McDonald's oder Pizzeria? Woanders haben wir doch Hausverbot mit Lola.«

»Was Schickes«, sagte Jenna verführerisch, »nur du und ich.«

»Gute Idee«, meinte Michael sarkastisch, »und wenn wir keinen Babysitter finden, fragen wir einfach den Kindsvater. Der macht's bestimmt gern.«

»Davon bin ich überzeugt.« Jenna ließ sich nicht aus der Ruhe bringen. »Ich mach das schon. Hab einfach Lola fertig, wenn ich komme, dich auch, und dann laß dich überraschen.«

»Wäre nicht schlecht, mal ein Abend nur unter Erwachsenen«, seufzte Michael sehnsüchtig.

»Finde ich auch, dann kannst du mir genau erzählen, wie weit du mit deiner Doktorarbeit bist.«

Jenna war so schnell wieder draußen, daß das Kissen, das Michael nach ihr schleuderte, nur noch mit einem dumpfen Wumm die Tür traf.

»Tür aua«, sagte Lola mit großen Augen.

Marco hatte inzwischen seine Pampers aufgerissen und pieselte auf den Teppichboden. In einem so perfekten Bogen, wie es nur winzigkleine Männer schaffen.

## SCHORSE UND MARLENE

Er war bereits geduscht und angezogen – sogar seinen Intimbereich hatte er gebabypudert, man wußte ja nie. Auch Shitface schien zu spüren, daß sein Herrchen in besonderer Erwartung am Frühstückstisch saß. Rosaria hatte Schorse ein Katzenmahl, wie sie es nannte, serviert – salzhaltige Kost, um den Kater in Schach zu halten, bestehend aus Rollmöpsen, Rote-Bete-Salat und drei Salzgurken. Doch im Gegensatz zu sonst fühlte Schorse sich seltsam appetitlos, fast ein wenig aufgeregt, auch wenn er einen Zusammenhang mit Marlenes bevorstehendem Besuch niemals zugegeben hätte. Er war schließlich kein dummer Schulbengel mehr mit Eierschalen hinter den Ohren, er war ein gestandener Geschäftsmann, gefürchtet auf dem Kiez, von eisenhartem Ruf und ebensolchem Bizeps ... Es klingelte. Schnell steckte er sich eine Zigarette an, das wirkte souveräner. Das *Dolce Vita*-Heft lag aufgeschlagen neben dem Salzgurkenteller. Er klekkerte ein bißchen Gurkenlake über das Aufmacherbild, Marlene sollte nicht den Eindruck haben, ihr Geschreibsel sei heilig und unantastbar.

»Guten Morgen, Schorse.« Sie stand bereits in der Tür, Rosaria stellte eine zweite Tasse auf den Tisch. »Darf ich reinkommen?«

»Dumme Frage«, knurrte er, »du bist doch schon da.« Sie setzte sich. Schlug die Beine übereinander, die, wie er nicht zum erstenmal feststellte, zwar nicht Marlene-Dietrich-Format hatten, aber doch außerordentlich gut geformt waren. Sie trug einen kurzen, schwarzen Wollrock, sehr kurz. Auch das entging ihm nicht, aber sein Auge war ja auch geeicht auf diese kleinen, femininen Einzelheiten. Obwohl es draußen warm war, trug sie wahrscheinlich einen Slip darunter – schade.

»Entschuldige«, sagte er, »ich hab eben nicht zugehört. Du sagtest was?«

»Ich sagte gerade, daß alle meine Kollegen ganz begeistert von der Geschichte waren. Und von dir natürlich«, fügte sie schnell hinzu.

Er zwang völlige Ausdruckslosigkeit in sein Gesicht – Pokerface. »Soll mich das etwa beruhigen?« fragte er kalt. »Deine Leute interessieren mich eine feuchte Hundeschnauze. Ich hab mit meinen zu

tun, und die rufen hier seit heute morgen um sechs an und machen sich über mich lustig.«
»Ich wußte gar nicht, daß Zuhälter so früh aufstehen«, sagte Marlene und lächelte vorsichtig.
»Die stehen nicht auf, die gehen ins Bett«, korrigierte er sie scharf. Ihr Lächeln verschwand. Gleich fing sie an zu heulen. Das würde er nicht aushalten. Das Telefon klingelte.
»Hallo.«
»Moin, Schorse.« Money Joe war Frühaufsteher und zwang seine Mädels, mit ihm jeden Morgen um acht Uhr an der Alster zu joggen. »Wie geht's, wie steht er?«
»Was willst du? Es ist mitten in der Nacht.« Schorse warf einen beziehungsreichen Blick auf Marlene – siehst du, es geht schon wieder los, sollte der heißen, aber sie blätterte in ihrem Scheißheft und schaute nicht auf.
»Seit wann hast du denn Beziehungen zur Presse?« fragte Money Joe. »Ich dachte, ich seh nicht recht, als ich heute beim Kiosk vorbeijoggte. Lude mit Herz, ausgerechnet so ein Schweinehund wie du. Hast du die Alte bezahlt, die dieses Gesülze über dich geschrieben hat?«
»Ja«, sagte er nur. Die Wahrheit würde ein intellektuelles Nullgewicht wie Joe ja eh nicht begreifen. Und was war die Wahrheit? Marlene blickte kurz hoch. Ihre Blicke trafen sich. Plötzlich war alles klar. Jedenfalls für ihn. Er wußte genau, was er wollte. Sie.

»Ich kann auch nichts für diese Scheiße«, sagte er deshalb ins Telefon, »ich bin selbst sauer genug.«
»Sauer, wieso dat denn?« fragte Joe verblüfft.
»Selbstverständlich habe ich meinen Anwalt eingeschaltet«, sagte Schorse und legte den Hörer auf.
»Du hast schon einen Anwalt eingeschaltet?« fragte Marlene.
Das Telefon klingelte wieder.
Schorse fluchte. »Ja.«
»Hier ist Klaus«, sagte sein Anwalt. »Ich hab das Ding jetzt vorliegen und muß dir sagen, daß wir nicht die geringste Handhabe gegen *Dolce Vita* haben. Vergiß es also. Frag doch diese Marlene, ob sie nicht für dich arbeiten will. Die Alte scheint ja schwer begeistert von dir zu sein. Sieht sie denn wenigstens gut aus?«
»Das sehe ich genauso«, sagte Schorse. »Du hast alle Vollmachten. Mach sie fertig, die Schweine.« Klick.
Marlene saß ganz still auf ihrem Stuhl. Shitface lag auf ihrem Schoß und leckte über ihr nacktes Knie.
»Du verlierst langsam den Biß, mein Lieber«, sagte Schorse. »Wir müssen dringend wieder auf den Übungsplatz. – Das war mein Anwalt«, bemerkte er dann überflüssigerweise. »Die Sache wird teuer für euch.«
»Da bin ich nicht so sicher«, muckte Marlene auf. »Unsere Anwälte haben mir gesagt, daß wir das Ding ziemlich schnell niederschlagen können. Die Zitate stimmen, der Rest ist Pressefreiheit, die ich

im übrigen in keiner Weise ausgenutzt habe. Im Gegenteil.« Ihre Stimme wurde lauter. »Einige Kollegen haben sich gewundert, wie positiv ich dieses Ludenportrait geschrieben habe. Die haben mir unterstellt, ich hätte was mit dir.« Das absolut falsche Stichwort. Zu spät. Verflucht und zugenäht.

»Und was hast du geantwortet? Die Wahrheit?« fragte er lauernd.

»Natürlich«, sagte sie trotzig.

»Und?«

»Was und? Ich hab gesagt, ihr spinnt wohl. Was soll ich denn mit einem Zuhälter? Mich mit Aids anstecken, bestenfalls mit Tripper?« O Gott, sie war so nervös, daß sie sich immer tiefer in die Scheiße ritt. Wie konnte sie bloß? »Das war daneben«, sagte sie reuevoll. »Mir sind die Nerven durchgegangen. Das Ganze wächst mir irgendwie über den Kopf. Für derartige Komplikationen bin ich zu schlicht gestrickt.«

»Manchmal gibt es ganz einfache Antworten auf ganz komplizierte Fragen«, sagte er ruhig und schaute sie an.

»Und wie lautet die einfache Antwort in diesem Fall?« fragte Marlene und wußte es bereits.

»Komm mit«, sagte er, »dann zeig ich sie dir.«

## SCHORSE, MARLENE UND SHITFACE IM BETT

Diesmal hatte sie keine Ausrede. Hellwach war sie in diese fürchterliche Lage hineingestolpert. Links neben ihr lag Schorse mit geschlossenen Augen

und leicht geöffnetem Mund, selig in ein postkoitales Nickerchen versunken, rechts neben ihr Shitface und leckte mir rauher Zunge sanft über ihren ausgestreckten Arm. Wäre die Situation nicht aufs allerextremste verfahren, sie hätte sich sauwohl gefühlt. Zum erstenmal seit mindestens einem Jahr hatte sie wieder einen Orgasmus gehabt, und was für einen! Erstaunlich, wozu sie sexuell noch fähig war. Ihre leicht vertrocknete Libido hatte sich aufgerichtet wie eine vertrocknete Pflanze nach einem warmen Sommerregen. Leider kam dieser warme Guß aus der absolut verkehrten Wolke.
Leise stand sie auf, stieg vorsichtig über den Hund hinweg, sammelte ihre verstreut herumliegenden Kleidungsstücke ein und verließ das Schlafzimmer.
Im Flur traf sie auf Rosaria. »Badezimmer zweite von links«, sagte die und verschwand wieder in der Küche. Im Badezimmer stellte Marlene fest, daß sie ihren BH vergessen hatte. Doch zurück wollte sie nicht. Zu riskant. Ihr Fluchtinstinkt war so stark, daß sie nackt ins Taxi gestiegen wäre, nur um Schorse nicht mehr begegnen zu müssen. Leise wollte sie die Haustür öffnen. Verdammt, zugeschlossen. Es blieb ihr nichts anderes übrig, als dem Geräusch des Staubsaugers nachzugehen. Im Wohnzimmer stand Rosaria und saugte emsig vor sich hin. »Entschuldigung«, sagte Marlene leise. Keine Antwort. Sie berührte die Perle leicht an der Schulter. »Entschuldigung«, wiederholte sie,

»können Sie mich bitte rauslassen?« Rosaria guckte verständnislos. »Raus, aus der Tür?« wiederholte Marlene verzweifelt und drehte einen imaginären Schlüssel um. »Jetzt sofort, gleich!«
Endlich kapierte Rosaria. Sie ging in die Küche und kam mit einem großen Schlüsselbund wieder. Suchte den Haustürschlüssel. Und suchte. Marlene war kurz davor, sich gegen die Tür zu schmeißen. Endlich fand Rosaria den Schlüssel, steckte ihn ins Schloß. Beim Türöffnen fragte sie: »Boss nicht gut?«
»Wie bitte?«
»Nach Nummer mit Boss alle bleiben zum Frühstück«, sagte Rosaria. »Du weg. Boss nicht gut?«
Marlene mußte lächeln. »Boss sehr gut«, sagte sie, »aber ich muß zur Arbeit.«
Endlich draußen. Frische Luft. Sie atmete tief durch und rief ein Taxi.

## IM CHEFBÜRO

Michaelsen ließ sie zu sich rufen, kaum daß sie von ihrer heimlichen Zigarette auf dem Klo in ihr Zimmer zurückkam. »Bitte sofort zum Chef kommen«, sagte Fräulein Heischriek, »er hat nicht viel Zeit.«
Marlenes ohnehin strapazierte Nerven flatterten. Das konnte nur was Schlimmes bedeuten, Kündigung oder Abmahnung. Sicher hatte Schorses Anwalt angerufen, obwohl ... Was obwohl? Obwohl sie gerade zwei äußerst zärtliche Stunden mit ihm verbracht hatte? Er hatte ihr mit keinem Wort ver-

sprochen, daß er danach auf gerichtliche Schritte verzichten würde, er hatte sie nur so geküßt, wie sie glaubte, daß Rhett Butler Scarlett auf der dunklen Treppe geküßt hatte – obwohl sie später leider lesen mußte, daß Clark Gable aufgrund eines schlecht angepaßten Gebisses so starken Mundgeruch hatte, daß Vivien Leigh alle Kußszenen nur mit äußerstem Widerwillen ertragen hatte. Im Gegensatz zu ihr.

Mit lästig klopfendem Herzen stand sie kurz darauf im Chefzimmer. Michaelsen hatte die amerikanische Chefposition eingenommen, beide Füße mitsamt Schuhen auf den Schreibtisch gelegt. Er telefonierte. »Mich interessiert es nicht, daß immer mehr Großväter ihre Enkel sexuell mißbrauchen. Wer will denn einen faltigen Opa an der Kinderwiege sehen? Mach ein schönes Interview mit Ornella Muti, und sieh zu, daß sie nicht wieder ihre Bluse so hoch zuknöpft wie beim letztenmal. Ich will Titten sehen, sag ihr das. Nein, natürlich nicht mit diesen Worten.« Klick. Suchend wanderte sein Blick über den Schreibtisch. »Wo sind meine Büroklammern?« brüllte er dann.

»Haben Sie Ihre schon wieder verlegt?« Heischreckchen stand in der Tür mit einer neuen Schachtel, die sie auf den Schreibtisch stellte, und mahnte: »Aber nicht wieder so doll kratzen. Der Zahnarzt hat ziemlich geschimpft beim letztenmal.«

»Mein Gebiß gehört mir«, sagte Michaelsen nur,

zog eine Büroklammer aus der Schachtel und reichte sie ihr. Wortlos bog sie sie gerade und gab sie zurück. Ein konzentriertes Popelmanöver begann. Abwartend stand Marlene in der Tür, als Michaelsen sie endlich wahrnahm: »Komm rein, Mädel!« rief er jovial. »Setz dich! Kaffee, Selters, Cola?«
»Danke, nichts«, sagte Marlene und nahm Platz. Endlich hatte die Büroklammer ihren Dienst getan und wurde im Papierkorb entsorgt.
»Was gibt's?« fragte Michaelsen.
»Sie haben mich doch gerufen«, meinte Marlene leicht entnervt. »Ich nehme an, es geht um die Zuhältergeschichte. Also, der Mann hat nichts gegen uns in der Hand, die Anwälte sagen ...«
»Nun halt mal die Luft an, Mädel«, sagte Michaelsen leutselig. »Ich verstehe nur Bahnhof. Welche Anwälte?«
Zu weit vorgeprescht, Marlene, dachte sie und sagte vorsichtig: »Vergessen Sie's. Was wollten Sie denn von mir?«
Michaelsen grinste – ein ausgesprochen ungewohnter Gesichtsausdruck, der ihn wie eine leicht debile Bulldogge aussehen ließ. Trotzdem, es entspannte die nervöse Angestellte vor seinem Schreibtisch total. »Glückwunsch«, sagte Big Boss. »Ich habe gerade die IVW-Zahlen bekommen, absolute Spitzenklasse. Dieses Heft ist das bestverkaufte im Quartal. Und 87% der Leser haben es gelesen, davon rund 50% sogar ganz. Ein Rekord! Ich möchte, daß Sie sich sofort an den nächsten

Serienteil setzen. Nuttenaufstand in den Dörfern. Titel: ›Wir wollen nicht mit den Bauern vögeln.‹«
O Gott, dachte Marlene. »Ja, stimmt denn das so?« fragte sie vorsichtig.
»Das wird schon stimmen«, meinte Michaelsen, »hättest du etwa Lust, mit einem Bauern ...?«
Marlene seufzte. Nicht, weil er sie ständig einseitig duzte, daran war sie längst gewöhnt, sondern weil sie es haßte, mit unklaren Rechercheaufträgen loszufahren. Sie wußte genau, welche Bilder ihm vorschwebten – nackte Mädelns auf dem Heuhaufen, daneben eine Kuh und ein Bauer, der sich gerade die Arbeitshose hochzog. Am besten noch die wütende Bäuerin mit der Mistgabel in der Tür.
»Bis wann schaffst du es?« fragte Michaelsen jetzt. »Stachie hat zwei Folgen fertig, die eine läuft diese Woche, die andere nächste, ich will deine Story also spätestens in zehn Tagen auf dem Tisch. Capito?« Sie war entlassen.
In Jennas Büro ließ sie erst mal ihrem Frust freien Lauf: »Warum bleiben diese Schwachsinn-Storys immer an mir hängen?« jammerte sie. »Nuttenkrieg auf dem Dorf. So was Bescheuertes! Kannst du nicht mal mit ihm reden?«
Doch Jenna, ausnahmsweise ohne Lola, war mit dem Verfassen eines Kommentares zum Thema »Paragraph 218, Segen oder Fluch?« beschäftigt und blickte nur kurz hoch: »Du bist halt im Augenblick auf die schlüpfrigen Themen gebucht«, sagte sie grinsend. »Mach das Beste draus. Auf deinem

Schreibtisch liegt ein Clipping über einen Nachtclub in Scharnebek mit viel Animierbetrieb und viel Zoff. Ruf die Leute mal an. Andiamo.«

Warum müssen eigentlich alle in dieser verdammten Redaktion ihre Rede immer mit italienischen Befehlsbrocken aufmotzen, ärgerte sich Marlene und verschwand im Klo. Ob sie sich dem Namen *Dolce Vita* verpflichtet fühlten? Schnell eine durchziehen; gerade saß sie genüßlich auf der Brille und paffte, als jemand die Klokabine neben ihr betrat. »Hey, Marli, bist du das?« fragte eine Stimme. Scheiße, ausgerechnet Sandra Örtel, mit der sie sich gemeinsam das Rauchen abgewöhnt hatte. »Ich rieche was«, rief Sandra triumphierend, »100 DM sind fällig, meine Liebe.« Stimmte leider, um stark zu bleiben, hatten sie sich gegenseitig 100 DM bei jedem Rückfall versprochen. Marlene blieb stumm, doch Sandra wurde ihrem Ruf als hartnäckige journalistische Schnüffelnase gerecht. Schnell stieg sie auf die Brille, schaute über die Kabinenwand. »Ha!« rief sie. »Ertappt! Du kannst mir auch ’nen Scheck geben.« Sie verschwand, es rauschte im Wasserkasten, weg war sie.

Auf ihrem Schreibtisch fand Marlene das Clipping »Zoff im *Blauen Engel*« und eine Nachricht von ihrer Sekretärin:

»Dein Mann erinnert Dich an die Praxisparty. Du sollst Dich aufrüschen, hat er gesagt.«

Ach du Elend, die Ultraschall-Einweihungsparty! Die hatte sie völlig verdrängt, obwohl sie ja eigentlich deren Patentante war. Zumindest die Geburtshelferin. Marlene, du versteigst dich. Es klingelte. Langsam machte sie dieses Geräusch wahnsinnig.

»Ellermann.«

»Ich bin's«, sagte Schorse. »Warum hast du dich denn so heimlich aus dem Staub gemacht?«

»Weil ich noch einen kleinen Tagesjob habe«, erwiderte sie.

»Sehe ich dich heute abend?« fragte er.

»Ich fürchte, nein«, meinte sie. »Mein Mann gibt eine Party in seiner Praxis. Da muß ich Frau Doktor spielen.«

»Ich weiß«, sagte er nur.

»Woher weißt du?« fragte sie unbehaglich. Spionierte er ihr etwa nach? »Weil ich auch eine Einladung habe.«

»Ich verstehe nur Bahnhof«, meinte sie.

»Macht nichts«, meinte er, »ich seh dich dann. Tust du mir noch einen Gefallen?«

»Kommt drauf an.« Sie war vorsichtig geworden.

»Laß den Schlüpfer weg«, sagte er und legte auf.

Marlene öffnete das Bürofenster. Ihr war plötzlich heiß. Sehr heiß.

## ELLERMANNS PRAXISPARTY

Die Praxisräume waren bereits eine halbe Stunde nach Partybeginn so brechend voll, daß Marlene und Hans-Joachim, die sich verspätet hatten, nur schiebend und quetschend vorwärtskamen. Alle Eingeladenen waren erschienen, selbst einen weit

über Lurups Stadtgrenzen hinaus bekannten Sänger wie Tony Cazzone schien die Gratisaufnahme mit dem Ultraschallgerät so zu reizen, daß er mit seiner jungen, blonden Ehefrau Loki von Koppenfels (er nannte sich jetzt Tony Cazzone von Koppenfels) und seinem neuen Manager Mike Rogers, der mit einem Stapel Autogrammpostkarten hinter ihm herschlich, höchstpersönlich erschienen war. Leider, so stellte Marlene mit einem schnellen Rundblick fest, war er der einzige Promi, alle anderen waren Hajos Patienten, schönheitsmäßig ein ähnliches Kaliber wie der Scharnebeker Bauer, den sie am Nachmittag noch besucht hatte. Da er richtig häßlich war, hatte er bisher keine arbeitssüchtige, gebärfreudige Frau gefunden, die auf seinem Hof Kühe melken und das Blut geschlachteter Schweine zu Blutwurst rühren wollte. »So ab und zu juckt es mir halt in der Hose«, hatte er entschuldigend seine häufigen Puffbesuche erklärt. Ebenso den Grund, warum sich die Mädels unisono über seine brutalen Hände beschwerten. »Ich bin halt das Kühemelken gewohnt«, meinte er treuherzig. »Da muß man eben doller ziehen, bevor was rauskommt.«
»Ich nehm jetzt mal ein Bad in der Menge«, sagte Hajo. »Amüsier dich gut.« Marlene wanderte zum Büfett – Karstadtniveau, stellte sie naserümpfend fest, Wurst, Käse und Schmalz. Sie nahm sich eine Flasche Clausthaler und faßte als nächstes Ziel das Ultraschallgerät ins Auge, das mit einer riesigen

knallpinkfarbenen Schleife umwickelt und von einer Menschentraube umringt war. »Ihre Leber ist ziemlich stark vergrößert«, hörte sie die Stimme ihres Mannes. »Sehen Sie den vergrößerten linken Leberlappen? Da sind deutliche Fetteinlagerungen. Die Funktion Ihrer Leber ist erheblich gestört.«
»Meine Leber weiß eben, wer Herr im Hause ist.« Die Stimme kannte sie doch! Ihr blieb aber auch nichts erspart! Tatsächlich – da lag Schorse mit nacktem Oberkörper auf der Lederliege, auch die Hose war geöffnet und hing auf halber Oberschenkelhöhe.
Hajo war über ihn gebeugt und bewegte den Ultraschallkopf hin und her. »Sie sollten das Trinken erheblich reduzieren.« Seine Stimme war leiser geworden und klang sehr doktorenhaft. »Die Leber sieht wirklich nicht gut aus.«
Fasziniert standen die Leute um das Gerät und schauten auf den Bildschirm. »So sieht deine Säuferleber bestimmt auch aus, Karl-Detlef«, sagte eine Frau gut vernehmlich. »Ich sag's ja immer – eine Flasche Wodka am Tag reicht wirklich.«
Marlene wollte sich gerade zurückziehen, da traf sie Schorses Blick. »Das reicht mir, Herr Doktor«, sagte er schnell, wischte sich die Gleitcreme vom Bauch, zog sich an und stand auf. Am Büfett hatte er Marlene wieder eingeholt. »Bist du nicht stolz auf dich?« fragte er.
»Worauf sollte ich stolz sein?« fragte sie zurück.
»Du bist doch der Anlaß für diese Party.«

»Der Grund vielleicht, der Anlaß sicher nicht.«
»Werd jetzt nicht spitzfindig, meine Süße«, erwiderte er ärgerlich. »Du weißt genau, wovon ich rede.«
Plötzlich hatte Marlene genug. »Natürlich weiß ich das«, sagte sie, »und wenn jede Nutte ihren Liebeslohn so anlegt wie ich, hätten wir bestimmt keine sozialen Probleme mehr.« Sie wollte gehen, aber er hielt sie zurück. »Bist du sauer, weil ich dich beim letztenmal nicht bezahlt habe? Aber für jede Nummer 100 Mille abzudrücken, ist selbst für mich ein bißchen viel.«
Sekundenlang war Marlene sprachlos. »Lieber Schorse«, sagte sie mit soviel sozialer Arroganz wie möglich, »zwischen uns liegen derart riesige kommunikative Abgründe, daß ich jedes Gespräch für überflüssig halte. Oh, hallo, Hajo!« Dr. Ellermann war hinter ihrem Rücken aufgetaucht und legte den Arm um ihre Schultern.
»Ihr kennt euch?« fragte er erstaunt.
»Das kommt davon, wenn du dich weigerst, *Dolce Vita* zu lesen. Schorse war einer meiner Gesprächspartner für die Kiezserie und Aufhänger der letzten Nummer. Ich war selbst erstaunt, ihn hier zu sehen.« Gott, wie heiß ihr wieder war. Schlechtes Gewissen, oder doch schon die Vorwechseljahre?
»Herr Föhrenbeißer ist seit kurzem ein Patient von mir«, erklärte Hajo und sah prüfend von einem zum anderen. »Deshalb stand er auf der Gästeliste.«
Schorse schien die Situation sehr zu amüsieren. Er

hatte wieder dieses fiese Grinsen aufgesetzt, das ihm Marlene am liebsten mit der flachen Hand vom Gesicht gewischt hätte. »Dann will ich das Eheglück nicht länger stören«, sagte er sanft und verschwand in der Menge.

»Kennst du diesen Herrn besser?« fragte Hajo spitz.

»Nicht so gut, wie ich dich kenne«, gab Marlene zurück und küßte ihn auf die Nasenspitze, die vor Aufregung leicht glänzte. »Bekomme ich auch noch meine ganz private Ultraschalluntersuchung?« Verführerisch sah sie ihn an. So lange, bis er sichtbar zerschmolz. »Aber erst, wenn alle gegangen sind«, sagte er versöhnt.

»Nur du und ich, Doc«, gurrte sie, »und natürlich Fräulein Ultra Schallie, deine neue Freundin.«

Beim Luftschnappen vor der Praxistür traf sie auf Schorse, der gerade in seinen Mercedes steigen wollte, natürlich wieder frech in zweiter Reihe geparkt. Schorse sah finster drein. »Kommst du noch mit?« fragte er kurz.

»Ich kann wirklich nicht, das siehst du doch«, sagte sie und legte beschwichtigend ihre Hand auf seinen Arm.

»Wann seh ich dich wieder?«

»Wollen wir eine Landpartie machen?« Die Idee war ihr ganz plötzlich gekommen. »Die Puffs auf dem Dorf besuchen? Du hast doch sicher überall Kollegen.«

»Was willst du von mir«, fragte er mißtrauisch, »doch nicht nur allein mit mir im Auto sein?«

Sie fühlte sich ertappt. »Ich soll eine Geschichte machen über den Nuttenstreik auf dem Dorf«, gab sie kleinlaut zu, »und da wollte ich das Angenehme mit dem Nützlichen verbinden und deine Kontakte ausnutzen.«
»Wenn du dich anschließend auf dem Rücksitz dafür bedankst«, sagte er ohne Umschweife, »dann kannst du alles haben.«
Er hatte wieder diesen Blick wie Rhett Butler in der Bibliothek von Familie Wilkes, wo er Scarlett belauscht, wie sie Ashley, dieser blassen Gurke, eine Liebeserklärung macht, und als sie merkt, daß Rhett alles gehört hat, wirft sie ihm ein Buch an den Kopf, und er lacht und ...
»Einverstanden«, sagte sie. »Ich hol dich morgen um zehn Uhr ab.«

**DIE ELLERMÄNNER IM BETT**
»Na, bist du zufrieden?«
»Hast du den Cazzone gesehen? Der hat sich auch unter das Gerät gelegt, aber als ich dann ein paar Gallensteine entdeckte, hat sein Manager sofort abgebrochen, weil er meinte, das schade seinem Image. Zu lächerlich!«
»Meine Chefin hatte mal was mit Cazzone.«
»Mama Jenna?«
»Vor ganz langer Zeit. Zu ihrer Entschuldigung gibt sie an, daß sie schwerstens hinüber war.«
»Apropos hinüber. Läuft da was zwischen dir und diesem Zuhälter?«

Pause.
»Wie kommst du denn da drauf?«
»Weiß ich auch nicht. So'n Gefühl. Die Art, wie er dich anschaute. Die Art, wie du wegschautest. Also?«
»Und wenn ich hätte?«
»Was soll denn diese Frage? Hast du oder hast du nicht?«
»Ich hab 'ne andere Frage. Hast du eigentlich damals mit mir den Film *Ein unmoralisches Angebot* gesehen?«
»Den, wo Redford wie eine zerknitterte Indianerin aussieht? Und Demi Moore Titten von hier bis Hongkong hat? Wir haben doch hinterher noch gewettet, ob sie echt sind oder nicht, aber da uns keiner die Frage ehrlich beantworten konnte, wissen wir bis heute nicht, wer die Wette gewonnen hat.«
»Genau. Sag, wie hättest du dich denn an der Stelle des Ehemannes verhalten? Hättest du mich für eine Million Dollar mit Robert Redford schlafen lassen?«
»Mit Robert Redford sofort. Das hätte dir ja auch Spaß gemacht, du stehst ja perverserweise auf diese Knitterfredies.«
»Erstens ist Redford kein Knitterfredie, sondern einer der attraktivsten Männer der Welt, und zweitens bin ich erstaunt über dich. Du würdest mich also verkaufen, wie ein billiger Vorstadtlude.«
»Na, billig ja nun gerade nicht. Gerade sprachen wir von einer Million Dollar.«

»Bestechlichkeit ist also für dich nur eine Frage des Preises.«
»Aber selbstverständlich. Jeder hat einen Preis. Selbst Mutter Teresa. Für eine Million Dollar würde die auch ihren Rock hochheben. Und das Geld hinterher in ein Waisenhaus stecken. Ist doch völlig okay.«
»Du meinst also, wenn man mit seinem erbumsten Geld was Soziales tut, dann ist es moralisch vertretbar.«
»Eigentlich schon. Aber irgendwie sind wir gesprächsmäßig ein bißchen abgerutscht. Ich hatte dir doch eine ganze andere Frage gestellt. Was war es noch?«
»Du hast mich gefragt, ob ich dich noch liebe.«
»Interessant. Und was hast du geantwortet?«
»Rutsch rüber, dann zeig ich's dir.«
»Bin schon da.«
»Das fühle ich.«
»Fühl doch mal. Ich werd so gern von dir gefühlt.«

## SCHORSE UND MARLENE AUF RECHERCHE

Befriedigt stellte sie fest, daß er diesmal auf sein Luden-Freizeit-Outfit verzichtet hatte. Keine Boxerschuhe, keine glitzernde Jogginghose, sogar die goldenen Ohrstecher hatte er rausgenommen. Sie wußte, es war ihr zuliebe, und das rührte sie. Jeans, Hemd, Lederjacke – wären da nicht die blonden Strähnen und die blutunterlaufenen Augen gewesen, hätte man ihn glatt als Lehrer durchgehen

lassen, der in den siebziger Jahren seine wilde Zeit hatte, jetzt immer noch Led Zeppelin und Eric Burdon hörte und auch ansonsten hoffnungslos dem Zeitgeist hinterherhinkte.
»Komm rein«, sagte er, »ich bin gleich soweit.«
Rosaria, die Unverwüstliche, stand am weit geöffneten Schlafzimmerfenster und putzte die Scheiben mit einer Zeitung. »Hoffentlich nicht mit *Dolce Vita*«, sagte Marlene scherzhaft.
»Wir nehmen nur anspruchsvolle Magazine«, meinte Schorse augenzwinkernd. »Auf geht's.«
Draußen tobte typisch Hamburgisches Schmuddelwetter. Alle Fenster waren geschlossen, bis auf eins, aus dem in diesem Moment eine Frau ihren Kopf herausstreckte und wütend »Hamburg ist nicht Honolulu« schrie. Schorse und Marlene schauten sich an und lachten. »Einen Vorteil hat dieses Nieselwetter«, meinte Marlene, »die Haut ist besser durchfeuchtet, die Faltenbildung setzt nicht so früh ein.«
»Wie alt bist du eigentlich?« fragte Schorse.
Marlene erstarrte. Wie alle Frauen über 28 haßte sie diese Frage. »Schätz mal«, sagte sie kokett.
»Ich denk nicht dran«, meinte er, »wenn ich richtig schätze, bist du ja doch nur sauer. Also sag's, stell dich nicht so an. Ich bin 41«, log er.
»Wow«, sagte Marlene ehrlich, »ich hätte auf Ende Vierzig getippt.«
»Vielen Dank«, meinte Schorse, leicht beleidigt, »und jetzt du. Auf die Plätze, fertig ...«

»Ich bin 31«, unterbrach ihn Marlene schnell. Seit einiger Zeit zog sie regelmäßig ein paar Jährchen ab. Sie mußte sich nur merken, wieviel bei wem, manche Menschen hatten ein widerlich gutes Gedächtnis.
»Hmm«, sagte Schorse, »wenn du es sagst, wird's schon stimmen.«
»Was soll das nun wieder heißen?«
»Alle Frauen, die ich kenne, geben nicht ihr richtiges Alter an. Du wirst da keine Ausnahme sein. Die meisten ziehen fünf Jahre ab. Für 36 hast du dich gut gehalten. Gratuliere. Besonders dein Körper ist noch tipptopp in Schuß.«
»Mein Gesicht etwa nicht?« fragte sie.
Sie waren inzwischen auf der Autobahn Richtung Lüneburg. Schorses Mercedes glitt satt und lautlos über die nasse Autobahn, drinnen war es warm und gemütlich, und es roch nach Leder und Tabak. Schorse lenkte lässig mit der linken Hand, die rechte lag auf der Beifahrersitzlehne und spielte mit Marlenes Haaren. Shitface lag glücklich grunzend auf dem Rücksitz. Schade, daß er Zuhälter ist, dachte Marlene plötzlich. Selbst ein Schrotthändler wäre mir lieber.
»Rechts oder links?« fragte Schorse. Sie waren von der Autobahn abgefahren, Richtung Scharnebek, das elf Kilometer von Lüneburg entfernt war. Marlene schaute aus dem Fenster und dachte, wie immer, wenn sie durch die norddeutsche Tiefebene fuhr: Hier möchte ich nicht tot am Zaun hängen.

Sie fand alles trist und piefig – die roten Klinkerbauten, die Edeka-Läden, in denen es nur abgepackte Sachen gab, die muffigen Kneipen mit ihren schlechtgelaunten Wirten, die jeden so mürrisch bedienten, als wäre man kein zahlender Gast, sondern Tante Frieda, die sich zu lange auf der Besuchercouch breitgemacht hat.

»Ich hasse deutsche Dörfer«, sagte Marlene inbrünstig.

»Ich nur norddeutsche«, lächelte Schorse. »In Bayern verstehe ich kein Wort, da fühle ich mich fast wie im Ausland.«

Als sie in Scharnebek ankamen, verlangsamte Schorse das Tempo, weil es so stark regnete, daß kaum etwas zu erkennen war. Hupend überholte sie ein grünschwarzrot lackierter Rödelfiesta, auf dem hinten ein Schild mit der Aufschrift »Lachen Sie nicht. Ihre Tochter könnte auf dem Rücksitz liegen« klebte.

»Wenn der meine Tochter abholen würde«, drohte Schorse, »würde ich ihm sofort die Vorderscheibe eintreten.«

»Wie alt sind deine Töchter eigentlich?« fragte Marlene neugierig.

»Zwölf und vierzehn, und mehr erfährst du nicht«, sagte Schorse barsch.

»Bist du ein strenger Vater?«

Er seufzte. »Du gibst nicht auf, oder?«

»Bist du's, oder bist du's nicht?«

»Streng? Wenn ich sie sehe, bin ich's.«

»Wissen deine Töchter eigentlich, was du machst?«
»Sie wissen, daß ich Geschäftsmann in Hamburg bin.«
»Würdest du sie denn auch für dich arbeiten lassen?«
Schorse war dunkelrot angelaufen. »Wenn du nicht sofort mit deiner dusseligen Fragerei aufhörst, schmeiß ich dich raus und fahr allein zurück, haben wir uns verstanden?« Drohend sah er sie an.
»Sorry«, sagte sie eingeschüchtert. »Eine dumme Frage.«
»Saudumm, und jetzt Themawechsel.«
»Stopp«, rief Marlene, »hier ist es.«
Der *Blaue Engel* sah von außen wie ein biederes Einfamilienhaus aus. Rotgeklinkert, der Vorgarten jägerzaunmäßig und durch diverse Gartenzwerge gesichert. An den Fenstern hingen Tüllgardinen. Sie klingelten. Die Tür wurde von einer schlanken Mittvierzigerin geöffnet, die sich mit den Worten »Ich bin Erika Kruse, ihr werdet die Pressefuzzis sein. Kaffee ist noch warm, kommen Sie bitte rein« vorstellte und sofort in Richtung Küche verschwand. Schorse folgte ihr direkt, Marlene langsamer, denn sie warf diskrete Blicke nach rechts und links, doch überall waren die Türen fest verschlossen, und auch der Flur verriet nichts über das anrüchige Treiben in dem oberspießigen Klinkerhaus.
»Darf ich mir mal die Hände waschen?« fragte

Marlene. Sie mußte zwar nicht, aber sie schnüffelte gern in anderer Leute Badezimmer herum. Besonders Allibert-Schränke hatten es ihr angetan. Waren Präservative drin oder Wechseljahrspillen, Haarfärbemittel oder Hämorrhoidencreme – all das konnte ihr wichtige Hinweise auf die Benutzer geben.
»Dritte links«, sagte Erika Kruse, ohne sich umzudrehen.
Das Klo war enttäuschend. Weiß gekachelt, kein Allibert über dem Waschbecken, lediglich auf einem Regal lag eine Schachtel Tampons und eine Packung Gefühlsecht – wie in jedem biederdeutschen Haushalt. Sie ließ die Wasserspülung rauschen und wusch sich die Hände.
In der Küche hatte Schorse bereits am Tisch Platz genommen und mit Frau Kruse gemeinsame Bekannte durchgehechelt. Es stellte sich heraus, daß sie zusammen mit Muscle Joe den Konfirmandenunterricht in Thieshope besucht und eins ihrer Mädchen früher mal für Schorse gearbeitet hatte.
»Bist du denn jetzt umgestiegen, Schörschken?« fragte Erika. »Oder was willst du hier?«
»Ich helf nur meiner Freundin ein bißchen bei der Recherche«, erläuterte er, zündete sich ein Cigarillo an und sah sich suchend um.
»Aschbecher gibt's hier nicht«, sagte Erika energisch. »Hier ist Nichtraucherzone. In den Zimmern wird so viel gequalmt, da brauch ich wenigstens hier ein bißchen frische Luft.«

Die Tür ging auf, und ein junges Mädel im Bademantel ging wortlos an den Kühlschrank, holte sich eine Flasche Orangensaft und verschwand wieder.
»Das war Jodie«, wurde sie von Erika vorgestellt, »ein Neuzugang aus Amerika.«
»Könnte mir auch gefallen«, meinte Schorse. »Wieviel zahlst du ihr?«
»50 Prozent vom Umsatz«, sagte die Chefin, »bei Sonderleistungen 70 Prozent.«
»Was sind denn Sonderleistungen?« fragte Marlene neugierig. »Oral, von hinten?«
»Du liebes bißchen, Mädel«, Erika war ehrlich erstaunt, »das war vielleicht anno Krug was Besonderes. Heute fängt es bei anal an, dann Golden Shower, die übliche S-und-M-Chose. Das Teuerste ist der Doppelstecker.«
»Doppelstecker?« fragte Marlene ratlos.
»Wie schon der Name sagt«, erklärte Schorse leicht ungeduldig. »Doppelte Steckdose, also zwei Mädels.«
»Aha«, meinte Marlene und kam sich schrecklich provinziell vor. Es wurde Zeit, daß sie die Journalistin herauskehrte. Sie räusperte sich, checkte ihren Recorder. »Frau Kruse«, begann sie, »Sie sind Chefin dieses Etablissements hier ...«
»Ich führe einen Betrieb mit 15 Angestellten«, unterbrach Erika. »Wir bieten erotische Massagen und Entspannungstherapien jeder Art an.«
Marlene mußte schmunzeln. Zu komisch, wie bemüht um einen Hauch von Respektabilität dieses

Gewerbe war. »Ich höre, daß Ihre Angestellten mit den Arbeitsbedingungen nicht so zufrieden sind«, fuhr sie fort, »daß es, wie soll ich sagen, zu Arbeitsniederlegungen gekommen ist?«

»Wenn Sie auf den Vorfall anspielen wollen, wie eins meiner Mädels den Penis eines Gastes wieder ausgespuckt hat, weil er eine unflätige Bemerkung gemacht hat, das war ein Betriebsunfall, keine Arbeitsniederlegung«, empörte sich Erika. Kleine, rote Flecken bildeten sich auf ihren Wangen, sie sah ärgerlich aus.

»Davon spreche ich doch nicht«, beruhigte sie Marlene, die sich insgeheim über diese kleine Anekdote freute. Ein ausgespuckter Schwanz, in der Tat. »Wie hat sich denn der Freier verhalten?« fragte sie. Es gehörte nicht zum Thema, interessierte sie aber trotzdem.

»Der war so genervt, daß das arme Mädel eine halbe Stunde lang Wiederbelebungsversuche machen mußte. Zum Nulltarif natürlich, denn der Kunde ist König und kann ja nichts dafür, wenn sein Schwanz ausgespuckt wird.«

»Alles klar«, meinte Marlene und beobachtete Schorse, der lautlos und zielstrebig sämtliche Schränke und Schubladen öffnete, bis er Becher, Milch und Zucker fand. Dann machte er es sich am Küchentisch bequem und schenkte sich einen Kaffee ein. »Meine junge Kollegin hier«, er nickte in Richtung Marlene, »recherchiert für eine Geschichte über unzufriedene Nutten in der Provinz. Dein

Laden wurde erwähnt, Erika. Angeblich benehmen sich die Bauern hier daneben. So daneben, daß dir immer mehr Mädels weglaufen. Was ist los?«
Seine Stimme klang freundlich, nicht hämisch oder anklagend. Marlene sah, daß sich Erika sichtlich entspannte, und gratulierte sich zu ihrem Entschluß, Schorse mitgenommen zu haben. Er paßte gut in diese ländliche Puffküche, die sich in nichts von anderen biederdeutschen Wohnküchen unterschied, bis auf die Silberschale, die, randvoll mit Präservativen, auf der Fensterbank stand.
Erika schenkte sich eine Tasse Kaffee ein und seufzte: »Es ist nicht so einfach, auf dem Land ein kultiviertes Etablissement zu führen«, klagte sie. »Die Bauern hier wollen schlichte Kost. Die brauchen keine hochgestochenen Gespräche, wenn sie vom Ausmisten oder Melken kommen, die wollen eine möglichst problemlose Nummer, bei der sie meist einschlafen, und danach haben sie am liebsten einen Schnaps und eine Schlachtplatte, wie bei Muttern, nur ein bißchen schärfer.«
»Aber das klingt doch eigentlich ganz vernünftig«, meinte Marlene. »Wo genau liegt denn der Hund begraben?«
»Ich weiß nicht, worauf Sie hinauswollen«, sagte Erika. »Ärger gibt es doch in allen Berufssparten.«
»Und in allen Spalten.« Schorse grinste anzüglich.
»Halt die Klappe, Saukopf«, wies ihn Erika freundlich zurecht. »Du wirst dir noch mal dein 55jähriges Maul verbrennen.«

»Ich denke, du bist Ende Vierzig?«
»Halt die Klappe«, sagte Schorse zärtlich.
Inzwischen war es eng geworden in der Küche, denn die Mädchen waren nacheinander in die Küche gekommen, hatten sich aus dem Kühlschrank bedient, am Tisch Platz genommen und hörten zu. Keine von ihnen war älter als 25, Marlene kam sich plötzlich uralt vor.
»Ich bin zwar eigentlich noch nicht im Dienst, aber dich verwöhn ich trotzdem«, sagte eine Dunkelhaarige, sehr Hübsche mit leicht rheinischem Akzent zu Schorse. »Hast du hier auch einen Hof?«
»Ich bin beruflich hier«, sagte Schorse seriös. »Von der Presse.«
»Wat will'n die Presse hier uff'm Dorf?« meinte ihre Kollegin, eindeutig als Berlinerin identifizierbar. »Hier läuft nix Schweinisches ab, auch wenn's hier jenug Schweineställe jibt.« Sie lachte wiehernd.
Marlene räusperte sich erneut. »Was habt ihr an eurem Job auszusetzen?« fragte sie direkt. »Ich habe gehört, daß ihr eure Arbeit niedergelegt und im Dorf demonstriert habt. ›Kein Sex mit Ferkeln‹, stand auf den Plakaten. Ihr wollt also mehr Geld. Das verstehe ich. Was sonst noch?«
Die Mädels guckten sie perplex an. »Demo?« fragte Erika. »Hier hat's nie 'ne Demo gegeben. Muß 'ne Verwechslung sein.«
»Darf ich mal telefonieren?« fragte Marlene und wählte, nachdem Erika im Empfangszimmer das Telefon aufgeschlossen hatte, die Nummer ihrer

Redaktion. »Hier Marlene«, sagte sie kurz, »gib mir mal Jenna. Es ist mir egal, ob sie gerade Lola füttert, es ist wichtig, und ich brauch sie jetzt. Hallo, Chefin. Sag mal, ich bin hier in Scharnebek im *Blauen Engel.* Ja, genau, die Nuttenrevolte. Schön wär's. Die Mädels hier sagen, sie seien nie auf 'ner Demo gewesen. Ich versteh es auch nicht. Lies dir doch den Zeitungsausschnitt auf meinem Schreibtisch noch mal durch. Vielleicht steht was Erhellendes drin. Ja, ich warte.« Sie ließ ihren Blick durch den Raum schweifen, konnte aber nichts Exotisch-Anrüchiges entdecken. Drei Sofas, Beistelltisch, ein riesiger Fernseher mit Videogerät, auf dem diverse Filme lagen. Sie reckte den Hals. Aha: *Die Mördertitten schlagen zu, Bumsbabsi aus Barmbek, Debbie Does Dallas* – sogar ein amerikanischer Kultfilm war also dabei, beachtlich. »Ja, ich bin noch dran. Wie bitte? Das kann doch wohl nicht wahr sein.« Sie ging in die Küche zurück, ließ sich auf einen Stuhl fallen und sagte: »Ich brauch einen Schnaps.«

»Was ist los, Marlene?« fragte Schorse besorgt, der ihr Verhalten merkwürdig fand.

»Die Geschichte über die Demo ist am 1. April erschienen. Ein Aprilscherz also«, sagte Marlene und wußte nicht, ob sie lachen oder weinen sollte. »Und keinem ist das Datum aufgefallen.«

»Und nun?« fragte Erika kopfschüttelnd. »Zum Besaufen ist es noch zu früh, außerdem müssen meine Mädels fit sein für die Abendschicht.«

»Ich hab eine Idee«, meinte Schorse plötzlich. »Was nicht ist, kann ja noch werden.«

»Und die wäre?« fragte Marlene argwöhnisch.

»Laß mich nur machen«, sagte Schorse und klatschte in die Hände. »Wollt ihr euch ein kleines Extrahonorar verdienen?« fragte er in die Runde. Alle nickten. »Dann zieht euch an, keine Berufskleidung, aber auch keine Skianzüge. Wir treffen uns vor der Tür. Erika, wo ist das nächste Schreibwarengeschäft?«

»Um die Ecke«, sagte sie.

»Okay. Marlene, du kommst mit. Erika, du setzt neuen Kaffee auf. Wenn wir wiederkommen, brauchen wir was Warmes im Bauch. Hast du zufällig 'ne Fotokamera im Haus? Gut. Es kann losgehen.«

**BEI *DOLCE VITA***

»Die Fotos sind wirklich sensationell«, sagte Jenna. »Du hattest doch gar keinen Fotografen dabei. Hast du die selbst gemacht?«

»Wunder gibt es immer wieder«, antwortete Marlene und lächelte geheimnisvoll. »Der Fotograf verzichtet im übrigen darauf, namentlich erwähnt zu werden, und bittet uns, sein Honorar an die Aidshilfe zu überweisen. Ist das nicht großzügig?«

»Sehr großzügig«, sagte Jenna, die bereits das Manuskript las. »Hmmm«, meinte sie, blickte hoch und stoppte Marlene, die sich samtsohlig zur Tür rausschleichen wollte. »Hey, junge Frau, nicht so eilig! Setz dich doch mal für einen Augenblick.«

Marlene nahm zögernd Platz. »Es liest sich wunderbar«, begann Jenna, und Marlene entspannte sich ein bißchen, »fast märchenhaft. Und genau das ist mein Problem. Es klingt alles zu glatt.«
»Zu glatt?« fragte Marlene. »Was ist an einem Nuttenaufstand denn glatt? Babystories sind glatt, Berichte über goldene Hochzeiten, aber ein Nuttenaufstand auf dem Dorf? Was Unglatteres gibt es doch gar nicht.«
»Schrei nicht so«, wies sie Jenna kühl zurecht. »Wer schreit, hat unrecht, das weißt du doch.« Marlene, die diesen Ton von ihrer Chefin nicht gewohnt war, schwieg eingeschüchtert. »Also – hier steht – ich zitiere: *Und so versammelten sie sich eines frühen Abends vor der Schicht, setzten ihre Teddybären akkurat auf die Betten, zogen die Überdecken glatt, schminkten sich – nur dezent, denn sie waren ja politisch tätig, nicht horizontal – und gingen auf die Straße. Anfangs schämten sie sich ihrer großen Plakate, auf denen ›Kein Sex mit Ferkeln‹ stand. Schließlich gingen sie damit ja auch an Geschäften vorbei, deren Besitzer bisher freundlicherweise so getan hatten, als hielten sie die leichtbekleideten Kundinnen, die am frühen Nachmittag bei ihnen Zutaten fürs Frühstück einkauften, nicht für das, was sie ganz offensichtlich waren – Nachtarbeiterinnen, Frauen also, die dafür verantwortlich waren, daß viele Ehemänner dieses Dorfes ebenfalls Nachtschichten einlegten. Zunächst stutzten die Frauen, als sie die Plakate sa-*

*hen. Sie konnten sie nicht richtig entziffern, nur das Wort Ferkel, und glaubten deshalb an eine Demo der Landwirtschaftsinnung. Else Meier von Edeka stutzte als erste: ›Kein Sex mit Ferkeln‹, las sie laut vor, als die Nuttentruppe an ihrem Geschäft vorbeiging. ›Friedhelm, komm doch mal her. Bist etwa du damit gemeint?‹«* Jenna hielt inne. »Wie gesagt, es liest sich schmiegig.«
»Wo liegt denn das Problem?« fragte Marlene.
»Das Problem ist, daß ich dir kein Wort glaube. Es liest sich so, als hättest du dir alles ausgedacht. Als hättest du bei deinem Freund Schorse auf dem Schoß gesessen und die Story mit ihm zusammen bei einem Glas Champagner zusammengeschustert. Deine Phantasie und sein Fachwissen. Stimmt's?«
Marlene überlegte kurz und heftig. Alle Beteiligten hatten ihr Stein und Bein schwören müssen, nicht zu plaudern, aber dafür hatte schließlich jede von ihnen einen halben Tausi (aus Schorses Hosentasche) abgezockt – kein schlechtes Geld für zwei Stunden getürkte Demo. »Natürlich hab ich ein bißchen übertrieben«, gab Marlene zu. »Übertreibung macht anschaulich, wie du weißt. Das Wesentliche stimmt aber.«
»Ein wirklich seltsamer Zufall, daß die Mädels ausgerechnet an dem Tag demonstriert haben sollen, als du da warst«, sinnierte Jenna und schaute Marlene mißtrauisch an. Sie sah so selbstgefällig aus, das gefiel ihr nicht. Irgendwo war hier ein

stinkender Hund begraben. Andererseits – Marlene war eine ihrer besten Mitarbeiterinnen, hatte sie noch nie belogen. Zumindest hatte Jenna es noch nie bemerkt.

»Gar nicht seltsam«, sagte Marlene, »ich hab schließlich meine Connections, Leute aus dem Milieu. Die haben mir gesteckt, was laufen würde.«

Es klang einleuchtend. Und die Geschichte war ansonsten gut. Außerdem nervte Michaelsen, und Jenna wurde schließlich nicht für moralische Überempfindlichkeit bezahlt. »Also gut«, sagte sie schließlich, »ein bißchen Bauchgrimmen hab ich schon, aber vergessen wir's. Bring die Fotos ins Layout. Setz dich an die Kleintexte. Ich ruf mal die Rechtsabteilung an, aber ich seh keine größeren Probleme.« Marlene war schon in der Tür, als sie sich noch einmal umdrehte: »Hast du noch was gesagt?«

»Mach keinen Scheiß«, sagte Jenna und wandte sich wieder ihrem Schreibtisch zu.

## STACHIE UND SCHORSE IN DER KNEIPE

»Was ist nun schon wieder, Stachie? Geldsorgen? Potenzprobleme? Wo drückt die Sandale?«

»Du weißt genau, wo sie drückt, du Sack. Am Beutel.«

»Also doch Potenz. Ich wußte es. Was könnte es sonst anderes sein bei einem Mann deines Alters?«

»Verdammt noch mal! Ich brauch Geld. Und zwar

sofort. Gestern abend war ich wieder im *Interconti* ...«
»In der Spielbank? Hast du da nicht Hausverbot?«
»Ich hab den Croupier bestochen.«
»Wieviel?«
»25.000.«
»Ich mach dir einen Vorschlag. Ruf meinen Kumpel von den *St. Pauli Nachrichten* an, der braucht immer gute Leute. Pro Story kriegst du da 2500 DM, in einer Woche bist du die Schulden los.«
»Willst du mich verarschen? Ich hab mit meinem Schweineblatt genug Sex am Hals. Nun sei mal nicht so, Schörschken, 25 Scheine, das ist doch ein Taschengeld für dich.«
»Nein. Dir Geld zu leihen oder das Geld ins Klo zu spülen ist dasselbe. Für das, was ich dir bisher geliehen und nie wiederbekommen habe, könnte ich mir eine Villa am Mittelmeer kaufen.«
»Schorse, du schuldest mir noch 100.000 DM.«
»Ich schulde dir gar nichts. Mit Marlene ist nichts für Geld gelaufen. Frag sie selber.«
»Ich weiß genau, daß du mich bescheißt. Das wirst du bereuen. – Au! Was war das denn?«
»Stachie, mein Lieber, du siehst schlecht aus! Geh mal zum Arzt. Ich kann dir einen guten empfehlen.«
»Es geht mir tatsächlich beschissen. Was für ein Arzt denn? Ich brauch keine Abtreibung, ich hab tierische Herzschmerzen.«
»Nicht verzagen, Schorse fragen.«

## STACHIE BEIM FALSCHEN ARZT

»Wir kennen uns«, sagte Hans-Joachim und blickte auf die Karteikarte. »Horst-Peter Stachniak. Jetzt hab ich's. Sie sind ein Kollege meiner Frau! Wie nett, daß sie mich im Kollegenkreis weiterempfiehlt.«

»Ihre Frau hat Sie nicht weiterempfohlen«, sagte Stachie und blickte Dr. Ellermann lauernd an. »Ich hab den Tip von Schorse Föhrenbeißer, einem gemeinsamen Freund von Ihrer Frau und mir.«

Der Name versetzte Hajo einen Stich, aber er blieb ganz ruhig. »Was kann ich also für Sie tun?« fragte er und dachte: Was für ein Superscheißkerl! Hoffentlich hat er was Harmloses, aber schön Schmerzhaftes.

»Ich hab diese merkwürdigen Atembeschwerden«, sagte Stachie leise. »Es klingt kitschig, aber mir tut mein Herz richtig weh.«

O je, bloß kein Herzklappenfehler, dachte Dr. Ellermann, dann wäre nämlich eine Operation nötig, und die Wartelisten bei guten Kardiochirurgen waren lang. »Am besten machen wir eine Echokardiographie«, schlug er deshalb vor. »Sie haben Glück. Vor drei Wochen habe ich ein neues Ultraschallgerät bekommen. Sonst hätte ich Sie nämlich an einen Kollegen verweisen müssen.«

Stachie wurde hellhörig. »Ein neues Gerät? Wie teuer ist denn so was?«

»Rund 80.000 DM«, antwortete Hajo freundlich, während er Stachies Brustkasten mit Gel einrieb

und vorsichtig den Ultraschallkopf aufsetzte. »Ein ganz schöner Batzen. Aber das Gerät ist sein Geld wert.«
Er schaute auf den Bildschirm, auf dem sich jetzt wie in einer dunklen Höhle die Herzkammern, -vorhöfe und -klappen abzeichneten. Zu seiner Erleichterung stellte er fest, daß die Herzklappen in Ordnung waren. Beide Herzkammern waren leicht vergrößert, aber das deutete auf eine – meist harmlose – Muskelentzündung hin, die mit entwässernden Medikamenten leicht behandelt werden konnte. Auch die Luftnot des Patienten sprach dafür.
Hajo war so konzentriert, daß er die Frage seines Patienten zuerst nicht verstand. »Welches Geld?« fragte er. Stachie lachte verlegen. »Sorry«, sagte er, »eine alte Reporteruntugend, überall die Nase reinzustecken. Ein Freund von mir will sich selbständig machen, und deshalb interessiert es mich, wieviel so eine Praxis abwirft. Oder haben Sie die 80.000 DM aus Ihrer Portokasse bezahlt?«
Der Arzt holte tief Luft – eins, zwei, drei, der Patient ist König –, dann antwortete er: »Es geht Sie zwar wirklich überhaupt nichts an, aber es ist ja auch kein Geheimnis. Meine Frau hat mich ein bißchen unterstützt.«
»Wow«, staunte Stachie. »Das muß aber beim letztenmal eine saftige Gehaltserhöhung gewesen sein.«
»Mit Gehalt hat das nichts zu tun«, sagte Dr. Ellermann schnell, »sie kommt aus gutem Hause.«

»Aha, ich verstehe. Schwiegervater hat vorzeitig was vom Erbe rausgerückt. Wie günstig für Sie.«
Hajo hatte endgültig genug. »Ich verschreibe Ihnen das Entwässerungsmittel Lasix«, schloß er das Gespräch ab, »davon bitte einmal täglich 40 mg. Eine Woche lang, dann kommen Sie wieder zur Nachuntersuchung. Auf Wiedersehen.«
»Auf Wiedersehen, Herr Doktor«, sagte Stachie spöttisch und dachte: BINGO!

## MARLENE IM BÜRO

»Stachie, was willst du? Du siehst, ich bin am Wirbeln.«
»Deine Story über Transvestiten aus Rio, die den deutschen Markt kaputtmachen?«
»Wie immer weißt du bestens Bescheid.«
»Ich komm gerade von deinem Mann.«
»Wieso das? Wolltest du dich krankschreiben lassen, weil übermorgen Himmelfahrt ist?«
»Tolle Praxis. Richtig modern eingerichtet.«
»Dachtest du, er untersucht auf einer Schrotthalde?«
»Das Ultraschallgerät hat mir ganz besonders gut gefallen.«
Marlene schaute von ihren Computertasten hoch. Eine kleine, heiße Ader pochte hinter ihrer Stirn.
»Du siehst wieder wie ein Vorstadtmafioso aus, der eine Kröte verschluckt hat, Stachie. Spuck sie aus.«
»Hast du ihm das Ding bezahlt?«
»Und wenn ich es hätte? Was geht es dich an?«

»Anders formuliert: Hast du das Ding mit dem Geld bezahlt, das dir Schorse dafür gegeben hat, daß du sein Ding ...«

»Wenn du soviel blühende Phantasie in deine Geschichten stecken würdest, wäre aus dir vielleicht auch ein guter Journalist geworden.«

»Also, hast du?«

»Selbst wenn ich – und ich betone, daß ich nicht habe –, aber selbst wenn, was hast du davon?«

»100.000 DM.«

»Wofür?«

»Für die Vermittlung einer einmaligen Nummer.«

»Woher willst du wissen, daß die Nummer einmalig war?«

»Du gibst es also zu!«

»Ich gebe gar nichts zu. Du hast ein Rad ab. Aber ich geb dir 'ne Mark, wenn du jetzt verschwindest. Subito.«

»Wenn du es mir nicht sagst, geh ich zu deinem Mann. Außerdem kostet es ja nicht dein Geld.«

»VERSCHWINDE. UND ZWAR SOFORT.«

»Du hörst von mir.«

## EIN ANRUF IN NOT

»Dieses Schwein!«

»Was soll ich denn jetzt machen, Schorse?«

»Du hältst dich da völlig raus. Hast du eine Ahnung, wann er die Redaktion verläßt?«

»Meistens so gegen 19 Uhr.«

»Okay.«

»Willst du noch mal mit ihm reden?«
»So kann man es auch nennen.«
»Schorse?«
»Was ist?«
»Danke.«
»Ich werde noch auf deine Dankbarkeit zurückkommen.«

**ANRUF BEI STACHIE**

»Na, Schorse, wie schaut's aus?«
»Gut. Wollen wir heute abend essen gehen?«
»Gern. Wann und wo?«
»Ich hol dich ab. Paßt es dir gegen 19 Uhr?«
»Paßt wie die Faust ins Auge.«
»Ciao.«

Er zog sich sorgfältig an. Schorse mochte im Ludenschick herumlaufen – er dagegen, ein Starreporter, der die Portiers sämtlicher Luxushotels duzte und drei weiße Smokings sein eigen nannte, der sich erst kürzlich auf einem Bildungsurlaub die Lider hatte straffen und die Nase etwas verjüngen lassen, konnte sich keine textilen Nachlässigkeiten erlauben. Außerdem ging es um viel Geld.
Als er sein Haus verließ, im hellgrauen, schick angeknitterten Versace-Anzug und tadellos weißen, tadellos gebügelten Boss-Hemd, und die Faust im Gesicht erst spürte, als sein Nasenbein zersplitterte, da dachte er nur: Die Blutflecken krieg ich nie wieder raus.

## DIE ELLERMÄNNER SCHON WIEDER BEI ZÜRCHER GESCHNETZELTEM

»Wieso ist denn dein Kollege auf der Intensivstation?« fragte Hajo leicht besorgt. »Ich hab ihn doch vor einer Woche gründlich untersucht und lediglich eine Herzmuskelentzündung bei ihm festgestellt.«

Es gab Zürcher Geschnetzeltes mit Salat, das Marlene eigenfraulich zubereitet und zu dem sich ihr Ehemann die Bemerkung verkniffen hatte, daß seine Mutter es wesentlich besser konnte. Da er dringend ein paar Pfunde abspecken wollte, kamen ihm die fetttriefenden Rösti und die leicht klumpige Fleischsauce durchaus gelegen als Begründung dafür, daß er fast alles auf dem Teller ließ. Marlene ging es ähnlich, aber das hätte sie nie zugegeben. Kochen langweilte sie zwar grauslig, trotzdem ging sie regelmäßig auf den Wochenmarkt, um dekorative Kräutertöpfe zu kaufen und diese dann auf der Fensterbank vertrocknen zu lassen. Jeden Samstag öffnete sie ihren Kühlschrank, warf alles weg, was verschimmelt, vergammelt oder bei dem das Verfallsdatum überschritten war, und kaufte wieder neu ein.

»Stachie ist ja auch nicht wegen seiner Herzgeschichte drin«, sagte Marlene und verdrängte ein paar schuldbewußte, düstere Gedanken. »Er ist zusammengeschlagen worden. Irgend jemand mochte ihn nicht und hat ihm eins aufs Nasenbein gedrückt. Wenn er Glück hat, sieht er in Zukunft so aus wie Belmondo.«

Gott sei Dank, dachte Hajo, es droht mir also kein Prozeß wegen Fehldiagnose. »Wundert mich irgendwie nicht«, sagte er ganz unärztlich, »ein Superarschloch, dieser Mann.«

»Stimmt«, meinte Marlene und kratzte die ölige Salatsauce vom Radicchio. »Trotzdem werd ich ihm mal einen Blumenstrauß schicken. Jenna war schon da und hat erzählt, daß sein Gesicht nicht wiederzuerkennen ist.«

»Im Prinzip kein Verlust«, meinte Hajo ungerührt und schob den Teller von sich.

»Hat's nicht geschmeckt?« fragte seine Frau.

»Doch, doch, ganz köstlich«, beteuerte Hajo, »ich hab mir ja auch zweimal nachgenommen.«

»Da muß ich wohl auf dem Klo gewesen sein«, sagte Marlene nur und ließ es dabei bewenden.

Das Telefon klingelte.

»Geh du ran.«

»Ne, du, meine Stimme hat jetzt Feierabend.«

»Der Anrufbeantworter ist ja an. Wenn's was Spannendes ist, können wir immer noch rangehen.«

Die Segnungen der Technik.

»Hier ist der automatische Anrufbeantworter von Dr. Hans-Joachim Ellermann und Marlene Ellermann. Leider sind wir beide im Augenblick nicht zu Hause, aber wenn Sie uns eine Nachricht hinterlassen wollen, dann sprechen Sie bitte jetzt nach dem Pfeifton. Sollten Sie zufällig ein Einbrecher sein, nur eine Information – es lohnt im Augenblick

nicht. Ein Kollege von Ihnen war vor zwei Wochen da. Warten Sie noch ein paar Monate, dann haben wir alles ersetzt.«
»Hier ist Schorse.« Die Stimme klang rauh und ungeduldig. »Ich würde gern mit Frau Doktor Ellermann sprechen, von der ich überzeugt bin, daß sie jetzt gerade neben dem Anrufbeantworter sitzt ...«
Bei diesen Worten riß Hajo den Hörer an sich: »Hier spricht Doktor Ellermann. Kann ich Ihnen vielleicht helfen?«
»Ich glaube, nicht. Meine Leber ächzt zwar wie immer, aber daran bin ich gewöhnt«, sagte Schorse ruhig und arrogant. »Ist Ihre Frau zu Hause?«
»Moment bitte.« Hajos Lippen wurden ganz schmal. »Ich schau mal, ob sie greifbar ist.«
»Greifbar ist immer gut«, meinte Schorse und wartete.
Marlene spülte inzwischen das Geschirr in der Küche ab und mimte auf lässig. »Was will er?« fragte sie.
»Mir dir sprechen.« Hajos Stimme war spitz. Er drückte ihr das drahtlose Telefon in die nasse Hand. »Du solltest dir in Zukunft Informanten mit besseren Manieren aussuchen.«
»Schorse, was kann ich für Sie tun?« fragte Marlene geschäftsmäßig und verfluchte ihr Leben mit sämtlichen Komplikationen. »Wir waren gerade beim Essen.«
»Warum ißt du nicht bei mir?« fragte Schorse, und seine Stimme hatte wieder diesen Mama-ich-bin-

hingefallen-Ton. »Ich dachte, wir hätten was zu feiern.«
»Ich weiß wirklich nicht, wovon Sie sprechen.« Hajo hatte inzwischen demonstrativ ein Küchentuch ergriffen und polierte die Gläser, sorgfältig und mit unverwandtem Blick auf Marlene. »Rufen Sie mich am besten morgen mal im Büro an.«
»Steht dein Alter neben dir, oder warum bist du so komisch?«
»Da haben Sie ausnahmsweise mal recht«, sagte Marlene und legte den Hörer auf.
»Was wollte er?«
»Quatschen wegen dieser blöden Serie. Er hat da angeblich einen neuen Informanten für mich.«
»Irgendwie stinkt dieser Fisch ganz gewaltig«, sagte Hajo wütend und wischte so heftig am Glas, daß es in mehrere große Stücke zerbrach. »Warum sagst du mir nicht ganz einfach die Wahrheit? Wir haben doch schon ganz andere Dinge miteinander durchgestanden. Schlimmer als die drei Abtreibungen, von denen ich nur durch Zufall erfahren habe, oder deine Liaison mit dem 18jährigen Rastafari bei unserem Jamaikaurlaub kann der hier doch auch nicht sein. Spuck's aus, Schatz, mehr als dich aus dem Fenster schmeißen tu ich nicht, Ehrenwort.«
Ach ja, dachte Marlene sehnsüchtig. Das wär's. Einfach die Wahrheit sagen. Liebling, es stimmt, mich drückt da eine Kleinigkeit. Ich hab mit einem kiezberüchtigten Zuhälter geschlafen, der mich

jetzt im Liebesrausch verfolgt, und ich finde ihn auch, ich weiß nicht, wie, auf jeden Fall hat er meinetwegen Stachie krankenhausreif geschlagen. Und Hajo würde sie in die Arme nehmen und »Aber Liebling, und damit quälst du dich so?« flüstern. Ach ja.

»Also, ich weiß gar nicht, wie ich anfangen soll«, begann sie zögernd.

»Beim Anfang«, sagte Hajo und schenkte beiden ein Riesenglas Vin Santo ein. »Und wie gesagt, wir wohnen im ersten Stock, mehr als die Rippen brichst du dir nicht.«

Es klingelte. »Wer um Himmels willen ...«, sagte Marlene, das Schlimmste, nämlich Schorse, ahnend, und lief zur Tür. Es gelang ihr sogar, sie zu öffnen, obwohl ihre schweißglitschigen Hände mehrfach von der Klinke rutschten. Vor ihr stand ein junger Mann mit Fahrradhelm, Schlabbershirt und Radlerhose und drückte ihr ein Päckchen in die Hand. »Bitte hier unterschreiben«, sagte er höflich und verschwand dann wieder.

Marlene hielt das Päckchen so vorsichtig, als enthalte es eine Stinkbombe. Auf dem Umschlag stand nichts; sie riß ihn auf, drin steckte eine Videokassette, ebenfalls unbeschriftet. SCHRECK LASS NACH – das Pornoband ihrer unseligen Nacht mit Schorse! Und wie sie ihn kannte, war dies sicher nur eine Kopie, das Original zeigte er wahrscheinlich gerade im Freundeskreis. Ich möchte eine achtwöchige Schlafkur machen, dachte Marlene, und erst auf-

wachen, wenn mein Leben wieder ruhig und langweilig ist.
»Was ist denn, Marlene?« Hajo stand im Flur. »So spät noch ein Kurier, was wollte der denn?«
»Unterlagen für die Serie«, sagte Marlene schnell und schloß die Wohnungstür.
»Ein Video?« fragte Hajo ungläubig. »Seit wann arbeitest du denn mit Videos?«
Ihre eigentlich recht ausgeprägte Fähigkeit, schnell und sicher zur passenden Notlüge zu greifen, wurde in letzter Zeit zwar etwas überbeansprucht, aber sie funktionierte trotzdem: »Das ist ein alter Pornofilm aus dem NDR-Archiv«, log sie blitzschnell. »Die Graphik will ein paar Standbilder daraus abfotografieren.«
»Pornofilm?« Wie alle Männer war Hajo bei dieser Aussicht schnell ablenkbar. »Genau, was dieser alte Körper heute abend noch gebrauchen könnte. Leg ihn ein, dann schauen wir ihn uns zusammen an.«
»Nein, heute abend nicht«, sagte Marlene. »Heute abend kriegst du alles in natura.« Ich bin Scarlett, dachte sie und unterdrückte ein herzhaftes Gähnen, und Hajo ist ausnahmsweise mal Rhett. Er liebt mich zwar leidenschaftlich, aber er denkt, daß ich von Ashley doch nie loskomme. Deshalb will er mich verlassen, und ich muß ihm in dieser Nacht beweisen, daß er bei mir bleiben soll. Er wird mich die rote Treppe hochtragen, es wird die Nacht der Nächte werden.

»Einverstanden«, sagte Rhett, »aber nicht in Sport-BH und Baumwollschlüpfer. Zieh das an, was ich dir zum letzten Geburtstag gekauft habe.« Unruhig ging Rhett im seidenen Bademantel, der einen Blick freiließ auf eine dicht behaarte Männerbrust, im Schlafzimmer auf und ab. Sein männlich harter Blick schweifte zum Himmelbett. Er wartete auf Scarlett. Doch die wühlte noch in der Kommode, um nach dem feuerroten Seidenensemble zu fahnden, bestehend aus nippelfreiem BH und schrittlosem Tangaslip. Unter den Schießer-Doppelripps von Ashley wurde sie fündig und zwängte sich hinein. Ich bin sexuell so erregt, dachte sie, daß ich mich gleich lechzend auf ihn stürzen werde. Ich kann kaum noch an mich halten, was an meiner rasenden Geilheit liegt, nicht etwa daran, daß dieser blöde Tanga tierisch in meiner Pofalte klemmt. Ich betrete mein Südstaatenschlafzimmer im Bundesstaat Ikea, da liegt er, mein Othello, mein Rhett, mit lasziver Heldentrichterbrust, und liest den *Spiegel.* Huch, ist das aufregend.
In einer Wolke von Leidenschaft nähere ich mich dem Subjekt meiner Begierde, setze mich auf seine Bettkante, will meine Hand auf sein üppiges Brusthaar legen und es zerwühlen, will dann seinen weichen, weißen Männerkörper mit kleinen Schmetterlingsküssen bedecken, damit er mich ins Land der Wollust entführt, bis mir die Sinne schwinden. Da, seine dunkle, tiefe Stimme. »Was ist, Liebling?« hauche ich.

»Sag mal, ist dir das Ding nicht zu klein?« flüstert Rhett. »Soll ich es vielleicht umtauschen? Den Kassenbon hab ich, glaube ich, noch. Du weißt ja, ich bewahre so was immer auf.«
Ein Schrei zerreißt die Luruper Nachtruhe.

## KONFERENZ BEI *DOLCE VITA*

Die Entladung von Michaelsen dauerte geschlagene 20 Minuten, denn die geplante Titelgeschichte von Martin Kleinschmidt, dem redaktionellen Unglückswurm, war explodiert wie eine Handgranate. Nach wochenlanger Recherche in sämtlichen Altersheimen Süddeutschlands hatte er herausgefunden, daß Renate Schmidt, die Chefin der bayerischen SPD, ihre kranke Mutter in ein staatliches Heim abgeschoben hatte. Mit viel Raffinesse und noch mehr Konfekt war es ihm gelungen, Frau Gerda Wiedenbrück und ihre Zimmergenossin Hermine Waldner zu der Aussage zu bewegen, daß die alte Frau Schmidt jeden Sonntag weinend im Bett lag und ein jammervolles »I mog nimmer« in die Kissen schluchzte, eindeutig bayerisch. Auch Fotos der traurigen Greisin hatte er sich erschlichen, indem er die Schwesternhelferinnen dreimal in die nahegelegene Pizzeria einlud. Wirklich rein beruflich, wie er seiner mißtrauischen Ehefrau erklärte, die es merkwürdig fand, daß die Häufigkeit von Martins Spesenessen in direkt proportionalem Verhältnis zum Alter und zum Taillenumfang der Bewirteten standen. Michaelsen, der sich maßlos

geärgert hatte, daß *Dolce Vita* sowohl die Krause- als auch die Engholm-Affäre verschlafen hatte, wollte sensationell nachlegen und hatte eine Coverstory mit dem Titel: »Was geht mich meine Mutter an? – Das gewissenlose Privatleben der Renate Schmidt« geplant. Alles war fertig – Layout, Kleintexte –, bis ein junges, ehrgeiziges Wiesel von der Rechtsabteilung zum Nachprüfen der Fakten im Altersheim angerufen hatte und ein paar Fragen zuviel stellte. Die alte, vernachlässigte Dame hatte zwar eine Tochter namens Renate Schmidt, doch die war leider Lehrerin in Tengen.
»Schickst du Scheiße los, kriegst du Scheiße wieder«, tobte Michaelsen und schaute angewidert in seine Untergebenenrunde. »Ihr braucht gar nicht so hämisch zu grinsen. Hätte euch ganz genauso passieren können. Macht lieber Vorschläge für einen neuen Titel. Ein bißchen plötzlich, wenn ich bitten darf, ich will hier nicht überwintern.«
Martin Kleinschmidt war inzwischen mit einem gehauchten »Mein Magengeschwür, ich muß sofort meine Medikamente nehmen« aus dem Konferenzsaal gestürzt. »Wichtelmann«, rief ihm Michaelsen hinterher, »aber wenn die nächste Gehaltsrunde kommt, dann wird wieder die Hand aufgehalten. Nun, meine Herren – und meine Damen –, ausnahmsweise mal nichts Aufgewärmtes. Ich höre.«
»Vielleicht was über die männlichen Wechseljahre«, schlug ein Kollege zögernd vor. »Die sollen bei

manchen Männern ja genauso schlimm sein wie bei Frauen.«
Michaelsens Kraterfalte auf der Stirn vertiefte sich. »Soll das eine Anspielung sein, werter Herr Kollege?« fragte er.
»Um Gottes willen, Chef«, der Kollege stolperte fast über seine Worte, »Sie sind doch noch viel zu jung dafür.«
»Eben«, sagte Michaelsen, »der nächste, bitte.«
Eckard Prespeloh, ein junger Praktikant, meldete sich todesmutig. »Ah, der Nachwuchs«, sagte Michaelsen gönnerhaft. »Was haben Sie denn Schönes vorzuschlagen?«
»Ich war kürzlich in Amerika und hab da 'ne Sendung gesehen«, begann Prespeloh und wurde sofort unterbrochen.
»Schön für Sie, unwichtig für uns«, sagte Michaelsen. »Tempo bitte, ich will in die Kantine.«
»Das war 'ne Talkshow über sexuelle Abartigkeiten«, fuhr Prespeloh tapfer fort. »Und über eine Gruppe Männer, die gerne Babies wären.«
»Ich verstehe nur Bahnhof«, sagte Michaelsen ganz ruhig, »aber es klingt so albern, daß wir sicher darauf verzichten können.«
»Laß ihn doch, Michi.« Klaus Schmalgruber, sein dünnbrettbohriger Stellvertreter, legte dezent das *Penthouse*-Magazin zur Seite, in dem er bislang geräuschlos geblättert hatte. »Das klingt doch komisch. Erzählen Sie weiter, Herr Pressewohl.«
»Also, diese Männer, die sich Infantilisten nennen,

wollen wieder zum Kind in sich zurück. Sagte jedenfalls der Psychologe, der dabei war.«
»Interessant«, meinte Michaelsen unbewegt. »Weiter.«
»Angeblich sind diese Infantilisten als Babies nicht richtig gestillt und gehätschelt worden, deshalb holen sie sich ihre Streicheleinheiten als Erwachsene. In Amerika gibt es viele solcher Babymännergruppen. Die laden dann sogenannte Krankenschwestern ein, meistens Prostituierte, die sie wickeln, pudern und baden. Dann trinken sie Milch aus litergroßen Nuckelflaschen. Sieht sehr komisch aus.«
»Ist doch ein Superthema, Michi«, begeisterte sich Schmalgruber. »Bestimmt gibt es solche Spinner auch bei uns. Stell dir die Fotos vor – ganz Deutschland lacht.«
»Ich finde das Thema auch gut«, mischte sich Jenna ein, die Morgenluft witterte, »zumal es hervorragend in unsere Serie paßt. Marlene könnte ein bißchen ihre Kiezkontakte anzapfen und den nächsten Serienteil darüber schreiben.«
Marlene zwang ihre Mimik auf ausdruckslos.
»Was meinen Sie dazu, Marlene?« Michaelsens Stimme klang seidenweich. »Würde Sie dieses Thema reizen?«
Darauf kannst du deinen fetten Arsch wetten, daß mich dieses Thema reizen würde, dachte sie. Und du auf dem Titel, mit Windel und Flasche, das bringt mit Sicherheit Auflage. »Ich halte die Sache

für ziemlich schwachsinnig«, sagte sie, knapp an Michaelsen vorbeiblickend. »Amerika ist ja bekanntermaßen sehr viel prüder als wir, da gibt es solche verquälten Auswüchse noch eher. Außerdem ist Adult Pampers ein guter Werbekunde von uns, die würden wir mit dieser Story mit Sicherheit vergraulen.«

»Unsere Starautorin hat mal wieder recht. Wie immer«, sagte Michaelsen und klopfte energisch auf den Tisch. »Eine Sache noch. Wie ihr alle wißt, ist unser aller Stachie in eine unvorhergesehene Faust gerannt. Er liegt im Barmbeker Krankenhaus, und wie ich ihn kenne, hat er bereits sämtliche Schwestern verführt und langweilt sich. Blumen, Karten und Besuche sind deshalb erforderlich. Großzügige Spenden, und nur solche erwarte ich, bitte bei meiner Sekretärin Frau Heischrieck abgeben.«

Krachend schob er seinen Stuhl zur Seite und verließ den Konferenzraum. Da, wo er gesessen hatte, krümmten sich 27 Büroklammern.

## DIALOG DER FRÜCHTCHEN

»Wie geht's, mein Täubchen?«

»Danke, hervorragend. Vielen Dank noch mal fürs Tape. Sehr aufmerksam von dir, es mir nach Hause zu schicken.«

»Hast du's dir schon angeschaut?«

»Das spar ich mir fürs Alter auf. Was willst du?«

»Dich wiedersehen. Wann hast du Zeit?«

»Schorse, ich bin erstens eine berufstätige und zweitens eine verheiratete Frau.«
»Die Reihenfolge ist interessant.«
»Ich muß auflegen.«
»Heute abend im *Cuneo*?«
»Da geh ich zwar hin, aber mit meinen Schwiegereltern. Ein andermal.«
»Ich muß total pervers sein, aber ich finde irgendwas an dir.«
»Ich an dir auch.«
»Was hast du gesagt? Deine Stimme war plötzlich so leise.«
»Nichts von Bedeutung. Ich leg jetzt auf.«
»Hast du gesagt, daß du mich auch liebst?«
»Du hast wohl nicht mehr alle Tassen im Schrank.«

## DIE ELLERMÄNNER IM *CUNEO*

Hajo fand die Idee, mit seinen Eltern ins *Cuneo* zu gehen, absolut schwachsinnig. »Was sollen denn die Alten in dieser Kiezkneipe?« hatte er ungläubig gefragt, worauf Marlene etwas gereizt mit »Mein Gott, das Leben besteht doch nicht nur aus *Blockhouse*!« geantwortet hatte. Da Rhett am Abend zuvor leider eingeschlafen war, bevor es mit Scarlett richtig zur Sache ging, hielt er lieber den Mund und gab nach.
Daß er den Geschmack seiner Eltern leider richtig eingeschätzt hatte, zeigte sich sofort an Inge Ellermanns kritischem Blick, den sie über Gäste und Einrichtung des Lokals wandern ließ, kaum daß

Oberkellner Luigi sie zu ihrem vorbestellten Tisch führte. »Wird hier auch richtig saubergemacht?« fragte sie und fuhr mit dem Zeigefinger über einen Bilderrahmen. »Irgendwie sieht's mir hier ein bißchen schmuddelig aus.«

»Nicht so laut, Mutti«, mahnte Ehemann Günther, »du sollst hier essen, nicht einziehen. Mir gefällt es.« Kein Wunder, denn zwei Tische weiter hatte eine üppige Blondine Platz genommen, in Begleitung eines älteren Herrn, der ganz eindeutig nicht ihr Opa war. Ach Gottchen, dachte Günther sehnsüchtig und warf einen Blick auf Inge, die gerade mit gespitzten Lippen die Speisekarte studierte. Eine Nacht noch mal 50 sein!

»Und was nimmst du, Günther?« Inges Stimme war scharf geworden, denn sie hatte seinen Blick gesehen, den er sofort zögernd aus weichen Gefilden nahm, und gnadenlos richtig gedeutet.

»Ich hätte Appetit auf ein saftiges Steak«, sagte er, »gibt's hier denn so was?«

»Schwiegervater, wir sind hier beim Italiener«, erklärte Marlene, der klar wurde, daß dies ein langer Abend werden würde. »Fleisch ist hier keine Spezialität. Nimm lieber Pasta.«

»Paste, was ist das jetzt wieder für ein neumodischer Quatsch«, sagte Inge und zerkrümelte eine Brotscheibe. »Gibt's hier denn wenigstens eine ordentliche Pizza?«

»Pasta sind Nudeln, Mama«, klärte Hajo sie auf.

»Sag das doch gleich.« Inge war bei der zweiten

Brotscheibe angelangt. »Mein Gott, guckt euch diese Gäste an. Dreht euch jetzt nicht um, aber eben ist so ein richtiger Ganoventyp reingekommen, und wenn seine Begleitung einem ehrenwerten Beruf nachgeht, will ich Inge Meysel heißen. Ha, nicht umdrehen, sie sitzen direkt hinter uns.«
Marlene, berufsbedingt neugierig, musterte die Bilder, drehte vorsichtig den Kopf – SIE HÄTTE ES AHNEN SOLLEN! Schorse saß vergnügt am Nebentisch, ihm gegenüber sein Starmodell Marisa. Beide waren in die Speisekarte vertieft. Dieser Mann bringt mir nichts als Flatternerven, dachte Marlene, was soll ich nur mit ihm machen? Ihr war klar, daß er mit frecher Absicht dieses Lokal gewählt hatte. Doch warum? Um sie zu verunsichern, ihr das Leben schwerzumachen, ihre Ehe zu zerstören? Er hatte gesagt, daß er sie irgendwie mochte, doch wie »irgendwie« mochte denn ein Zuhälter, der Frauen gegen Geld mit anderen Männern schlafen ließ? Sie war völlig verrückt, daß sie überhaupt darüber nachdachte. Da blickte er auf, zog amüsiert die Augenbraue hoch, und Marlene spürte wieder dieses ziehende Gefühl in der Bauchnabelgegend und dachte: »Da sitzt der echte Rhett, und nur bei ihm kann ich Scarlett sein.« Jetzt bist du total abgedreht, meine Liebe, rief sie sich zur Ordnung, drehte sich wieder zu ihrer Tischrunde und sagte betont lässig: »Du wirst es nicht glauben, Hajo, aber Schorse ist heute abend auch hier.«
»Deinetwegen?« Es war ihm rausgerutscht und so-

fort peinlich, denn seine Eltern drehten sich gleichzeitig um und musterten Schorse ausgiebig, der sie freundlich mit einem »Guten Abend, Herr und Frau Ellermann« begrüßte.

»Woher weiß der unsere Namen?« fragte Inge verblüfft.

»Weil ich ihm gesagt habe, daß wir heute mit euch hier sind«, erklärte Marlene und merkte, daß dies keine Erklärung war, die ihren Mann zufriedenstellte. »Wir stehen in beruflichem Kontakt«, fügte sie deshalb etwas gespreizt hinzu. »Ich schreibe eine Serie über Sexualität.«

Inge rümpfte die Nase. »Und was hat dieser Mann damit zu tun? Ist er ein Playboy?«

»Nein, Mama, er ist ein Zuhälter, und jetzt laßt uns endlich das Essen bestellen. Luigi, ich nehme Spaghetti al pescatore«, sagte Hajo energisch zum Kellner, der geduldig wartend am Tisch stand. »Mutti, was nimmst du? Wie wär's mit Fettuccine mit Spargel und Pilzen?«

»Eigenartige Kombination, aber warum nicht«, sagte Inge und klappte die Speisekarte zu. »Und ein Glas Weißwein, aber lieblich, wenn's geht.« Luigi notierte, ohne die Miene zu verziehen, und verschwand.

Schorse war inzwischen mit Marisa in eine angeregte Unterhaltung vertieft, und obwohl Marlene genau wußte, daß diese ihretwegen ganz besonders angeregt geführt wurde, fühlte sie einen Stich.

Sie beobachtete Schorse aus den Augenwinkeln.

Sein zerfurchtes Gesicht, das trotzdem nicht alt und verlebt, sondern seltsam jung und lebendig wirkte. Seine redfordblauen Augen – so knallblau, daß Marlene Kontaktlinsen vermutete, was Schorse jedoch heftig abgestritten hatte. Seine breiten Schultern, die jedes Hemd zu sprengen schienen. Sein schiefes Lachen, wenn ihn etwas amüsierte, was oft geschah, denn er schien das Leben leichtzunehmen. Dieses ganze weich-harte, neurotisch-bodenständige, ludenhaft-ehrliche Kraftpaket. Ich bin verliebt in ihn, dachte Marlene plötzlich, ach du Superscheiße.

»Wieso denn Nudeln?« Inge schaute genervt auf ihren Teller. »Ich hab doch fetten Schinken mit Spargel bestellt.«

Hajo holte tief Luft: »Mama, wir haben Fettuccine bestellt, jetzt iß und halt den Mund.«

Doch Inge war nicht so leicht einzuschüchtern: »Fetten Schinken, sag ich doch.«

»Nudeln, sag ich, und jetzt Schluß.» Hajo reichte es. »Und wenn du, Vater, deinen Blick freundlicherweise vom Busen deiner Nachbarin weg auf deinen Scaloppine-Teller lenken würdest, wären wir alle glücklich.«

»Oh, Entschuldigung«, sagte Günther schnell. »Ist ja ein ganz schön dünnes Stück. Mögen die Italiener das denn so?«

»Das mögen die Italiener so, und jetzt Schluß mit dem Genörgel. Guten Appetit.«

Schorse schien sich glänzend zu amüsieren, denn

sein schallendes Gelächter drang durchs gesamte Lokal. Marlene hielt es nicht mehr aus. »Entschuldigt mich, ich muß mal für kleine Mädchen«, sagte sie und stand auf.

»Los, geh!« sagte Schorse am Nebentisch leise, und Marisa erhob sich folgsam. »Für dich tu ich alles, Chef«, sagte sie. »Aber was findest du nur an dieser Schnalle? Die ist doch viel zu alt für dich.«

»Halt die Klappe und verschwinde.« Mit einem leichten Klaps auf den Po schickte er sie auf den Weg. »Und sag nur, was wir besprochen haben. Nicht mehr und nicht weniger. Capito?«

»Aye, aye, Sir«, sagte Marisa und verschwand.

Marlene hatte gerade festgestellt, daß sie ihre Tage bekommen hatte, und erleichtert in ihrer Handtasche nach einem Tampon gewühlt. Wenigstens eine unerwünschte Schwangerschaft bleibt mir erspart, dachte sie, wo ich nach der Geburt erst mal einen Vaterschaftstest machen lassen müßte, um zu wissen, wer der richtige Daddy ist. Wieder kein Klopapier, fluchte sie ärgerlich und klopfte an die Trennwand: »Entschuldigen Sie, können Sie mir bitte ein paar Blatt Klopapier abgeben?« Eine Hand schob eine Rolle unter der Tür durch.

»Vielen Dank«, sagte Marlene.

»Da nich für«, antwortete eine weibliche Stimme.

Als Marlene fertig war und vor die Tür trat, stand Marisa vor dem Spiegel und restaurierte ein Gesicht, das in keiner Weise restaurationsbedürftig war. Die Welt ist ungerecht, dachte Marlene und

holte Lippenstift und Puderquaste aus ihrer Tasche.
»Guten Abend«, grüßte Marisa höflich.
»Guten Abend«, sagte Marlene.
»Sie wollten mich doch noch mal interviewen.«
»O Gott, das hab ich in der Hektik ganz vergessen. Wir holen's nach, ja?«
»Ich würde gern mal in die Zeitung kommen. Ich hab viel zu erzählen.«
»Das glaub ich sofort. Wie erreiche ich Sie?«
»Am besten über Schorse. Und Sie können gern du zu mir sagen.«
»Haben Sie selbst kein Telefon?«
»Doch, schon. Aber Schorse hat gern den Überblick, was so läuft bei uns.«
»Kann ich mir vorstellen.«
Schweigen. Verdammt, dachte Marisa, ich hab völlig vergessen, was ich sagen sollte. Irgendwas, um sie eifersüchtig zu machen, aber was noch? »Schorse ist ein unheimlich toller Chef. Die Mädels sind alle ganz heiß auf ihn.« War's das?
»Kann ich mir ebenfalls gut vorstellen.«
Nein, das war's wohl nicht gewesen, dachte Marisa, so gleichgültig, wie diese Schnepfe ihre Lippen nachzog. Und dann auch noch so ein häßliches Orange. »Wie finden Sie eigentlich den Chef?«
»Ich finde Herrn Föhrenbeißer außerordentlich sympathisch.«
»Und dazu noch spitze im Bett, was will man mehr.«

»Wie bitte?« Aha, die Schnepfenstimme wurde schrill. Marisa war auf dem richtigen Dampfer.
»Na ja, Sie haben ihn doch auch testen dürfen, oder nicht?«
»Ich weiß nicht, woher Sie Ihre Informationen haben, aber diese ist mit Sicherheit falsch.«
»Ah ja, dann ist es wohl nur ein Gerücht. Obwohl der Kiez ja meistens gut informiert ist.«
»Gerücht? Man redet über mich?«
»Na ja, wenn Schorse sagt, wir könnten uns von Ihnen eine Scheibe abschneiden, dann wird man als Kiezmädel natürlich ein bißchen neugierig. Was sind denn Ihre Tricks?« Schorse würde ausflippen, wenn er zuhören könnte, aber er hörte es ja nicht. Außerdem – die hektisch roten Flecken auf den Schnepfenwangen deuteten auf Gefühle hin. Aber mehr auf Wut als auf Eifersucht, und das war klar gegen Schorses Weisungen. »Nimm sie richtig ran als Frau«, hatte er befohlen. »Sie soll sich verzehren nach mir, wenn sie das Klo verläßt.« »Finden Sie nicht auch, daß er ein absoluter Weltmeister im Küssen ist? Normalerweise laß ich mich von keinem Mann auf den Mund küssen, viel zu intim, aber der Chef hat so eine weiche, zärtliche Zunge, da kann ich einfach nicht nein sagen.«
»Stimmt«, hörte sich Marlene zu ihrer Verblüffung sagen, »küssen kann er wirklich gut.«
BINGO, dachte Marisa erleichtert. »Oral übrigens auch.«
»Macht er das denn bei jeder?« Diese Frage, eindeu-

tig eifersüchtig, war Marlene herausgerutscht, ehe sie sich auf die Zunge beißen konnte.
»Nicht bei jeder. Nur bei seinen Lieblingsfrauen.«
»Das beruhigt mich ungemein.«
»Bei seiner neuen Freundin zum Beispiel.« Ha, die Fischin zappelte, Marisa freute sich. Schorse würde hochzufrieden sein.
»Er hat eine neue Freundin?« Es sollte lässig klingen, klang aber so unlässig wie *Das Wort zum Sonntag*.
»Hat er Ihnen nicht von ihr erzählt? Wundert mich. Er redet doch im Augenblick von nichts anderem.«
»Ein neues Mädel? Arbeitet sie für ihn?«
»Mädel würde ich sie nicht nennen, obwohl, jung genug ist sie. Corinna studiert noch – Psychologie und Afrikanistik.« Eine wilde Kombination, aber die einzige, die Marisa so schnell eingefallen war.
»Wie lernt denn ein Mann wie Schorse eine Studentin kennen?«
»Durch Ihre Story in *Dolce Vita*.« Jetzt flutscht's, dachte Marisa.
»Dann könnte ich ja im Grunde eine Vermittlungsgebühr kassieren.«
»Würde Schorse auch bestimmt bezahlen. Er ist schwer verliebt.«
Und wieso macht er mir dann Liebeserklärungen am Telefon, dachte Marlene und versuchte, durch tiefes Durchatmen den Stein auf ihrem Magen wegzukriegen. Du hast kein Recht auf ihn, sagte sie sich streng, du bist verheiratet. Glücklich verheiratet.

Oben sitzen dein Mann und deine Schwiegereltern. Und zum Nachtisch kannst du Zuppa inglese bestellen. Das Leben ist gut zu dir. »Herzlichen Glückwunsch an den Chef«, sagte sie deshalb mit steifer Oberlippe. »Und guten Abend noch.«
»Ich dachte schon, du bist ins Klo gefallen«, wurde sie von Inge begrüßt, als sie wieder am Tisch Platz nahm. Inge hatte einen Teller mit Cremepuffs vor sich und war glücklich, Günther nuckelte traumverloren an einer Schorle und ließ die Blicke wandern.
»Ich hab meine Tag bekommen«, erklärte Marlene überflüssigerweise.
»Dann wird's ja wieder nichts mit einem Enkelkind«, sagte Inge enttäuscht. »Habt ihr schon mal an Adoption gedacht?«
»Wenn du ein fünfjähriges deutsches Heimkind oder ein farbiges Baby aus Südamerika als Enkel haben willst, kein Problem«, sagte Marlene sarkastisch, weil sie den sozialen Dünkel ihrer Schwiegereltern kannte.
Schorse hatte sich erhoben. Er grüßte spöttisch, indem er kurz die Fingerspitzen an die Stirn legte. »Wünsche, wohl gespeist zu haben.« Und zu Marlene: »Ich habe übrigens die Klage gegen *Dolce Vita* zurückgezogen. Damit du Bescheid weißt. Schlaf gut.«
»Ihr duzt euch?« fragte Inge verblüfft. »Also, nicht daß ich eigen bin, aber mit einem Zuhälter?«
»Entschuldigt mich«, sagte Marlene, drängte sich

am Tisch vorbei und erwischte Schorse vor der Restauranttür.
»Vielen Dank«, sagte sie atemlos.
Er guckte sie prüfend an. »Wofür?«
»Wofür wohl? Daß du die Klage zurückgezogen hast. Mir ist ein Stein vom Herzen gefallen.«
»Ich hab nie 'ne Klage angestrengt«, sagte er und grinste unverschämt.
»*Was* hast du?«
»Wollte dich nur ein bißchen in Wallung bringen, mein Schatz. In Wallung bist du nämlich unwiderstehlich.«
Er beugte sich zu ihr und küßte sie auf die Lippen. Kurz und sanft, ohne Zunge, fast brüderlich. Ihre Zunge dagegen war unwillkürlich zwischen seine Lippen geflutscht, aber er bremste sie. »Du vergißt dich, Liebling.«
Dann hakte er sich bei Marisa ein, die Marlene freundlich zuzwinkerte, und verschwand um die Ecke.
»Kannst du mir bitte sagen, was das alles zu bedeuten hat?« Hajo stand mit seinen Eltern auf der Straße und schaute sie wütend an. Inge schüttelte nur den Kopf, Günther wehrte bedauernd das Angebot einer süßen Nutte ab. »Ich bestehe auf einer Erklärung. Und zwar hier und jetzt.«
Und plötzlich wußte Marlene, was sie zu tun hatte. Nach Hause gehen und Hajo reinen Wein einschenken. Sich eine eigene Wohnung nehmen und in Ruhe über ihre Zukunft nachdenken.

»Ich bin sicher, daß du für dieses Gespräch auf die Anwesenheit deiner Eltern verzichten kannst«, sagte sie. »Laß uns fahren.«
Kopfschüttelnd verabschiedeten sich die ‚Ellermänner senior. »Dabei hätte unser Hajo jede haben können«, sagte Inge und hakte sich bei Günther ein. »Diesen schlechten Frauengeschmack kann er nicht von dir haben.«

## EIN BEZIEHUNGSGESPRÄCH DROHT

»Ich höre«, sagte Hajo und nahm einen großen Schluck Jack Daniels. Direkt aus der Flasche, eine Geste, die so wenig zu ihm paßte, daß Marlene merkte, wie mühsam er seine Fassung behielt. »Es hat im übrigen wenig Zweck, wenn du die Affäre abstreitest. Ich hab meinen Doktor zwar in Humanmedizin und nicht in Psychologie, aber wenn mir die Tatsachen so massiv ins Gesicht geschleudert werden, kann selbst ich sie richtig deuten.«
Marlene sagte nichts, nahm ihm die Flasche aus der Hand und ebenfalls einen tiefen Schluck. »Die Sache ist kompliziert«, begann sie zögernd, weil sie sich ihre Strategie noch nicht zurechtgelegt hatte. Alles gestehen? Auch das Schlimmste, oder nur das weniger Schlimme?
»Was ist daran kompliziert?« fragte Hajo schneidend. »Du hast mich betrogen. Daß der Mann, mit dem du es getan hast, ausgerechnet ein Zuhälter ist, macht die Sache zwar schmuddeliger, aber keineswegs komplizierter. Habt ihr wenigstens Kondome

benutzt, oder muß ich jetzt einen Aidstest machen lassen?«

Das Telefon klingelte.

Marlene nahm den Hörer so vorsichtig auf, als fürchte sie einen Schlangenbiß. »Hallo?«

»Hier ist Schorse. Habt ihr schon geschlafen?«

»Nein, wir unterhalten uns.«

»Habt ihr denn nichts Besseres zu tun um diese Zeit?«

»Mein Mann hat sein Interesse angemeldet, ein paar Details aus unserer Beziehung zu erfahren. Ich bin gerade dabei, diese zu formulieren.«

»Kannst du dich bitte noch etwas gespreizter ausdrücken?«

»Ich bin gerade dabei, meinem Mann von uns zu erzählen.«

»Was denn, um Himmels willen?«

»Alles.«

»Hey, Mädel, mach keinen Fehler.« Schorses Stimme klang ernsthaft besorgt. »Dir kann doch niemand etwas nachweisen. Und ich halte die Klappe, großes Ludenehrenwort.«

Marlene senkte die Stimme, obwohl Hajo in der Küche saß und wohl kaum mithören konnte: »Ich muß diese ganze Sache endlich mal loswerden. Ich brauch 'ne Beichte. Am besten auch 'ne Absolution, aber die werd ich wohl nicht kriegen.«

»Und wofür, wenn ich bitten darf? Für den einen heißen Vormittag?«

»Nein, für die eine bezahlte Nummer.«

»Ich hab nie für eine Nummer bezahlt, mein Schatz.«
»Sag mal, spinnst du? Und die 100.000 DM auf meinem Konto? Wofür waren die?«
»Das war heißes Geld aus Amsterdam. Das mußte ich wegdrücken. Und da du mir gefällst, hab ich es halt in deine Richtung gedrückt.«
»Sehr interessant. Und das Video von uns? Was ist da drauf?«
Aus dem Hörer gluckste es leise. Schorse schien sich prächtig zu amüsieren. »Da ist eine Sendung von *Verzeih mir* drauf.«
Es klickte. Aufgelegt.
Marlene holte tief Luft. Ihr Herz klopfte so stark, daß sie rote Schleier vor den Augen sah. Sie mußte zu Schorse, sofort. Ihm den Hals abdrücken. Ihn bewußtlos schlagen. Ihn so leidenschaftlich lieben, daß er es nie vergessen würde. Ihn ...
»Darf ich wissen, mit wem du gesprochen hast?« Hajo schwankte leicht.
»Du darfst alles wissen, aber jetzt muß ich erst mal los. Bis später.«
Sie war wie im Rausch. Mantel an. Raus auf die nächtliche Straße. Zum Taxistand. »Oesterleystr. 75 bitte.« Erschöpft sank sie in die Polster. Ihr Leben war im Augenblick so gründlich aus den Fugen, daß klare Gedanken völlig unmöglich waren.
Zwanzig Minuten später stand Marlene vor Schorses Haus und klingelte Sturm. Von außen hatte sie gesehen, daß Licht brannte, also drückte sie weiter

auf den Klingelknopf, obwohl sich in der Wohnung nichts rührte. Endlich – die Tür wurde einen Spalt weit geöffnet, Rosaria stand im Bademantel da und rieb sich die Augen. »Wir alle schlafen«, sagte sie, »Chef auch.«

Doch Marlene quetschte sich an ihr vorbei in die Wohnung. Aus Schorses Zimmer drang Licht und gedämpfte Musik. »Offenbar ist der Chef wieder aufgewacht«, sagte sie zu Rosaria und schüttelte die Hand ab, die sich in ihren Arm verkrallt hatte. »Es dauert auch nicht lange.«

»Chef haben Besuch.« Rosaria, die treue Seele, gab nicht auf. »Bewerbung. Da darf er nicht gestört werden. Sonst sehr ärgerlich.«

Marlene hatte inzwischen die Tür zum Schlafzimmer geöffnet und war eingetreten. »Schorse, ich muß dir etwas sagen ...« – dann versagten ihre Worte. Es konnte nur ein ganz besonders schlechter Film sein, in den sie da geraten war. Mama kommt nach Hause und erwischt Papa mit 'ner andern. Und während Mama erschlagen in der Tür steht, dreht sich Papa wie in Zeitlupe um, und das Mädel sieht sehr verschreckt aus. Nur daß dieser Film ganz anders ablief. Papa hatte so ein merkwürdiges Grinsen im Gesicht, und Marisa sah auch keineswegs erschrocken aus. Im Gegenteil. Sie setzte sich hin und nahm die Zigarette aus dem Aschenbecher, die dort vor sich hinkokelte. Ein tiefer Zug. Dann sah sie Schorse an: »Soll ich mich rar machen, Chef?«

»Mach dich rar, meine Süße«, sagte Schorse, »morgen mußt du wieder fit sein.«
Dann wandte er sich Marlene zu, die wie erstarrt in der Tür stehengeblieben war. »Ein bißchen spät für einen Hausbesuch, meinst du nicht auch?« Wohlig rekelte er sich in die Kopfkissen und klopfte auf seine Bettseite: »Nimm doch Platz.«
»Ich störe wohl«, sagte Marlene.
»Jetzt nicht mehr«, sagte Schorse. »Wir waren gerade fertig. Was kann ich für dich tun? Brauchst du wieder ein Interview?«
Marlene fühlte sich wie ein angepiekster Ballon, aus dem die Luft entwichen war. Pffft, nur noch schlaffe Plastikfetzen. »Ich wollte dir eigentlich nur was sagen«, Kleinmädchenstimme, »aber ich hab nicht damit gerechnet, daß du noch Besuch hast.«
»Ich hab oft Besuch«, sagte Schorse und schaute sie prüfend an, fast lauernd. »Besonders nachts. Das gehört halt zu meinem Beruf. Und nun sag, was du sagen willst, und dann geh. Ich bin postkoital abgeschlafft und brauche meinen Schönheitsschlaf.«
»Warum bist du auf einmal so unfreundlich zu mir?« Zu ihrem Horror stellte Marlene fest, daß ihre Stimme etwas Weinerliches bekommen hatte. »Hab ich dir was getan?«
»Du hast mir viel getan«, bestätigte Schorse, wie zu sich selber. »Aber das ist Schnee von gestern. Neuer Tag, neues Unglück, wie schon meine Oma im-

mer sagte.« Er stand auf, Marlene wandte die Augen ab, denn er war nackt, wie die Göttin ihn geschaffen hatte. Diese Nacktheit war zuviel für sie, Erinnerungen kamen hoch, die sie jetzt nicht gebrauchen konnte.

»Ich habe beschlossen, meinen Mann zu verlassen«, sagte sie und wartete auf Schorses Reaktion. Schorse holte tief Luft, sah sie aufmerksam an. »Und was habe ich damit zu tun?« fragte er.

»Alles«, sagte Marlene ganz ruhig. »Ich liebe dich nämlich auch.«

»O Gott«, stieß er hervor, »das hat uns gerade noch gefehlt.«

Sein Gesicht war unergründlich, während er wortlos in Boxershorts und Jeans stieg und die Fenster weit öffnete, als wolle er ein Gespenst oder eine lästige Fliege verjagen. Er sieht aus wie Rhett, als ihm Scarlett gesteht, daß sie immer nur ihn geliebt hat, und er nur seine Koffer weiterpackt und sagt: »Mein Kind, es ist mir ganz gleichgültig«, dachte Marlene plötzlich, und die Vorstellung machte ihr angst. Liebte er sie nicht mehr? Hatte er sie je geliebt? Oder hatte er sich nur ein perverses Späßchen mit einer Kleinbürgertante erlaubt?

»Warum sagst du nichts?« fragte Marlene. »Findest du das so schrecklich? Ich dachte, ich bedeute dir auch etwas.«

Schorses Pupillen waren nachtschwarz und leuchteten gefährlich. »Du bist eine tolle Frau, Marlene«, sagte er dann vorsichtig, »aber keine Frau für mich.

Leider. Mag sein, daß ich mich sekundenlang in der Illusion gewiegt – oder heißt es gewogen, egal – habe, daß wir beide, du und ich, was miteinander hätten anfangen können. Aber unsere Welten sind so verschieden, daß die Sache in einen Mordsstreß für beide ausgeartet wäre. Was willst du mit einem Luden? Mich bei Freunden und Kollegen als ›mein Bekannter in der Kommunikationsforschung‹ vorstellen? Und was will ich mit einer konventionellen Frau? Dich jedesmal belügen, wenn ich mit einem anderen Mädel schlafe? Kinder habe ich bereits, von Frauen, die mich beide hassen wie die Pest, und zwar zu Recht. Ich bin ein lausiger Vater. Und ein noch lausigerer Partner. So, und jetzt verschwinde, bevor ich es mir anders überlege und meine Jeans wieder ausziehe. Du siehst nämlich ausgesprochen appetitlich aus.«

Sie war ihm also wirklich ganz gleichgültig. Sie war einem Traum aufgesessen. Einem Alptraum. Zeit, daß sie wieder erwachte. »Ich geh dann jetzt«, sagte sie schweren Herzens. »Es war nett mir dir.« Sie drehte sich um und verließ ihn.

»Doppeltes Schnäpschen«, Rosaria stand mit einer Flasche Underberg in der Tür, »ist gut für angeknackste Magen und Seele.«

»Mach ihn dreifach«, sagte Schorse. Seine Augen schimmerten feucht. Verdammt, dachte er. Verdammt, verdammt, verdammt.

Rosaria schaute ihn besorgt an. »Chef haben Wind gekriegt in die Augen?«

»Ich hab Wind gekriegt in die Seele, Rosaria«, sagte er, »ziemlich kalten Wind. Und jetzt nimm die Flasche mit und verschwinde, sonst trink ich sie aus, und das verträgt meine Leber nicht.«

## MARLENE AUF DEM RÜCKZUG

Sie war tieftraurig, aber wie von einer bösen Versuchung befreit. Wie gut, daß er mich weggeschickt hat, redete sie sich ein, ich wäre sehenden Auges in eine Katastrophe gerannt. Zeit, daß du erwachsen wirst, Mädel. Zu Hause angekommen, schloß sie leise die Wohnungstür auf. Vielleicht hat sich Hajo ja auch eine Nutte ins Bett geholt, dachte sie plötzlich und kicherte. Man konnte das Leben einfach nicht ernst nehmen. Zumindest ihr Leben nicht.

Doch Hajo saß im Bett und las *Diese Woche*. Er schaute nicht hoch. »Ich hab deine Koffer schon vom Boden geholt«, sagte er nur. »Den roten Samsonite behalte ich, wenn du nichts dagegen hast.«

»Und ich hab Schluß gemacht«, teilte ihm Marlene ohne Umschweife mit. Und dann: »Willst du mich noch?«

Er schaute sie lange an. »Bedauerst du es?«

»Ein bißchen«, sage sie ehrlich.

»Liebst du mich denn noch?«

»Ein bißchen ziemlich.«

»Immerhin ein Anfang«, sagte er und schlug die Bettdecke zurück. »Komm her.«

Mittendrin fragte er: »Hast du was drin?«

War das nun eine typische Ashley- oder eine Rhett-Frage, dachte Marlene und sagte: »Und wenn nicht?«
»Um so besser«, lachte er und machte weiter.
Ganz eindeutig wie Rhett Butler.

## EPILOG
## MARLENE UND HANS-JOACHIM

Vor dem Museum für Völkerkunde drängten sich Schaulustige und Kamerateams, denn die Verleihung des diesjährigen Schmidt-Holtzmann-Preises für Journalistik war, zumindest für Hamburger Verhältnisse, zu lokaler Wichtigkeit aufgepumpt worden. *Dolce Vita*s Chefredakteur Jürgen Michaelsen, stolz und fassungslos zugleich, daß einer seiner »Hanseln« den ersten Preis bekam, hatte wochenlang vorher Prominenz und Tageszeitungen mobil gemacht. Einmal im Leben wollte er den Namen seines Blattes von aller Welt gewürdigt wissen. Monika Peitsch und Altmodell Maxie Ebelseder hatten zu-, Friede Springer und Jil Sander leider abgesagt. Dafür war Tony Cazzone mit Entourage gekommen, seinem Ruf gerecht werdend, demgemäß er so pressegeil war, daß er sogar zur Öffnung einer Klotür erscheinen würde.

»Hättest du diesen Ansturm erwartet?« Vorsichtig schob Dr. Hans-Joachim Ellermann seine hochschwangere Ehefrau Marlene durch die Menschenmasse ins Auditorium. Dort waren die Branche sowie der zweite und dritte Preisträger bereits versammelt. Die Ellermänner kamen zu spät, denn die Laudatio, die die Preisträgerin vom Vorjahr, Dr. Lea Kusserow von *Geo* (»Das Liebesleben der Wale«), zu halten gezwungen war, hatte bereits begonnen.

Marlene und Hans-Joachim zwängten sich auf ihre

reservierten Plätze und lauschten: »Geschichten über Sex gibt es viele, doch wenige, die diese körperdominierte Materie so brillant sezieren und transzendieren, die über die schnöde Fleischlichkeit hinaus einen Mann beschreiben ...«
»Sag mal, soll ich das sein?« flüsterte Marlene ihrem Mann zu, lauschte plötzlich, da, schon wieder, ganz eindeutig. »Fühl mal, unser Fußballer ist wieder im Einsatz ...« Und Hajo legte seine Hand auf ihren Bauch und war ganz einfach wunschlos glücklich.

## SCHORSE

Shitface durfte ausnahmsweise vorne sitzen. Ihm war bewußt, daß das ein Sonderfall war, er verhielt sich deshalb muckshundestill. Schorse fuhr wie immer im rekordbrechenden Affenzahn – wusch – durch rote Ampeln – schwenk –, am Radfahrer vorbei. Knapp die Kinderkarre verfehlt. Schlich da etwa wieder eine Oma bei Rot über den Zebrastreifen? HUUUP!
Gelangweilt stellte er das Radio an: *Wir senden eine Aufzeichnung aus dem Völkerkundemuseum, wo heute abend der Schmidt-Holtzmann-Preis für die beste Reportage des Jahres 1993 verliehen wurde. Den ersten Preis bekam diesmal Marlene Ellermann von* Dolce Vita *für ihre Reportage »Schorse – ein Lude mit Herz«.*
*»Frau Ellermann, eine ungewöhnliche Themenwahl. Wie kamen Sie darauf?«*

*»Ich lernte Herrn Föhrenbeißer durch Zufall im* Cuneo *kennen ...«*
Diese Stimme, die noch immer die merkwürdigsten Dinge mit seinem Magen tat. Er drehte das Radio ab und sofort wieder an.
*»War er denn wirklich so faszinierend, wie Sie ihn beschrieben haben? Einen Zuhälter stellt man sich ja im allgemeinen nicht so freundlich und kultiviert vor.«*
*»Schorse ist ein ungewöhnlicher Mann.«* Marlene lachte. *»Ich wünschte, es gäbe mehr Männer wie ihn.«*
*»Was sind denn Ihre nächsten Pläne, Frau Ellermann? Portrait einer Puffmutter?«*
*»Wie Sie sehen, bin ich hochschwanger, also werde ich beruflich erst mal ausfallen ...«*
Schorse stellte das Radio ab und griff zum Telefon. Ihre Nummer kannte er noch immer auswendig, obwohl mehr als ein Jahr vergangen war.
»Ellermann.«
»Schorse.«
Pause.
»Leg nicht auf. Ich wollte dir nur zu dem Preis gratulieren.«
»Vielen Dank. Du warst ja nicht unbeteiligt an der Sache.«
»Bist du wirklich schwanger?«
»Und wie.«
»Und es ist nicht zufällig mein Kind?«
»Zufällig nicht.«

»Ich würde dich unheimlich gern mal wiedersehen.«
»Das wird schwierig sein. Ich stehe kurz vor der Entbindung.«
»Wie wär's mit heute nacht?«
»Und sonst hast du keine Wünsche?«
»Bitte. Nur einmal noch. Ich bin mit Shitface im Stadtpark. Bei dem Exhibitionisten mit dem Stirnband, erinnerst du dich noch?«
»Ich hatte leider nie das Vergnügen.«
»Ausgang Saarlandstraße, zweites Gebüsch von links. Ich warte. Bis Mitternacht. Wenn du dann nicht kommst, spring ich in die Alster.«

Sie legte den Hörer auf.
Hajo putzte sich gurgelnd die Zähne.
»Ich muß noch mal in die Redaktion«, sagte sie.
»Jetzt noch? In deinem Zustand? Du hast doch schon Mutterschaftsurlaub.«
»In einer Stunde bin ich zurück.«
Am Taxistand stand ein Wagen. Sie stieg ein und sagte: »Zum Stadtpark, bitte.«
Als sie ausstieg, hörte sie Shitface schon von weitem bellen.